Lee Martin

EIN ZU NORMALER
MORD

DUMONT

Die Deutsche Bibliothek – CIP-Einheitsaufnahme

Martin, Lee:
Ein zu normaler Mord / Lee Martin. [Aus dem Amerikan. von
Nikolaus Stingl]. – Köln: DuMont, 1995
  (DuMont's Kriminal-Bibliothek; Bd. 1053)
  ISBN 3-7701-3006-5
NE: GT

Umschlagmotiv von Pellegrino Ritter
Aus dem Amerikanischen von Nikolaus Stingl

© 1984 by Lee Martin
© 1995 der deutschsprachigen Ausgabe by DuMont Buchverlag Köln
Alle deutschsprachigen Rechte vorbehalten
Die der Übersetzung zugrundeliegende Originalausgabe erschien 1984 unter
dem Titel »Too Sane a Murder« im Verlag St. Martin's Press, New York
Satz: Boss-Druck, Kleve
Druck und buchbinderische Verarbeitung: Clausen & Bosse GmbH, Leck

Printed in Germany   ISBN 3-7701-3006-5

Dieses Buch ist reine Erfindung. Die fiktive Polizei von Fort Worth, das fiktive Gefängnis von Tarrant County oder die fiktive Staatsanwaltschaft von Tarrant County sollen in keiner Weise die wirkliche Polizei von Fort Worth, das wirkliche Gefängnis von Tarrant County oder die wirkliche Staatsanwaltschaft von Tarrant County darstellen. Besonders sollte ich betonen, daß die Isolationszelle, die ich beschreibe, eine wirkliche Zelle in einem wirklichen Gefängnis ist, und ich habe sie wirklich gesehen und gerochen, aber sie befindet sich nicht in Tarrant County, Texas.

Das Einschußloch im Aufzug andererseits gibt es wirklich.

Kein Charakter in diesem Buch soll irgendeine wirkliche Person in irgendeiner wirklichen Behörde darstellen. Olead Baker wie auch Deb Ralston entstammen vollständig meinem eigenen Kopf.

Vielleicht sagt das ja etwas über mich aus.

Kapitel 1

Er wollte sein Murmelsäckchen.
Das sagte er jedenfalls.

Stellen Sie sich einmal vor: Im Haus liegen vier Leichen, zwei – mindestens zwei – Menschen, die außerdem noch da sein müßten, sind noch nicht gefunden worden, und vor Ihnen steht ein sechsundzwanzigjähriger Mann und will sein Murmelsäckchen.

Dabei war er durchaus kein Schwachsinniger. Es mußte etwas anderes sein, das nicht stimmte.

Als er mir das erste Mal seinen Namen sagte, verstand ich Lee. Beim zweiten Mal meinte ich, er habe Olee gesagt, und beim dritten Mal buchstabierte er O-L-E-A-D. Er sprach es Ohlied aus.

Ich versicherte ihm, ich hätte diesen Namen noch nie gehört, und er meinte, das gehe den meisten Leuten so; es sei wohl ein Familienname.

Später fragte er mich, was ich da mache.

»Ich mache meine Arbeit«, antwortete ich.

»Sieht so aus, als hätte sich vor Ihnen schon jemand Arbeit gemacht«, sagte er und kicherte. »Das war wohl nicht komisch, was?«

»Nein«, gab ich zurück, »das war nicht komisch.«

Es war so ungefähr das am wenigsten Komische, das ich je im Leben gesehen oder gehört hatte. Ein Nachbar hatte angerufen und gemeldet, im Haus nebenan einen Schuß gehört zu haben. Ein Streifenpolizist fuhr hin, ihm folgten Beamte des Morddezernats, und dann rief man die Sonderkommission.

Hier hatte ich meinen Einsatz.

Captain Millner traf mich vor dem Haus, die Hände in den Taschen seines grauen Mantels und die Schultern hochgezogen, um sich vor dem Wind zu schützen. Es war eine kalte, stürmische

Januarnacht; um genau zu sein, es war 3 Uhr 45 am ersten Januar, dem Neujahrstag. Ich war froh, daß wir uns die Silvesterfeier geschenkt hatten, und ich hatte so eine Ahnung, daß ich um zehn Uhr nicht vor dem Fernseher sitzen und mir die Umzüge ansehen würde wie wir es an Neujahr normalerweise tun.

Captain Millner – nein, ich nenne ihn nicht Scott, warum auch? Er ist zwanzig Jahre älter als ich; er war schon Cop, als ich noch in den Kindergarten ging, und er ist stolz auf seinen Rang und seine Position als Chef der Kriminalpolizei. Er ist ein großer Mann, Scott Millner, so zirka einssiebenundneunzig, und er läßt sich immer noch einmal die Woche die Haare schneiden, so wie er es sein Leben lang gehalten hat. Er sieht also auch aus wie ein Cop.

Lieutenant Hollister – ich nenne ihn Gary – ist der Leiter des Morddezernats. Er ist ein kleiner, fuchsschlauer Mann mit rotem Kraushaar und einem Hang zu albernen Scherzen. Damals lag er mit einer Grippe im Bett, deshalb war es Captain Millner, der mir eröffnete, daß im Haus, soweit bisher bekannt, vier Tote lägen.

Ich sagte, das wisse ich bereits; die Einsatzleiterin habe mich verständigt, als sie mich losschickte. Er fragte mich, ob ich schon einmal eine Schrotflinten-Leiche gesehen hätte, und ich antwortete, ja, selbstverständlich, ich sei schließlich schon fünfzehn Jahre Cop. Er betrachtete das geräumige Backsteinhaus, in dem offenbar sämtliche Lichter brannten, mit müdem Blick. »Ich habe auch schon welche gesehen, aber bis jetzt noch nie vier auf einmal. Ich hätte gern diese Ärztin hier, damit sie sich das mal ansieht.«

Natürlich fragte ich, welche Ärztin, und er antwortete: »Die, die gesagt hat, der Junge könne bedenkenlos nach Hause entlassen werden. Diesmal war's 'ne Hirnklempnerin namens Susan Braun. Das ist jetzt das dritte Mal, daß sie ihn nach Hause geschickt haben. Beim ersten Mal war ich noch Lieutenant bei den Uniformierten. Einer von meinen Leuten war gerufen worden.«

Zu Hause hatte der Junge damals keinen Ärger gemacht, wie mir Millner erzählte. Die Sache spielte sich vielmehr in der Toilette der Bücherei ab. Es war die alte Bücherei in der Throckmorton, genau gegenüber dem Polizeirevier. Sie war damals schon heruntergekommen; mittlerweile ist sie geschlossen, und das Gebäude steht zum Verkauf. Wie auch immer, der Junge – er war damals siebzehn – stand splitternackt vor dem Waschbecken der Toilette und wusch seine Jeans und sein Hemd. Als der Streifenpolizist ihn fragte, warum, lächelte er engelsgleich und antwortete: »Sie sind schmutzig geworden.«

»Wie sind sie denn schmutzig geworden?«, fragte der Polizist, bemüht, den Jungen in ein Gespräch zu verwickeln und so lange ruhig zu halten, bis jemand mit einem Häftlingsoverall zur Stelle war. Man kann in der Innenstadt nicht mit einem nackten Siebzehnjährigen über die Straße spazieren, schon gar nicht um zwei Uhr nachmittags.

Nun, da war diese Katze gewesen.

Der Junge mochte Katzen nicht.

Wie sich herausstellte, hatte er die Katze gar nicht angefaßt; er hatte sie bloß die Throckmorton überqueren sehen. Woher sie kam, war nicht herauszukriegen; höchstwahrscheinlich hatte sie jemand vor einem Restaurant aus dem Auto geworfen. Solche Sachen passieren.

Aber als der Junge die Katze sah, kam er sich schmutzig vor, und deshalb wusch er seine Kleider. Außerdem suchte er nach einer Möglichkeit, sich selbst in das Waschbecken zu zwängen, aber dieses Problem hatte er noch nicht ganz gelöst. Das wäre eine beachtliche Leistung gewesen, denn das Waschbecken war schließlich nur fürs Händewaschen ausgelegt, und der Junge maß mit seinen siebzehn Jahren schon über einsachtzig.

Ach so, ja.

Das Ganze passierte in der Damentoilette.

Zwei Jahre später versuchte man zum zweiten Mal, ihn nach Hause zu entlassen. Wohlgemerkt, der Arzt behauptete nicht, er sei geheilt. Bei Schizophrenie gibt es vermutlich keine Heilung. Kontrolle ja, aber keine dauerhafte, hundertprozentige Heilung. Dabei behauptete der Arzt nicht einmal, der Junge sei unter Kontrolle. Er meinte lediglich, es sei wichtig, daß der Junge nicht jeden Kontakt zu der Realität verliere.

Er war mittlerweile größer, kräftiger und wilder geworden. Diesmal wurde die Polizei zu ihm nach Hause gerufen. Er hatte das Haus völlig verwüstet. Ob ich jemals, wollte Millner wissen, einen Schaukelstuhl gesehen hätte, den jemand durch eine Rigipswand gestoßen hat – und zwar richtig durch, so daß er verkehrt herum in einem Haufen von Rigipskrümeln auf dem Doppelbett im Nebenzimmer lag.

Vier Männer brauchte es, um ihn zu bändigen und in den Streifenwagen zu verfrachten. Er kam nicht in die staatliche Klinik in Terrell, weil die Bakers Geld hatten, genug Geld, um ihn in eine Privatklinik zu stecken, wo man ihn einigermaßen diskret und komfortabel unter Verschluß halten konnte.

Aber dieses Mal behielt ihn die Privatklinik lange.

»Ich weiß nicht, seit wann er schon wieder zu Hause ist«, sagte mir Captain Millner, während er versuchte, sich in dem böigen Wind eine Zigarette anzuzünden. »Zuerst habe ich ihn gar nicht erkannt – die Adresse ist neu, und die Namen stimmen nicht überein. Der Junge sieht anders aus als damals, und er benutzt auch einen anderen Vornamen. Damals hat er sich Jimmy genannt. Den alten Nachnamen trägt er immer noch, übrigens als einziger im Haus. Soviel ich weiß, ist sein Daddy tot, und seine Mama hat wieder geheiratet. Einen Burschen namens Jack Carson, mit dem sie zwei Kinder hatte.«

»Und das sind die Toten?« Mir wurde übel. »Die Eltern und die Kinder?« Erwachsene bringen sich nur allzu oft gegenseitig um, aber kein Cop gewöhnt sich je an ermordete Kinder.

Außerdem war ich im Begriff, Großmutter zu werden, und das machte mich vielleicht ein bißchen überempfindlich.

Millner gab es auf, die Zigarette anzünden zu wollen; der Wind war zu stark. Er warf sie auf den Bürgersteig. »Die Eltern, ja«, sagte er. »Die Kinder wahrscheinlich, aber wir haben sie bislang nicht gefunden. Außerdem zwei Erwachsene, die wir noch nicht mit Sicherheit identifiziert haben. Und wir wissen nicht, ob sie auch Kinder haben. Er sagt nein, aber ich weiß nicht, wie weit man ihm glauben kann.«

»Noch nicht gefunden?« Ich mußte noch immer an die Kinder denken.

Mein Gesicht muß meine Ungläubigkeit widergespiegelt haben, denn Millner spuckte ins Gebüsch und meinte: »Sie werden es ja selbst sehen, wenn Sie reingehen.« Er drehte sich zu dem Haus um. »Eigentlich gibt's keinen Zweifel, daß es der Junge war.«

»Warum haben Sie mich dann gerufen?« Die Sonderkommission übernimmt nur dann die Ermittlungen, wenn diese extrem kompliziert oder zeitaufwendig zu werden versprechen. Ein aufgeklärter Mord – auch einer mit vier oder sechs Leichen – fällt nicht unter diese Kategorie.

»Ich weiß nicht«, sagte Millner langsam. »Verdammt noch mal, ich weiß es einfach nicht.«

Das brauchte er nicht zu erklären, jedenfalls nicht mir oder sonst einem erfahrenen Cop. Er wollte damit sagen, daß irgend etwas nicht stimmte, er aber nicht wußte, was; er konnte seine Zweifel nicht auf den Punkt bringen, und deshalb wollte er trotz seiner Gewißheit, daß der Junge den Abzug betätigt hatte, und trotz der Tatsache, daß der Junge als ausgewiesener Schizophrener nie vor Gericht kommen würde, eine umfassende Ermittlung.

Ich nickte und hatte schon einen Fuß auf die erste Stufe der Eingangstreppe gesetzt, als Millner hinter mir ein wenig zu beiläufig hinzufügte: »Ach so, ja. Der Junge ist noch im Haus.«

Ich drehte mich um.

Natürlich weiß Millner genauso gut wie ich, daß der Verdächtige nie, aber auch nie, am Tatort bleiben darf, solange die Ermittlungen andauern.

Deshalb fragte ich nicht, warum. Ich wartete darauf, daß Millner es mir erklärte.

»Er hat darum gebeten, bleiben zu dürfen, bis Brenda und Jeffrey – das sind die vermißten Kinder – auftauchen. Mittlerweile ist er ganz zahm. Ganz gleich, was über ihn gekommen ist, als er's getan hat, jetzt hat er sich wieder gefangen.« Millner nahm seine Brille ab und rieb sich mit Daumen und zwei Fingern den Nasenrücken. »Wenn er vor Gericht käme, könnte ich mir das nicht erlauben. Aber er kommt nicht vor Gericht. Ich will ihn in der Nähe haben. Ich will, daß alle darauf achten, was er sagt. Und noch was, Deb. Ich habe eigens um Sie gebeten. Ich glaube, mit Ihnen kann er. Ich glaube, Sie werden ihn an seine Ärztin erinnern.«

»Glauben Sie oder hoffen Sie?«, fragte ich säuerlich.

Er grinste. »Also gut. Ich hoffe es. Sehen Sie zu, was Sie aus ihm rauskriegen können, ohne daß er zumacht. Er ist auf seine Rechte hingewiesen worden. Nicht, daß das in diesem Fall eine Rolle spielt.«

»Ich werd's versuchen«, meinte ich skeptisch. Verrückte mag ich nicht, und wer mich kennt, weiß das. Aber ich ging die Treppe hinauf, und der Streifenpolizist, der den Eingang bewachte und mit hochgeschlagenem Pelzkragen im Wind stand, griff mit behandschuhten Händen nach dem polierten Messingknauf und ließ mich ein.

In der Eingangshalle war es warm und hell. Der blaßgraue Teppich war sauber – bis auf die Blätter und den Schmutz, den die Polizisten und die Truppe von der Gerichtsmedizin hereingeschleppt hatten. Letztere bestand nur aus einem Untersuchungsbeamten und zwei Leuten von der Transportbereitschaft, denn beide Pathologen hatten die Grippe. Rechts von mir stand ein Garderobentisch aus Walnußholz, darauf ein Messingtablett und zwei Messingleuchter. Die Leuchter waren mit Stechpalmenzweigen umwunden, und es steckten dicke Bienenwachskerzen darauf; auf dem Messingtablett stand eine Messingschale mit glänzenden roten Äpfeln, die so stark gewachst waren, daß man niemals wagen würde, einen davon zu essen.

Im Wohnzimmer gab es zwei identische, zwei Meter lange perlgraue Sofas, die einander gegenüberstanden und so aussahen, als ob nie jemand darauf säße. Es gab Beistelltischchen aus Walnußholz mit großen Lampen darauf, aber keinen Couchtisch. Ich sah keine Bücher, keine Zeitschriften oder Zeitungen, keinen Aschenbecher, nichts, was darauf hindeutete, daß hier Leute wohnten. Keinen Fernseher, keine Stereoanlage – allerdings erinnerte ich mich daran, daß sich dergleichen auch im Familienraum befinden konnte. Es gab einen unpersönlichen Kamin, in dem drei unberührte Scheite lagen, und auf dem weißen Sims weitere Kerzen. Eine Wand neben dem Kamin wurde fast völlig von einem ganz mit künstlichem Schnee bedeckten Christbaum verdeckt, der mit Silberkugeln in drei Größen, silbernen Lamettagirlanden und winzigen, unregelmäßig blinkenden, silbernen Lämpchen geschmückt war.

Die Lämpchen waren immer noch angeschlossen und blinkten.

Offenbar hatten die Leute ihre Weihnachtsdekoration bis Neujahr stehenlassen. Ich mache das nie. Ich sehe darin nur ein Brandrisiko, aber ich bin mir darüber im klaren, daß eine Menge Leute anderer Meinung sind.

Ich fragte mich, warum niemand den Stecker für die Lämpchen herausgezogen hatte. Dann fragte ich mich, warum ich es nicht selbst tat, und bewegte mich auf die Steckdose zu. »Nicht!«, zischte ein Beamter von der Spurensicherung. Ich sah ihn an, und er erklärte: »Wir haben hier drin noch keine Fotos gemacht.«

Wenn ich an einen Tatort komme, mache ich gern als erstes einen Rundgang durch das Gebäude. Damit ich auch ja nichts anfasse, ehe es nicht fotografiert und auf Fingerabdrücke untersucht worden ist, verschränke ich dabei stets die Hände auf dem Rücken. Das macht jeder so, der die Bedeutung von Spuren am Tatort kennt.

Vom vorderen Teil des Hauses gelangte ich ins Eßzimmer, das makellos sauber und aufgeräumt war. Auf dem Walnußtisch lag keine Decke, und die lange Walnußanrichte trug einen Tafelaufsatz mit Chrysanthemen. Was ich an Holz sah, war ausnahmslos Walnuß. Es handelte sich vermutlich um alten Reichtum; Walnußmöbel deuten in aller Regel auf alten Wohlstand hin.

Im Frühstückszimmer fanden sich Überreste der letzten Mahlzeit – insgesamt fünf Gedecke, und zwar Royal-Doulton-Porzellan und Francis-I.-Silber. Im Frühstückszimmer, wohlgemerkt. Auf den Tellern vertrockneten Spiegeleier und Haferflocken, außerdem Toastkrümel. In der Luft hing schwacher Speckgeruch und starker Kaffeeduft.

Frühstück.

Manche Leute nehmen an Silvester um Mitternacht ein spezielles Frühstück zu sich. Aber in Fort Worth, Texas, gehören dazu normalerweise eine bestimmte Sorte Bohnen. Von Bohnen war hier nichts zu sehen.

Das stellte möglicherweise ein kleines Rätsel dar, dachte ich. Warum hatten sie irgendwann vor drei Uhr heute morgen gefrühstückt, ganz normal gefrühstückt?

Ich ging weiter in die Küche und blickte mich dann um. Ich hatte Gesellschaft bekommen.

Er war groß, vielleicht einsachtundachtzig. Er hatte blaue Augen, kurzes, gewelltes braunes Haar und weiße Zähne, die mir sofort auffielen, weil er mich zaghaft anlächelte. Er sah aus wie der typische Privatschulzögling; man konnte ihn sich gut auf einem Tennisplatz vorstellen, mit einer gesunden Bräune, weißen Shorts und umschwirrt von zwei, drei Mädchen. Er war allerdings kein bißchen braun; er trug ausgewaschene Bluejeans, ein orangekariertes Hemd und Cowboystiefel; und er war selbstverständlich allein.

Jedenfalls wenn man den Streifenpolizisten nicht mitrechnete, der ihm schweigend folgte.

»Wer sind Sie?«, fragte er mit ziemlich angenehmer Baritonstimme.

»Deb Ralston. Ich bin von der Kriminalpolizei.«

»Ach ja?«, meinte er interessiert. »Komisch, Sie sehen gar nicht aus wie jemand von der Kriminalpolizei. Sie sehen aus wie – wie – wie jemandes nette kleine Tante. Nichts für ungut«, fügte er hastig hinzu.

Schon gut, meinte ich, ich sei ja mehrfache Tante und Mutter, aber ich sei nun mal auch bei der Kriminalpolizei. Ich fragte ihn, wer er denn sei.

Nachdem wir die Sache mit dem ›Olead‹ auseinanderklamüsert hatten, wollte ich wissen, ob er wirklich so hieß.

Er sagte, es sei sein zweiter Vorname und er habe beschlossen, ihn zu benutzen, weil ihm Jim irgendwie zu gewöhnlich vorkomme. »Jims gibt's jede Menge«, meinte er, und ob ich nicht auch fände, Olead sei ein besserer Name.

»Ich weiß nicht. Ich habe nie darüber nachgedacht.«

»Wie denn auch«, entgegnete er fröhlich wie ein Kind, das einen Erwachsenen bei etwas ertappt. »Sie haben mir gerade gesagt, daß Sie den Namen noch nie gehört hätten. Also haben Sie auch nicht darüber nachdenken können.« Wieder kicherte er.

Einen Moment lang ärgerte ich mich, doch dann wurde mir plötzlich klar, was sich hinter der aufgesetzten Coolheit verbarg. Ohne mich mit der Überlegung aufzuhalten, daß die Frage ihn möglicherweise gegen mich aufbringen und seinen Redestrom unterbrechen könnte, sagte ich ganz spontan:

»Olead, waren Sie fünfzehn, als Sie das erste Mal ausgeflippt sind?«

»Wie haben Sie das erraten? – Ach so, jetzt weiß ich's. Jemand hat's Ihnen erzählt.«

»Nein, es hat mir niemand erzählt. Es ist nur so, daß Sie sich wie ein Fünfzehnjähriger benehmen.«

»Inwiefern benehme ich mich wie ein Fünfzehnjähriger?«, fragte er argwöhnisch.

»Das möchte ich lieber nicht sagen.«

»Doch, sagen Sie's mir«, drängte er. »Ich werd' schon nicht wütend.«

»Es ist typisch für einen Fünfzehnjährigen«, erklärte ich, »daß er in einer heiklen Situation Witzchen reißt und dann noch darüber lacht. Das ist wohl so etwas wie der Versuch, die Situation zu entschärfen.«

»Unpassend.« Sein Gesicht verfinsterte sich, wurde für einen Augenblick erwachsen. »Ja, das sagt meine Psychiaterin auch immer. Ich müßte meine Handlungen der jeweiligen Situation anpassen, ob ich will oder nicht. Aber woher soll ich wissen, was in diesem Fall paßt? Wissen Sie, was da drin ist?« Er blickte in Richtung Familienzimmer, und seine Stimme klang rauh vor unterdrückter Leidenschaft, irgendeiner Empfindung, die ich nicht deuten konnte.

»Nein. Möchten Sie es mir zeigen?«

»Nein, aber ich werd's trotzdem tun.«

Er führte mich in die saubere Küche. Auf der Arbeitsplatte stand eine elektrische Kaffeemaschine mit einer halbvollen Kanne dunklem, abgestandenem Kaffee. Das mandelfarbene Emaille der Herdplatte zeigte ein paar alte Fettspritzer, und in dem mit Wasser gefüllten Spülbecken lagen eine Bratpfanne, ein Pfannenmesser, eine Kasserolle und der Mixbehälter für eine Küchenmaschine.

Eine Frühstückstheke trennte die Küche vom Familienraum. In dem Durchgang dazwischen blieben Olead und ich nebeneinander stehen – ich neben der Frühstückstheke, er rechts von mir an der Wand – und schauten beide in den angrenzenden Raum.

Der Familienraum war ein wenig gemütlicher als das Wohnzimmer oder wäre es doch unter anderen Umständen gewesen. Statt des grauen Teppichbodens der anderen Räume hatte es einen cremefarbenen Fliesenboden. Eine braune Couch, die den Raum effektvoll unterteilte, stand mit der Rückenlehne zur Küche und der Vorderseite zum großen Kamin, in dem verglühte Asche und ein schwacher Pinienduft auf kürzliche Benutzung hindeuteten. Es gab zwei mit braunem Vinyl bezogene Sessel, und auf der kombinierten Fernseh- und Musiktruhe lagen ein paar Zeitungen und Zeitschriften. Auf den Beistelltischchen und dem Couchtisch standen leere Kaffeetassen; offensichtlich hatten sich die Opfer vom Frühstückszimmer direkt hierher begeben.

Einer der Toten, ein Mann mittleren Alters in rotkariertem Hemd, Bluejeans und abgetretenen Cowboystiefeln, lag ausgestreckt in einem der Sessel. Sein Gesicht wirkte verblüfft. »Das ist Jack«, sagte Olead ernst, als er sah, wohin mein Blick ging. »Er ist – er war – mein – der Mann meiner Mutter.«

»Ihr Stiefvater.«

»Ja, stimmt.«

Der andere Mann lag beim Fernseher, und seine Hand umklammerte ein Gewehr, eine alte Bockbüchsflinte. Er hatte sich wehren wollen, dachte ich, war aber sofort gestorben. Dessen war ich mir sicher, denn sein Griff, dieser typische Griff, der für den Laien so schwer von Leichenstarre zu unterscheiden ist, hatte jene gewöhnliche Verkrampftheit, wie sie nur bei augenblicklich eintretendem Tod vorkommt. Ich wußte, daß zwei bis drei Leute nötig sein würden, um ihm die Waffe zu entwinden, die er umklammert hatte, als die Ladung ihn ins Gesicht traf. Es war nicht mehr viel übrig, woran man erkennen konnte, wie er ausgesehen hatte, aber auf seiner Gürtelschnalle stand ›Jake‹. Er trug ein Khakihemd und Khakihosen und hatte Springerstiefel an.

»Das ist wahrscheinlich Jake«, bestätigte Olead. »Ich meine, ich kann ihn nicht erkennen, aber sonst würde keiner Jakes Gürtel tragen. Er – er war Jacks Bruder. Ich hab ihn Onkel Jake genannt, aber eigentlich war er nicht verwandt mit mir.« Sein Blick ging in eine andere Richtung. »Das da ist Tante Edith. Jakes Frau.«

Edith hatte rotes, angegrautes Haar. Ihr Gesichtsausdruck war dazu angetan, daß man nur kurz hinsah und sich dann rasch abwandte; im Gegensatz zu den Männern war sie nicht auf der Stelle tot gewesen. Sie hatte versucht, das Telefon zu erreichen. Sie hatte es vermutlich erreicht, hatte vielleicht sogar den Hörer abgenommen, ehe jemand – Olead? – den Stecker aus der Dose zog.

Über einem blauen Nylonkleid trug sie einen Hauskittel aus dunklem Kaliko, dazu blaue Chenillepantoffeln. Aus der Tasche des Kittels lugte ein Stück rosa Kleenex hervor, und ich konnte trotz des Geruchs von Tod und Schrecken im Zimmer einen leisen Hauch von Wick Vaporub wahrnehmen.

Die Erkältung würde Edith keine Probleme mehr bereiten.

Die letzte Leiche lag neben der Patio-Tür; die Frau mußte versucht haben davonzulaufen, dachte ich, aber sie hatte die Tür noch nicht geöffnet, als die Ladung sie traf, und zwar in breiter Streuung, was bedeutete, daß der Schuß aus einer gewissen Entfernung abgefeuert worden war. Sie trug maßgeschneiderte Baumwollhosen und ein Hemd, ein mittlerweile rotes Hemd, obwohl es ursprünglich vielleicht einmal weiß gewesen war. Ich konnte es nicht erkennen. Jetzt war es jedenfalls rot. Ihr ordentlich frisiertes Haar war blond, ein helles Champagnerblond, wie es dieses Jahr in Mode war, ihr roter Nagellack vollkommen gleichmäßig aufgetragen und ohne jeden Kratzer. Wie ihr in Panik verzerrtes Gesicht zu Lebzeiten ausgesehen haben mochte, war nicht einmal mehr zu erahnen.

Nein, das war doch nicht die letzte Leiche. Es gab noch eine, unmittelbar neben ihren Füßen. Ich drehte mich zu Olead um.

»Meine Mutter«, sagte er emotionslos. Eine nüchterne Tatsachenfeststellung. Dann betrachtete er die andere Leiche, nicht mehr als ein unidentifizierbares blutiges Fellbündel. »Die Katze hat Brenda gehört.«

»Wer ist Brenda?«

»Meine Schwester. Sie ist vier. Wir haben sie noch nicht gefunden.«

»Sie mögen Katzen nicht, stimmt's, Olead?«, fragte ich beiläufig.
»Nicht besonders. Aber ich hab' auch nichts gegen sie, jedenfalls nicht so viel, daß ich rumlaufe und sie umbringe. Ach so.« Er sah mich an. »Sie meinen die Zeit, als ich schizo war. Da habe ich Angst vor ihnen gehabt, aber das ist jetzt vorbei.«
»Was ist vorbei? Die Schizophrenie oder die Angst vor Katzen?«
»Sowohl als auch. Haben Sie das da gesehen?«
Ich nickte. »Ja, ich hab's gesehen.« *Das da* war eine Schrotflinte, eine zwölfkalibrige Remington, die an der Wand gegenüber dem Ende der Frühstückstheke lehnte – sehr nahe bei Oleads rechter Hand.
»Was, glauben Sie, hat die da zu suchen?«
Ich musterte noch einmal den Tatort. »Ich würde sagen, jemand hat sie da stehenlassen. Was meinen Sie?«
»Ich finde das eine ziemlich blöde Stelle, um ein Gewehr abzustellen. Haben Sie Angst vor mir?«
»Nein. Sollte ich?«
Er ruckte den Kopf verächtlich in Richtung des Streifenpolizisten. »Der da hat Angst. Heute morgen um Viertel nach drei hat er gegen die Tür gedonnert und mich geweckt, und wir beide haben zusammen die Leichen gefunden. Seither schleicht er mir unentwegt nach, und ich wette, er hat noch keine fünf Minuten die Hand von der Kanone gelassen. Gucken Sie ihn doch an.«
Ich schaute zu dem Streifenpolizisten. Er war schätzungsweise vier Jahre jünger als Olead. Auf seiner silbernen Namensplakette stand ›Shea‹; sein Gesicht war im Moment ziegelrot, und er hatte tatsächlich die Hand am Revolver. Daß ihn die Person, die möglicherweise das Blutbad in diesem Zimmer angerichtet hatte, ein wenig nervös machte, konnte ich durchaus verstehen, aber er brauchte dem Verdächtigen seine Nervosität ja nicht zu zeigen.
»Shea«, versuchte ich es sanft, »machen Sie einen Spaziergang.«
»Aber ich –«
»Shea«, sagte ich, etwas weniger sanft, »machen Sie einen Spaziergang.«
»Jawohl, Ma'am«, druckste Shea, das Gesicht noch stärker gerötet und mittlerweile auch etwas fleckig. Er stakste mit vor Zorn fahrigen Bewegungen in Richtung Wohnzimmer davon. Offenbar hatte ich mir einen Feind gemacht. Es kümmerte mich nicht sonderlich, nicht, wenn er sich so leicht zum Feind machen ließ.

Ich wandte meine Aufmerksamkeit wieder Olead zu. »Und nun zurück zu unserem Gespräch. Sollte ich Angst vor Ihnen haben?«
»Ich bin ein ganzes Stück größer als Sie.« Das war vollkommen richtig. Ich bin einssiebenundfünfzig groß und habe nicht sehr viel Körpermasse. Olead, ich habe es wohl schon erwähnt, war etwa einsachtundachtzig groß und dementsprechend schwer.
»Aber ich kann Judo«, antwortete ich, nicht ganz der Wahrheit entsprechend. Tatsache ist, daß ich vor zehn Jahren auf Drängen meines Mannes einen sechswöchigen Judokurs absolviert habe.
»Ich stehe ganz nah an einer Schrotflinte.«
»Und ich bin noch näher an einem Achtunddreißiger. Und der ist geladen. Ist es die Schrotflinte auch?« Ich kannte diese Art von Spielchen; Olead war wieder fünfzehn geworden. Er spielte seine Variante von »Mein Daddy ist größer als deiner«.
Er betrachtete die Schrotflinte, ohne sie anzufassen. »Woher soll ich wissen, ob sie geladen ist oder nicht?«, fragte er mit bitterer Stimme. »Jack hat sie mich gestern angucken lassen und gesagt, er bringt mir nächstes Jahr das Schießen bei, wenn ich gesund bleibe, aber im Moment wäre ich noch nicht soweit.«
Sauber. Er hatte eine plausible Erklärung für den Fall geliefert, daß sich auf der Schrotflinte seine Fingerabdrücke finden würden.
»Hat Ihnen Ihr richtiger Dad mal was über Schußwaffen gesagt?« fragte ich.
»Ja. Er hat mir gesagt, ich dürfe schießen lernen, wenn ich sechzehn bin.«
»Und? Haben Sie's gelernt?«
»Sie machen wohl Witze«, sagte Olead gereizt. »Was glauben Sie denn, wer einem Schizo beibringt, mit einer Schrotflinte umzugehen? Ein anderer Schizo?«
»Vielleicht«, sagte ich freundlich. »Schlafen Sie in den Stiefeln?«
»Natürlich schlafe ich nicht in den Stiefeln. Warum sollte ich in den Stiefeln schlafen?« Jetzt klang die Stimme verächtlich. Er durchlief eine ganze Skala von Gefühlen und kämpfte offensichtlich dagegen an, zu den Leichen hinzusehen.
»Na ja, Sie haben gesagt, Shea hätte Sie geweckt, aber von Anziehen haben Sie nichts gesagt. Warum zeigen Sie mir nicht, wo Sie geschlafen haben, als er Sie geweckt hat?«
»Hier entlang.« An der Schrotflinte offenbar nicht weiter interessiert, geleitete er mich in die Halle hinaus, wo es links zu den

Schlafzimmern und rechts wieder zurück zum Wohnzimmer ging. »Hier schlafe ich.«

Ich folgte ihm in das Zimmer. Daß er hier schlief, glaubte ich ihm aufs Wort, aber ich bezweifelte, daß er sonst noch etwas darin tat. Die weißen, kahlen Wände waren so unpersönlich wie die eines Hotels oder noch unpersönlicher. Es gab keine Bilder, keine Poster, nichts Individuelles. Er hatte eine Kommode, einen Schreibtisch mit einem Bücherbord darüber und ein schmales Kastenbett ohne Kopf- und Fußteil. Auf dem Bett befanden sich ein weißer Überwurf, eine blaue Decke und weiße Laken, alle zerknüllt, als wäre jemand hastig aufgestanden. Am Fußende lag zusammengefaltet ein blauer Pyjama. »Den da hab' ich angehabt«, sagte Olead. »Shea hat gesagt, ich soll mich anziehen und den Schlafanzug liegenlassen. Die Spurensicherung würde ihn mitnehmen. Dürfen die das?«

»Dürfen die was?« Ich faltete den Pyjama auseinander.

»Meine Kleider mitnehmen. Dürfen die das überhaupt?«

»Ja.«

»Auch ohne Durchsuchungsbefehl?«

»Zur Spurensicherung an einem Tatort braucht man keinen Durchsuchungsbefehl«, antwortete ich geistesabwesend. Ja, da war es, was Shea zweifellos auch bemerkt hatte: bräunliche Flecken am rechten Ärmel und der rechten Schulter.

»Was ist das?«, fragte Olead mit beunruhigter Stimme und trat näher. »Das war noch nicht da, als ich schlafen gegangen bin. Was ist das?«

»Blut wahrscheinlich«, antwortete ich und legte die Schlafanzugjacke aufs Bett zurück.

»*Was?* Das ist unmöglich! Ich hab' die – die Leichen überhaupt nicht angefaßt! Wirklich nicht!« Jetzt flehte er mich an – ob bewußt oder nicht –, ihm zu glauben, mich auf seine Seite zu stellen. »Hören Sie, dieser Mann, dieser Captain Sowieso, der glaubt, ich war's, ich hätte meine Mutter umgebracht, aber ich war's nicht, ich könnte nie – *was ist denn das?*« Er hatte bei seinem aufgeregten Hin- und Hergehen die Richtung gewechselt und hinter der Schlafzimmertür etwas bemerkt, das Shea eigentlich hätte sehen müssen, aber wohl nicht gesehen hatte. »Die gehört mir nicht!«

Mittlerweile war er fast panisch. »Beruhigen Sie sich, mein Junge. Beruhigen Sie sich erst mal.«

»Die gehört mir nicht«, sagte er noch einmal, diesmal etwas gelassener.

»Na gut. Sie gehört Ihnen nicht. Wissen Sie denn, wem sie gehört?«

»Keine Ahnung.« Er starrte die Waffe mit weit aufgerissenen Augen an. »Oder doch – ich – Moment mal. Es könnte – sie gehört vielleicht meinem Dad. Hat ihm gehört. Er hatte eine – eine richtig alte Schrotflinte. Ist das eine Schrotflinte? Vielleicht hat meine Mutter sie aufgehoben. Ich – ich –« Er sah mich an. »Entschuldigung. Ich habe Ihren Namen vergessen.«

»Deb.«

»Mein Arzt sagt, ich darf Erwachsene nicht mit dem Vornamen anreden. Das heißt, hat's gesagt. Mein früherer Arzt hat das gesagt. Er ist tot.«

Er hatte genau den Tonfall, den ein kleiner Junge anschlägt, der langweilige Anweisungen seiner Eltern oder Lehrer wiederholt, und ich antwortete: »Da machen Sie sich mal keine Sorgen. Jeder nennt mich Deb.«

»Deb«, sagte er versuchsweise. »Deb, die gehört mir nicht. Und ich hab' sie auch nicht da hingestellt.«

Sein Entsetzen wirkte durchaus echt. Aber das galt auch für das Blut an seinem Schlafanzug, und ich war mir sicher, daß Shea, dieser übertrieben diensteifrige Grünschnabel, ihn nach der offiziellen Auffindung der Leichen nicht mehr in deren Nähe gelassen hatte. Ich sah ihn an, und dabei bemerkte ich, daß er sich die rechte Schulter rieb. »Tut's weh?«

»Tut was weh? Meine Schulter?« Er machte ein verdutztes Gesicht. »Ja, irgendwie tut sie weh, als hätt' ich da einen blauen Fleck oder so was. Ich wüßte allerdings nicht, wovon.«

»Was dagegen, wenn ich sie mir mal ansehe?«, fragte ich, um einen beiläufigen Ton bemüht.

»Das wird schon wieder. Wahrscheinlich habe ich nur ungeschickt draufgelegen.«

»Wahrscheinlich«, pflichtete ich ihm bei, »aber ich würde sie mir trotzdem gern mal ansehen, wenn Sie nichts dagegen haben.« Um ihm Zeit für die Entscheidung zu geben, ob er kooperieren oder sich weigern sollte, drehte ich mich um und besah mir die Bücher auf dem Bord über seinem Schreibtisch. Es gab da mehrere Bücher über Geisteskrankheiten, einige Bücher über Ernährung vom Typ Bioladen und eine offenbar vielgelesene Ausgabe von *The Eden*

Express, dazu eine kleine Auswahl Science-fiction-Romane und ein paar harmlose Krimis.

Als ich hörte, wie er sich hinter mir bewegte, fragte ich: »Wie lange sind Sie denn wieder aus der Klinik heraus?«

»Sechs Monate.« Das war eine kleine Überraschung, wenn man bedachte, wie unpersönlich der Raum immer noch wirkte. Sogar die Bücher waren, mit Ausnahme der sechs oder acht Titel über Geisteskrankheiten und Ernährung, von der Art, wie man sie eher in ein Gästezimmer stellt.

»He«, sagte er mürrisch. »Wollen Sie sich nun meine Schulter ansehen oder nicht? Es wird ein bißchen kalt, so mit halb ausgezogenem Hemd.«

Ich drehte mich um. Seine rechte Schulter zeigte eine rote Druckstelle, die sich irgendwann in einen schlimmen blauen Fleck verwandeln würde. Ich hatte genau die gleiche Art von Druckstelle oft genug an meiner eigenen Schulter gesehen, als ich lernte, mit einer Schrotflinte zu schießen. »Okay«, sagte ich. »Es wird noch eine Zeitlang weh tun, aber eine richtige Verletzung ist das nicht.«

Er knöpfte sich das karierte Flanellhemd wieder zu, und ich setzte mich zwanglos auf seinen Schreibtischstuhl. Das nahm ihm seinen Sitzplatz, falls er sich nicht aufs Bett pflanzen wollte.

»Na dann, mein Junge«, versuchte ich, »möchten Sie mir die Wahrheit sagen?«

Kapitel 2

Er geriet nicht in Panik.
Er fing nicht an zu schreien, und er griff nicht nach der Schrotflinte.

Er sah mich schweigend an, und einen Moment lang wirkte sein Gesicht älter als fünfzehn – und älter als sechsundzwanzig. Dann setzte er sich, und zwar nicht aufs Bett, sondern auf den Boden, in einer einzigen eleganten, flüssigen Bewegung, die damit begann, daß sein linkes Knie einknickte, und damit endete, daß er im Schneidersitz auf dem Boden saß. Er blickte zu mir auf. »Wo soll ich anfangen?«

So leicht war das? »Wie wär's mit gestern abend«, antwortete ich, »sagen wir, zur Essenszeit?«

Er zuckte mit den Achseln. »Zur Essenszeit. Okay. Jake und Edith waren die Woche zu Besuch. Ich nenn' sie nicht gerne Onkel Jake und Tante Edith, ist das okay?« Ich nickte. »Sie sind aus Arkansas. Das haben Sie schon gewußt, oder?« Ich schüttelte den Kopf, denn mir fiel ein, daß der Captain gesagt hatte, die Leichen seien noch nicht eindeutig identifiziert. »Okay«, meinte er. »Also, sie sind aus Arkansas, und sie waren die Woche hier zu Besuch. Aber das hab' ich schon gesagt, oder?«

Er kratzte sich am Kopf und fuhr fort. »Zum Abendessen gab's Pfannkuchen mit angemachtem Thunfisch; in der Thunfischsauce waren Erbsen, und Brenda hat ein bißchen gequengelt, weil sie keine Erbsen mag. Warum, weiß ich nicht; *ich* mag Erbsen, aber sie nicht. Da hat Edith gesagt, brave Kinder essen, was auf den Tisch kommt, und Jack ist wütend geworden und hat zu Brenda gesagt, sie müsse essen, ob es ihr schmecke oder nicht. Da hat sie zu weinen angefangen und die Erbsen gegessen, und dann hat sie sich übergeben, wahrscheinlich wegen dem Geweine, und Jack hat ihr was hintendrauf gegeben und sie ins Bett geschickt. Nur konnte sie natürlich nicht in ihrem Bett schlafen, weil das Jake und Edith hatten, und sie hatte vor dem Bett nur eine Matratze auf dem Fußboden. Sie hat gesagt, sie wollte bei mir schlafen, weil Edith – sie hat natürlich Tante Edith gesagt – schlecht riecht, da hat Jack ihr nochmal welche hintendrauf gegeben, und sie hat gesagt, sie hat gemeint, daß Ediths Medizin schlecht riecht. Und ich hab' gesagt, natürlich könnte sie bei mir schlafen, eigentlich ist es sowieso ihr Zimmer – sie wohnt in Jeffreys Zimmer, seit ich wieder zu Hause bin –, und ich hab' gesagt, ich würde mir Jacks Schlafsack holen und auf dem Boden schlafen. Da hat Edith gemeint, es wäre ganz und gar unpassend, daß Brenda sich ein Zimmer mit einem *Mann* teilt. Die Frau ist echt eine blöde Ziege – Brenda ist meine Schwester, Herrgott nochmal, und erst vier Jahre alt!«

Er hielt inne. »Man darf nichts Schlechtes über die Toten sagen, oder?«

»War sie eine blöde Ziege?«

»Ja, sie war eine blöde Ziege.«

»Dann sagen Sie's ruhig. Und dann, was ist dann passiert?«

»Dann hat Jack gesagt, ich könnte den Schlafsack sowieso nicht haben, er bräuchte ihn selber, weil er und Jake so gegen halb zwei auf die Jagd gehen wollten. Da hab' ich gemeint, sie könnte doch das Bett haben, ich würde auf der Couch schlafen. Edith hat die Nase gerümpft und gesagt, sie wollte keine Umstände machen, und Mutter hat gemeint, ich könnte nicht auf der Couch schlafen, sie würden später eine Party feiern. Und Jack hat gesagt, Brenda könnte da schlafen, wo man's ihr sagt, nämlich auf einer gefalteten Steppdecke auf dem Fußboden. Und da sollte sie auf der Stelle hingehen. Als sie weg war, habe ich zu Jack gesagt, auf dem Boden würde es ziemlich hart werden, und ich hätte mal einen eigenen Schlafsack gehabt, wenn es den noch gäbe. Mutter hat gemeint, ich müsse in meinem Zimmer schlafen, und ich hab' gesagt, wenigstens könnte Brenda meinen Schlafsack haben, wenn es den noch gäbe.«

»Und? Gab's ihn noch?«

»Ja. Jack hat gesagt, er hätte es nicht so gemeint, aber er hätte Geldsorgen. Der alte Schlafsack wäre wohl noch irgendwo auf dem Dachboden; ich bin dann hochgestiegen und hab' ihn gesucht und auch tatsächlich gefunden. Ich hab' ihn in den Trockner gesteckt, damit er warm wird und der Staub ein bißchen abgeht, und dann hab' ich ihn Brenda gebracht. Sie hat immer noch ein bißchen geschnieft. Sie wissen ja, wie's kleine Kinder machen, wenn sie eigentlich nicht mehr weinen, aber auch noch nicht richtig aufhören können. Ich habe ihr gesagt, sie könnte meinen Schlafsack haben und ich würde mich zu ihr setzen, bis sie eingeschlafen ist. Sie hat mich gefragt, ob sie ihn behalten kann, und ich hab' ja gesagt und ihr gezeigt, wie der Reißverschluß funktioniert. Dann habe ich ihr gesagt, jetzt müsse sie aber die Augen zumachen und schlafen. Ich hab' dann da auf dem Boden gesessen, und irgendwann ist Edith reingekommen, hat die Nase gerümpft und ziemlich zickig gesagt, ob ich sie bitte entschuldigen würde, sie wollte sich zurückziehen. Ich hab' gefragt, ob das heißt, daß sie schlafen gehen will, sie hat gesagt ja, und ich hab' sie gefragt, warum sie das nicht gleich sagt. Da hat sie wieder die Nase gerümpft und gemeint, man könnte wohl nicht erwarten, daß *ich* das verstehe. Da hab' ich gesagt: ›Och, ich versteh' das schon, Tantchen.‹ Sie kann es nicht leiden – sie hat es nicht leiden können, wenn man sie Tantchen nennt. Brenda hat gekichert, Edith hat noch ein paarmal die Nase gerümpft, ich hab' Brenda gesagt, sie soll schön schlafen, und dann bin ich in mein Zimmer gegangen.« Er schüttelte den Kopf. »Edith war eine blöde Ziege.«

Falls seine Schilderung zutraf, mußte ich ihm beipflichten. Aber mir war auch bewußt, daß Geistesgestörte mehr noch als wir anderen dazu neigen, alles nur von ihrem Standpunkt aus zu sehen. »Was ist dann passiert?«, fragte ich. »Sie haben von einer Party gesprochen. Hat denn eine stattgefunden?«

»So was Ähnliches. Es war aber nicht besonders viel los. Ich hatte keine Lust mitzumachen. Ich wollte in den Water Garden. Aber Mutter fand das lächerlich, niemand würde mich an Silvester nach Einbruch der Dunkelheit in den Water Garden fahren, schon gar nicht bei so schlechtem Wetter. Ich kann nämlich nicht fahren, wissen Sie.«

Ich sagte ihm, das hätte ich nicht gewußt. »Tja, es ist aber so. Egal, die Party war jedenfalls ein Reinfall. Bei einer Neujahrsparty erwarten die Leute Alkohol, und als sie mitgekriegt haben, daß es keinen gibt, sind sie gerade mal so lange geblieben, wie sie anstandshalber mußten, und haben sich dann wieder verdünnisiert mit der Begründung, sie müßten nach Hause zu ihren Babysittern oder sie hätten versprochen, noch bei einer anderen Party vorbeizuschauen oder so was in der Art.«

»Warum gab's denn keinen Alkohol?«

»Ach, Mutter glaubte, es wäre nicht gut für mich, wenn welcher im Hause wäre. Und dann hat sie großes Theater gemacht, wie ärgerlich das alles ist, und ich hab' ihr einfach nicht klarmachen können, daß es mich überhaupt nicht kratzt, ob sie welchen im Haus hat oder nicht, ich würde sowieso keinen trinken. Hören Sie«, sagte er ernst, »die Schizophrenie ist etwas, was mir zugestoßen ist. Ohne mein Zutun. Ich hab' mir das nicht ausgesucht. Aber in meinem Kopf ist es oft genug chaotisch zugegangen. Da kann ich auf jedes vermeidbare Chaos gern verzichten.«

»Wann hat sich die Party denn aufgelöst?«

»Keine Ahnung. Ich bin schon vorher ins Bett gegangen. Da waren schätzungsweise noch zwölf Leute da, und ich war schon sehr müde.«

»Haben Sie von den zwölf Leuten jemanden gekannt?«

»Ich hab' überhaupt keinen von den Gästen gekannt. Ich hab' allerdings auch nicht groß darauf geachtet. Hauptsächlich waren es Freunde von Jack. Ein paar hab' ich noch aus der Zeit in Erinnerung, ehe mein Vater gestorben ist, sogar noch aus der Zeit, ehe ich krank geworden bin, aber – ich habe oft Elektroschocks verpaßt bekommen. Und selbst wenn nicht, das ist schon lange her. Mein Namensgedächtnis ist sowieso nicht gut.«

»Was ist denn auf der Party so alles passiert?«, fragte ich und hatte keinerlei Anlaß zu der Vermutung, daß irgend etwas davon eine Rolle spielen könnte. Ich stocherte nur ziellos herum.

»Och, die Leute haben sich unterhalten und so. Ich weiß noch, daß Jack was davon gesagt hat, daß er und Jake in aller Herrgottsfrühe auf Kaninchenjagd gehen würden, und irgendwer hat gemeint, dazu hätte er auch Lust, aber warum so früh und noch dazu am Neujahrstag, und da hat Jack gelacht und gesagt: ›Das haben wir schon als Kinder gemacht. Der Neujahrstag ist die beste Zeit zum Jagen, weil die Spinner alle im Bett liegen und ihren Rausch ausschlafen.‹ Da hat mich der Kerl ganz flüchtig angeschaut und wieder weggeguckt, Sie kennen den Blick, als wollte er sagen: ›Guckt nicht hin, aber der Kerl spinnt, nur laßt ihn ja nicht merken, daß ihr das wißt.‹«

»Waren Sie deswegen wütend auf Jack?«

»Nein, nicht auf Jack. Der hat das nicht so gemeint. Er hat die Betrunkenen gemeint. Er nennt Betrunkene immer Spinner. Das war schon immer so. Aber auf den anderen war ich schon sauer, und zwar wegen der Art, wie er mich angelinst hat, so überlegen, als wär' ich absichtlich schizo geworden. Der guckt mich einfach so an, dabei hab' ich nicht mal gewußt, wer das ist. Und es wäre mir egal gewesen, wenn er richtig geglotzt hätte, zum Beispiel aus Neugier. Die Leute sind nun mal neugierig. Das stört mich nicht.«

»Wie lange kennen Sie Jack schon?«

»Mein Leben lang. Er war ein Freund von Dad.«

»Hat es Sie wütend gemacht, daß er Ihre Mutter geheiratet hat, nachdem Ihr Vater gestorben war?«

»Sie reden wie ein Psychoheini, wissen Sie das?«

»Tut mir leid. Keine Absicht. Ich wollte bloß Bescheid wissen.«

»Außerdem stimmt Ihre Chronologie nicht. Mutter hat Jack schon vor Dads Tod geheiratet. Meine Eltern haben sich vor acht Jahren scheiden lassen, und Mutter hat Jack ungefähr sechs Monate später geheiratet.«

»Warum? Die Scheidung, meine ich.«

Er zuckte mit den Achseln. »Woher soll ich das wissen? Ich war nicht da. Dad hat mir gesagt, es wär' nicht meine Schuld, es hätte nichts mit mir zu tun, ich sollte es Jack nicht krummnehmen. Jack wäre mein Freund, und das würde er auch bleiben. Aber er hat mir auch gesagt, ich sollte Mutter oder Jack niemals etwas vorbehaltlos *schenken*. Später, wenn ich dazu in der Lage sein würde, könnte ich sie unterstützen, soviel ich wollte, aber immer nur unter Vorbehalt. Alles sollte auf meinen Namen laufen.«

»Wieso?«, fragte ich. Wie hatte der Mann überhaupt damit rechnen können, daß sein schizophrener Sohn je in der Lage sein würde, seine Mutter und seinen Stiefvater zu unterstützen?

»Och, Mutter hat gern – gern gespielt. Und Jack auch. Und keiner von ihnen hat es besonders gut gekonnt.« Er sah mich mit verwirrter Miene an. »Was hat das alles mit gestern abend zu tun?«

»Keine Ahnung. Genau das versuche ich ja herauszubekommen. Komisch, ich habe keinerlei Anzeichen für eine Party bemerkt, als ich hergekommen bin. Was ist denn nach dem Gespräch passiert? Sind alle nach Hause gegangen?«

»Ich habe Ihnen doch gesagt, ich bin ins Bett gegangen. Zu dem Zeitpunkt waren noch ungefähr zwölf Leute da, und die sind zwischen Wohn- und Familienzimmer hin- und hergewandert. Ich bin sehr müde geworden und ins Bett gegangen. Aber ich kann Ihnen sagen, warum es keine Anzeichen für eine Party gibt. Mutter läßt nie etwas über Nacht stehen; sie macht immer sauber und räumt alles weg, bevor sie schlafen geht, ganz gleich, wie spät es ist. Ich weiß also nicht, wann sie ins Bett gegangen ist oder ob überhaupt. Ich glaub's eigentlich nicht, sie hat nämlich noch dieselben Kleider ...«

Sein Gesicht erstarrte einen Moment lang. Er wischte sich mit dem Handrücken über die Augen, schluckte und sagte: »Ich bin schlafen gegangen. Und aufgewacht bin ich davon, daß dieser Polizist an die Tür gehämmert hat. Ich hab' natürlich nicht gewußt, daß es ein Polizist war; ich hab bloß gewußt, daß jemand an der Tür ist, und die ganze Zeit damit gerechnet, daß Jack aufsteht und nachsieht, wer es ist. Aber das hat er nicht, also hab' ich geöffnet.«

»Wieso haben Sie damit gerechnet, daß er aufmacht? Angeblich wollte er doch um halb zwei zur Jagd gehen?«

»Das war mir in dem Moment nicht gegenwärtig. Außerdem hab' ich sowieso nicht gewußt, wie spät es war. Ich war richtig weggetreten, zu müde, um mich hochzurappeln, aber schließlich bin ich dann doch aufgestanden.«

»Und Sie sind nicht ins Familienzimmer gegangen?«

»Dazu hatte ich keinen Grund.« Das stimmte natürlich. Der direkte Weg von seinem Zimmer zur Haustür führte nicht über das Familienzimmer. »Ich bin durch den Flur ins Wohnzimmer gegangen und hab' die Haustür aufgemacht; dieser Polizist – Shea – hat gesagt, sie hätten einen Anruf erhalten, daß im Haus ein Schuß gefallen sei, und ob alles okay sei. Ich hab ihm gesagt, ich hätte es hören müssen, wenn ein Schuß gefallen wäre, wär' aber nicht. Er hat mich gefragt, ob er sich mal umsehen dürfe, und ich hab' gesagt, klar, kommen Sie rein. Und dann ist er auf dem gleichen Weg durchs Haus gegangen wie Sie, als Sie gekommen sind, und als wir im Familienzimmer das Licht angemacht haben ...« Er schluckte. »Da mußte ich schleunigst ins Bad, und Shea wollte mich nicht lassen, und ich hab' mir die Hand vor den Mund gehalten, da hat er mich losgelassen, und ich bin ins Bad und – und hab' mich übergeben.«

»Haben Sie gespült?«

Er starrte mich an. »Dazu war mir zu schlecht. Shea hat gespült, ist in mein Zimmer gegangen und eine Weile drin rumgelaufen; dann ist er wieder in den Flur rausgekommen und hat gesagt, ich solle reingehen und mich anziehen. Das hab' ich Ihnen ja schon erzählt. Tja, so war das gestern abend. Mehr weiß ich nicht.«

»Okay. Jetzt will ich Ihnen ein paar Fragen stellen.« Gewissenhaft wies ich ihn nochmals auf seine Rechte hin, und er meinte, das habe »dieser Captain« schon getan und er habe es auch schon unterschrieben. »Sie haben gesagt, Sie hätten nach dem Abendessen nichts mehr gegessen. Stimmt das?«

»Na ja, ich hab' noch ein paar Chips gegessen und ein Dr. Pepper Light getrunken, aber das ist alles.«

»Light?«

»Ich vertrage nicht viel Zucker«, erklärte er. »Moment mal, jetzt fällt mir ein, das war doch nicht alles. Ich hab' noch einen Becher Punsch getrunken. Aber ich fand, er hat widerlich geschmeckt. Ich wollte ihn eigentlich nicht austrinken, aber Mutter hat deswegen ziemlich beleidigt getan, da hab' ich ihn halt getrunken und mir dann das Dr. Pepper geholt. Ich bin etwa dreißig Minuten später ins Bett gegangen.«

»Sie sind später nicht noch einmal aufgestanden und haben gefrühstückt?«

»Wann soll ich denn gefrühstückt haben?«

»Irgendwer hat gefrühstückt!«

»Das waren wahrscheinlich Jack und Jake. Die haben bestimmt noch gefrühstückt, bevor sie auf die Jagd gehen wollten; sie waren ja schon dafür angezogen, das hat man gesehen.«

»Olead, es stehen fünf Teller auf dem Tisch.«

»Na ja, Mutter und Edith. Der fünfte war vielleicht ein Servierteller.« Er klang nicht überzeugt.

»Olead, Sie sind aufgestanden und haben gefrühstückt.«

»Nein.«

»Sie sind aufgestanden und haben gefrühstückt, und dann ist die Streiterei wieder losgegangen, und Sie haben sich eine Schrotflinte gegriffen, die schußbereit herumstand, weil jemand auf Kaninchenjagd gehen wollte, und dann haben Sie zu schießen angefangen.«

»Nein. Außerdem hätte Jack niemals eine Schrotflinte geladen, bevor er nicht dort war, wo er jagen wollte.«

»Irgendwer hat sie aber geladen.«

»Jack war's jedenfalls nicht.«

»Dann haben Sie sie vielleicht selber geladen.«

»Ich weiß gar nicht, wie man eine Schrotflinte lädt.«

»Olead, wissen Sie, warum Ihre Schulter wehtut?«

»Nein«, sagte er.

Ich betrachtete die Schrotflinte in der Ecke. Es war eine alte, zwölfkalibrige Browning, Baujahr wahrscheinlich vor 1920, denn es gab keinerlei Anzeichen dafür, daß sie je eine Seriennummer gehabt hatte. Sie war schlecht gepflegt, und so rostig, wie sie war, würde sie keinerlei Fingerabdrücke aufweisen. Ich konnte sie nachher wieder hinstellen, damit sie fotografiert werden konnte. Ich nahm sie in die Hand und schnupperte daran; der scharfe Schießpulvergeruch ließ darauf schließen, daß sie kürzlich abgefeuert worden war. Ich kontrollierte sie, lud mehrmals durch, so daß drei rote Plastikpatronen auf den Boden fielen, und kontrollierte erneut. Jetzt war sie leer. »Olead, knöpfen Sie nochmal Ihr Hemd auf«, sagte ich.

Mit verwirrtem Gesicht gehorchte er.

»Ziehen Sie den rechten Arm aus dem Ärmel.«

Er zog den Arm aus dem Ärmel.

»Und jetzt sehen Sie sich mal Ihre Schulter an«, sagte ich. »Sehen Sie die rote Druckstelle?«

Er betrachtete sie. »Ja.«

Ich hielt ihm die Schrotflinte so an die Schulter, daß das Schaftende unter seinem Schlüsselbein anlag. »Daher kommt die Druckstelle.«

»Das stimmt nicht.« Er griff nach der Flinte.

»Nicht«, sagte ich und zog das Gewehr weg. »Ich will nicht, daß Sie sie anfassen.«

»Ich werd' schon nicht damit schießen«, sagte er gereizt. »Außerdem geht das sowieso nicht, Sie haben ja alle Patronen rausgenommen. Ich will bloß –«

»Ich will nicht, daß Sie sie jetzt anfassen.« Ich ging zur Tür. »Wer ist von der Spurensicherung da?«

»Ich und Irene«, rief Bob Castle aus dem Wohnzimmer. »Wieso?«

»Habt ihr eine Spurenmetall-Suchausrüstung da?«

»Draußen im Bus, wieso?«

»Kannst du dich mal eben losreißen und sie herbringen?«

»Glaub' schon.«

»Was ist eine Spurenmetall-Suchausrüstung?«, fragte Olead.

»Sie verrät mir, ob Sie eine Schrotflinte abgefeuert haben«, sagte ich und verbesserte mich dann. »Das heißt, sie verrät mir, ob Sie kürzlich eine Schrotflinte in der Hand gehabt haben.«

»Und was soll das beweisen? Ich hab' Ihnen doch gesagt, daß ich gestern abend eine in der Hand gehabt habe. Ich hab' sie mir angesehen.«

Bob kam mit zwei kleinen, dunkelgrauen tragbaren Behältern aus Plastik herein. »Am besten mache ich gleich beides auf einmal«, meinte er. »Wie heißen Sie, Freundchen?«

Olead rief rot an und antwortete steif: »Mein Name ist James Olead Baker.« Er buchstabierte Olead und der Vollständigkeit halber auch noch Baker.

»Okay, Baker, ich sprühe Ihnen jetzt das Zeug da auf Hände, Arme und Gesicht. Es tut nicht weh. Sind Sie Rechts- oder Linkshänder?«

»Rechtshänder. Was ist das für Zeug?«

»Wie es heißt, weiß ich auch nicht. Aber ich kann Ihnen sagen, wie es funktioniert. Wenn Sie Metall berühren, bleibt auf Ihrer Haut eine winzige Spur davon zurück. Diese Chemikalie ist hochempfindlich; wenn wir Schwarzlicht darauf richten, sehen wir, ob und welches Metall Sie kürzlich berührt haben, und wir erkennen außerdem, welche Form die Metallteile hatten, die Sie berührt haben. Klar?«

»Klar.«

Bob griff nach dem Lichtschalter und machte die Deckenlampe aus. Im Dunkeln knipste er den UV-Strahler an, den er in der Hand hielt. Oleads Hände, sein rechter Zeigefinger und der Teil seiner Wange, der sich vermutlich an die in den Flintenschaft eingelegte Metallverzierung geschmiegt hatte, leuchteten unheimlich. Bob machte das Licht wieder an.

»Was bedeutet das?«, fragte Olead und musterte argwöhnisch seine Hände.

»Das bedeutet, daß Sie irgendwann in den letzten zwölf Stunden eine Flinte oder Büchse im Anschlag gehalten haben.«

»Aber das hab' ich nicht«, protestierte Olead. »Das wüßte ich doch noch – was ist das?«

»Das ist ein Schmauchspurennachweis«, erklärte Bob. »Das hier sind ganz normale Wattebäusche. Ich gebe auf jeden ungefähr drei Tropfen zweiprozentige Salpetersäurelösung und betupfe damit Ihre Hände. So können wir feststellen, ob Sie eine Schußwaffe abgefeuert haben. Strecken Sie die Hände vor.«

»Ich habe keine Waffe abgefeuert«, sagte Olead und streckte gehorsam die Hände vor. Dann fragte er: »Wollen Sie mir nicht sagen, was dabei rausgekommen ist?«

»Das muß ins Labor. Ich kann diesen Test nicht selber auswerten.«

»Aha. Und wie lange dauert das?«

»Ungefähr drei Wochen, es sei denn, wir können die überreden, sich ein bißchen zu beeilen.«

»Aha«, sagte Olead noch einmal. »Dann muß ich also drei Wochen im Gefängnis bleiben, bis das Ergebnis da ist?«

»Meiner Meinung nach werden Sie für den Rest Ihres Lebens im Gefängnis bleiben, Freundchen«, erwiderte Bob kalt und ging mit beiden tragbaren Behältern hinaus.

Olead, der sich für die Tests aufs Bett gesetzt hatte, stand auf und ließ sich wieder auf dem Boden nieder. »Deb, bitte versuchen Sie eins zu verstehen: Ich bin nicht geisteskrank. Ich war elf Jahre geisteskrank, und ich weiß, wie sich das bei mir ausgewirkt hat. Ich weiß nicht unbedingt, wie sich Schizophrenie bei anderen auswirkt, aber wie es bei mir war, das weiß ich. Ich hätte niemals, zu keiner Zeit meines Lebens, tun können, was jemand in dem Zimmer da getan hat. Ich war gewalttätig, das will ich gar nicht bestreiten. Ich habe mehrmals versucht, mich umzubringen, aber ich habe nie versucht, jemand anderem das anzutun. Wenn ich jemanden attackiert habe, ging jedesmal ein plötzliches Ausrasten voraus – ich weiß nicht, wie ich's anders nennen soll –, und dann war der Angriff rein körperlich und hat sich gegen eine einzige Person gerichtet, entweder diejenige, die ich zu dem Zeitpunkt für die Situation verantwortlich gemacht habe, oder aber gegen den, der gerade in der Nähe war. Wenn ich gestern nacht so getobt hätte, wäre ich wahrscheinlich auf Edith los. Ja, zugegeben, ich war sauer auf Edith, weil sie meine Schwester schikaniert und es auch mit mir versucht hat. Bloß, ich lasse mich nicht mehr so leicht reizen. Und ich wäre mit den Händen auf sie los, nicht mit einer Schrotflinte. Außerdem wüßte ich es doch. Ich habe es hinterher immer gewußt. Es gab Zeiten, da habe ich mich nicht unter Kontrolle gehabt, und manchmal habe ich nicht mal mehr auseinanderhalten können, was Recht und was Unrecht ist, aber hinterher hat's mir jedesmal leid getan. Und obwohl es mir leid getan hat, war ich imstande, das gleiche nochmal zu tun, wenn ich die betreffende Person wiedergesehen habe, aber ich habe nicht vergessen, daß ich's getan habe. Ich habe es nicht vergessen.«

»Olead, war je eine Waffe in Reichweite, wenn Sie ausgerastet sind?«

Er dachte darüber nach. »Nein.«

»Und haben Sie jemals einen Menschen ernsthaft verletzt?«

Darüber mußte er nicht so lange nachdenken. »Nein«, antwortete er prompt.

»Aber angenommen, Sie wären durchgedreht, und es wäre eine Schrotflinte in Reichweite, und ganz plötzlich lägen da ein paar Tote. Könnten Sie sich daran erinnern? Oder würden Sie sagen, das paßt nicht zu mir, so etwas würde ich nie tun, und die Sache aus Ihrem Gedächtnis streichen?«

Er schüttelte den Kopf. »Ich fühle mich beschissen«, sagte er. »Ich fühle mich zittrig, und so hab' ich mich seit Monaten nicht mehr gefühlt. Aber ich fühle mich nicht so, als wäre ich ausgerastet. Ich fühle mich, als hätte ich zuviel Thorazin geschluckt – und das ist lächerlich, weil ich das Zeug überhaupt nicht mehr nehme. Aber ich fühle mich körperlich sterbenselend, mehr nicht. Ich habe keine schizophrenen Symptome, und damit kenne ich mich weiß Gott aus. Ich weiß nicht, woher die Druckstelle an meiner Schulter kommt, aber ich weiß genau, daß ich gestern abend keine Schrotflinte abgefeuert habe. Außerdem haben Sie sich das Haus noch gar nicht ganz angesehen. Soll ich es Ihnen zeigen?«

Er hatte offenbar seine Rede beendet. »Ja«, sagte ich, »zeigen Sie's mir.«

An einer offenen Badezimmertür vorbei gelangten wir in ein großes Schlafzimmer, in dem nur ein riesiges Bett und eine dreiteilige Frisierkommode standen. »Das ist das Zimmer von Mutter und Jack. Bißchen wenig Möbel drin, finden Sie nicht auch?«

»Ja, stimmt.«

»Hier sehen Sie, warum.«

Das dritte Schlafzimmer im vorderen Teil des Hauses bot den unglaublichsten Anblick, der sich mir je im Leben gezeigt hatte. Am ehesten ähnelte das Ganze den Auswirkungen eines Wirbelsturms. Sämtliche Gegenstände waren hervorgezerrt und durcheinandergeworfen, standen auf dem Kopf, lagen auf der Seite und stapelten sich zu einem wirren Haufen. Möbel aus anderen Zimmern waren angeschleppt und zu dem allgemeinen Chaos hinzugefügt worden. »Ich glaube, daß Brenda und Jeffrey irgendwo da drunter sind, und ich habe Shea zu überreden versucht, daß er mich das Zeug wegschaffen und nach ihnen suchen läßt, aber er wollte nicht. Ihren Captain hab' ich das gleiche gefragt, und er hat gesagt, das hätte Zeit, die seien sowieso tot. Ich glaube allerdings nicht, daß sie tot sind. Ich glaube, jemand wollte mit dem ganzen Zeug das Zimmer verrammeln, damit die beiden auf keinen Fall diejenigen sind, die die anderen finden. Bis jetzt hab' ich mir deswegen noch nicht groß Sorgen gemacht, weil sie um diese Zeit normalerweise noch nicht wach sind und beide einen ziemlich gesunden Schlaf haben. Aber glauben Sie im Ernst, ich könnte das alles gemacht haben und mich dann nicht mehr daran erinnern?«

Ich schwieg. Ich mußte daran denken, was Captain Millner mir erzählt hatte – *haben Sie einmal gesehen, wie jemand einen Sessel durch eine Rigipswand gestoßen hat* –, und sagte: »Tut mir leid, Olead – ja. Ja, das glaube ich.«

Er machte mit den Händen eine hilflose Geste. »Dann tut es mir auch leid. Ich dachte, die Rechtsprechung in diesem Land geht davon aus, daß jemand solange als unschuldig gilt, wie seine Schuld nicht bewiesen ist. *Sie* verlangen von mir, daß ich meine Unschuld beweise, und das kann ich nicht. Ich kann Ihnen nur sagen, daß ich von den Schüssen im Wohnzimmer, das direkt neben meinem Schlafzimmer liegt, nichts mitbekommen habe, genauso wenig wie von dem Radau hier, gegenüber von meinem Schlafzimmer. Aber ich kann Ihnen nicht sagen, warum und wieso. Ich habe niemanden umgebracht.« Er setzte sich im Flur auf den Boden. »Bitte suchen Sie meine Geschwister«, sagte er schlicht.

Bob, der ihn offenbar gehört hatte, rief: »Deb, vorläufig sind wir mit Fotografieren fertig, und da drin wollen wir sowieso nicht nach Fingerabdrücken suchen, du kannst also ruhig anfangen, Möbel zu rücken, wenn du willst.« Er kam auf den Flur hinaus und stellte eine Kamera und ein Fingerabdruck-Set neben mich auf den Boden. »Wir sind total mit Arbeit eingedeckt. Es wäre eine große Hilfe, wenn du das Zimmer da machen könntest.«

»Okay«, sagte ich. Ich war vor Jahren selbst bei der Spurensicherung gewesen und machte gelegentlich noch selbst Tatortuntersuchungen, wenn der Erkennungsdienst überlastet war.

Offenbar würde ich, wenn schon nicht einem Geschworenengericht, zumindest Olead beweisen müssen, daß er es gewesen war. Ich hole schwarzes Fingerabdruckpulver und einen Zephyrpinsel hervor – ich arbeite immer mit einem Zephyrpinsel – und stäubte versuchsweise die Beine eines Stuhls ein, die grotesk in die Luft ragten. Abrupt hielt ich inne und drehte mich zu Olead um. »Haben Sie irgendwelche Handschuhe?«

»Ja, klar.«

»Würden Sie sie bitte holen?« Ich folgte ihm zurück in sein Zimmer, wo er die Handschuhe aus der Tasche einer Steppjacke fischte. Ich nahm sie mit in das andere Zimmer. »Sehen Sie sich die Webart der Handschuhe an.«

Er betrachtete sie. »Und?«

»Jetzt sehen Sie sich das Stuhlbein an.« Ich zeigte ihm die Stelle. »Das sind Handschuhabdrücke, Olead. Das Labor wird nachweisen, daß der Abdruck da von diesem Handschuh stammt. Der Zeigefinger ist beinahe durchgewetzt, sehen Sie? Und die durchgewetzte Stelle können Sie hier auf dem Stuhlbein erkennen, wo das Fingerabdruckpulver die Handschuhabdrücke sichtbar macht.«

»Die Handschuhe hätte jeder anhaben können«, wandte er ein, während er mir zusah, wie ich Fingerabdruckfolie auf dem schwarzen Pulver glattstrich.

»Und dann hat er sie in Ihrem Schlafzimmer wieder in Ihre Jackentasche gesteckt, während Sie geschlafen haben? Nun hören Sie aber auf, Olead.« Ich hob den Handschuhabdruck ab und klebte ihn auf eine Karteikarte, die ich sorgfältig beschriftete. Die Handschuhe steckte ich in eine Plastiktüte, verschloß sie mit Heftklammern und beschriftete sie ebenfalls. Ich unterbrach mich kurz, um den Sachverhalt zu notieren. Das war der Moment, in dem Olead mich fragte, was ich da machte, und dann sein pubertäres Witzchen über die Arbeit riß.

Nach seinem Versuch zur Komik setzte er sich wieder im Schneidersitz auf den Flurboden und sah mir zu. Ich mühte mich, den Stuhl richtig herum zu drehen und in die Halle hinauszuschaffen, damit er nicht mehr im Weg war. »Soll ich Ihnen helfen?«, fragte Olead.

»Nein«, sagte ich, aber er hatte schon die andere Armlehne gefaßt und zerrte den Stuhl auf den Flur hinaus. Wir setzten ihn ab, und ich bedankte mich, weil ich nicht wußte, was ich sonst hätte sagen sollen.

Er sah mir noch eine Weile zu, sah zu, wie ich ein paar weitere Handschuhabdrücke abnahm, und meinte dann: »Deb, wenn Sie da drin ein Säckchen mit Murmeln finden, das sind meine.«

Ich richtete mich auf. »Was?«, frage ich ungläubig.

»Ein Säckchen mit Murmeln«, meinte er ganz beiläufig. »Ein Säckchen aus blauem Baumwollsamt, so wie die von Seagram's Crown Royal, und da sind so zwanzig, fünfundzwanzig Murmeln drin, das sind meine, und die will ich.«

»Wieso?«

Sein Mund bekam jenen störrischen Zug, der den meisten Eltern von Fünfzehnjährigen – ob Jungen oder Mädchen – vertraut ist. »Es sind meine, und ich will sie, weil es meine sind.«

»Ich werd's mir überlegen, wenn ich sie finde«, meinte ich und stellte eine Kommode auf, die mit der Vorderseite nach unten lag. Sie war erstaunlich leicht, hauptsächlich deshalb, weil die Schubladen herausgezogen waren. Als ich sie zur Seite wuchtete, hörte ich Olead heftig einatmen und sah nach unten.

Wir hatten Brenda gefunden.

Kapitel 3

Olead hatte mir gesagt, Brenda sei vier Jahre alt. Nach meiner Schätzung mußte sie knapp fünf sein. Sie steckte mit dem Gesicht nach unten in Schlafhaltung in einem verblichenen, blauen Schlafsack, dessen Reißverschluß bis zu ihrer Hüfte zugezogen war. Ihr Kopf lag auf einem blauen Kissenbezug und war nach links gedreht, so daß er sich von der Zimmertür ab- und der Wand im vorderen Teil des Hauses zuwandte. Sie war ein dünnes, zartgliedriges Kind mit glattem, dunkelblondem Haar. Die kleinen Hände waren offen und entspannt. Neben einer lag ein kleines rosafarbenes Plüscheichhörnchen.

Durch das Loch in ihrem Rücken hätte man eine Faust drücken können, selbst wenn man so groß wie Captain Millner war.

Wer sie erschossen hatte, hatte das nicht aus nächster Nähe getan, denn die Streuung einer Schrotladung vergrößert sich mit ihrer Entfernung von der Laufmündung.

Olead hatte sich aufgerichtet. »Nein«, flüsterte er leise, »nein, nein, nein –« Er trat auf sie zu, hockte sich auf den Boden, strich ihr mit seiner großen Hand über das Haar. Einen ganz und gar erwachsenen Schmerz in den Augen, blickte er zu mir auf und sagte: »Sie glauben, daß ich das war? Sie glauben, ich hätte Brenda das angetan?«

Ich gab keine Antwort. Ich sah ihn nur an.

»Nein, nein, ich war's nicht. Aber eins verspreche ich Ihnen: Sie können hundertmal versuchen, mich in den Knast oder in die Klapsmühle zu stecken, Sie werden mich dort nicht festhalten, denn ich werde rauskriegen, wer Brenda das angetan hat, und wenn ich ihn finde, wird er dafür bezahlen.«

Ich trat auf den Flur hinaus. »Captain Millner«, rief ich, »ich glaube, Olead ist jetzt soweit.«

Millner kam im Eilschritt ins Zimmer; beim Anblick des über die Kinderleiche gebeugten Mannes blieb er wie angewurzelt stehen.
»Sie haben sie also gefunden.«

Olead blickte auf. »Sie haben mir versprochen, daß ich dableiben darf, bis wir Jeffrey gefunden haben.« Seine Stimme war nun tränenerstickt. »Ich verspreche, daß ich dann ruhig mitkomme. Aber wenn mich jetzt jemand wegzubringen versucht, muß er sich mit mir prügeln. Ich will Jeffrey finden. Jeffrey lebt. Niemand würde Jeffrey umbringen; er ist noch ein Baby.«

Ich hatte für einen kurzen Moment den Mann gesehen, der irgendwo in ihm stecken mußte, aber jetzt war er wieder ein Kind, das die Erwachsenen anflehte, seine zerbrochene Welt zu kitten.

»Brenda ist auch noch ein Baby«, sagte ich mit einer Stimme, die fast monoton klang.

»Aber Sie verstehen nicht«, sagte er ernst. »Brenda ist alt genug zum Reden. Sie – vielleicht hat sie etwas gesehen. Vielleicht hat sie gesehen, wer's getan hat. Aber Jeffrey – selbst wenn Jeffrey etwas gesehen hätte, er ist noch nicht alt genug, um es zu erzählen. Niemand hätte einen Grund, Jeffrey umzubringen.«

»Brenda hat geschlafen«, sagte ich. »Das erkennt man daran, wie sie liegt. Sie hat nichts gesehen. Das war nicht der Grund, warum sie umgebracht wurde.«

»Nein, Sie verstehen nicht«, insistierte Olead. »Vielleicht – vielleicht hat jemand gedacht, sie hätte etwas gesehen. Niemand würde Jeffrey umbringen. Er ist erst fünfzehn Monate alt. Niemand – niemand – niemand würde Jeffrey umbringen.«

»Wer Brenda umgebracht hat, würde auch Jeffrey umbringen«, sagte Captain Millner barsch. »Machen Sie Ihre Fotos, Deb.« Er wandte sich ab und fügte über die Schulter hinzu: »Setzen Sie sich hin, Olead. Ich habe gesagt, Sie können bleiben, und das können Sie auch, solange Sie nicht im Weg rumstehen. Also schaffen Sie Ihren Hintern hier raus und setzen Sie sich im Flur hin.«

Olead ging wieder auf den Flur hinaus und setzte sich auf den Boden; Captain Millner bewegte sich in Richtung Wohnzimmer. Das ist eine der angenehmen Eigenschaften von Captain Millner: er läßt die Leute in Ruhe ihre Arbeit tun.

Ich machte Fotos von der Leiche und nahm Messungen vor, deren Ergebnisse ich in meinem Notizbuch festhielt, damit ich später genau beschreiben konnte, wie sie bei ihrer Auffindung gelegen hatte. Dann ließ ich die Leute von der Transportbereitschaft der Gerichtsmedizin, die wegen der vier Leichen im Wohnzimmer geholt worden waren, auch das tote Kind wegbringen.

Olead ging aus dem Weg, damit die Leute ins Zimmer konnten. Sie transportierten die kleine Leiche nicht auf einer fahrbaren Trage ab. Sie steckten sie einfach samt Schlafsack, Kissen und allem anderen in einen schwarzen Leichensack aus Plastik. Olead sah ihnen dabei mit völlig teilnahmslosem Gesicht zu. Einer der Träger schaute ihn an, und sein Blick drückte äußerste Verachtung aus. Olead starrte zurück. Als sie mit ihrer Last durch das Wohnzimmer hinausgingen, setzte er sich wieder auf den Boden.

Ich sah auf meine Uhr. Es war erst fünf. Mir kam es vor, als müßte es schon zehn oder elf sein.

Ich ging um das Blut auf dem Boden herum und versuchte, eine zweite Kommode zu verrücken. Sie entglitt mir und krachte auf den Boden. »Deb?«, rief Bob aus dem Wohnzimmer.

»Ich bin okay«, rief ich zurück. »Hab' bloß was fallen lassen.«

Olead war aufgesprungen. »Ruhe!«, brüllte er. »Ruhe, verdammt nochmal!« Bob, Shea und Captain Millner kamen auf uns zugestürzt, Shea erneut mit der Hand am Revolver. Den Kopf lauschend schräg gelegt, stand Olead einen Moment still, dann plötzlich stürmte er an mir vorbei und begann an den Möbeln zu zerren.

Shea packte ihn an den Schultern und versuchte, ihn wegzuziehen; Olead schüttelte ihn ab und schleuderte eine volle Kommodenschublade quer durchs Zimmer. »Zurück, Shea«, rief Millner.

Denn diesmal hatten wir es alle gehört: Da kam ein leises Wimmern aus der linken hinteren Ecke des Zimmers, der Stelle, wo das Chaos offenbar am schlimmsten war. Olead riß an dem Möbelhaufen, Millner und Bob Castle stürzten sich ebenfalls in das Durcheinander und reichten Gegenstände zu Shea in den Flur durch, während das Wimmern zum Geschrei anschwoll.

Ich konnte Olead keuchen hören, sein Atem kam fast schluchzend, und mit jedem Atemzug sagte er: »Jeffrey – Jeffrey – Jeffrey.«

Und dann war er unter der umgedrehten Matratze eines King-Size-Bettes und richtete sich auf, ihr Gewicht samt dem des doppelten Federkernrahmens und eines Sessels auf den Schultern wie Samson in den Trümmern des Tempels der Philister, und ächzte: »Deb, holen Sie ihn, holen Sie ihn!«

Die Lücke, die er geschaffen hatte, war kaum groß genug zum Durchkriechen, obwohl ich mich so klein wie möglich machte.

Das Kinderbettchen war zusammengebrochen, aber die Gitterstäbe waren nach innen über die Matratze geknickt, und der Kleine hatte offenbar einfach auf dem Boden weitergeschlafen. Ich schnappte ihn mir und robbte zurück. Olead kam unter der Matratze hervor und ließ die Möbel wieder auf den Boden krachen. Während das Geräusch noch nachhallte, entriß er mir das Baby und wiegte es in den Armen.

Wieder wollte Shea nach ihm greifen, aber Millner hielt ihn am Arm fest. »Nicht«, sagte er, »lassen Sie ihn.«

Olead nahm offenbar nichts und niemanden um sich herum mehr wahr, während er sanft auf das Baby einsprach. »Ach Gott, du bist ja ganz naß«, sagte er. »Jeffrey, du bist noch was anderes als naß, und ich komme nicht an deine Windeln. Was zieh' ich dir denn jetzt bloß an, mein Kleiner, hm? Was mach' ich bloß mit dir?« Seine Stimme brach, während er wiederholte: »O Gott, Jeffrey, was mach' ich bloß mit dir?«

Millner griff in die Tasche und hielt Shea einen Fünfdollarschein hin. »Suchen Sie ein Geschäft und besorgen Sie ein paar Pampers oder so was.«

Ich war mir nicht sicher, ob Olead ihn gehört hatte. Unentwegt auf das Baby einredend, ging er durch den Flur ins Badezimmer. Ich folgte ihm und sah zu, wie er Wasser in die Wanne einlaufen ließ. Ich schaute zu Millner hinüber, der nickte. »Irgendeiner muß es machen«, meinte er völlig zurecht. Es war nicht zu verkennen, daß Jeffrey noch etwas anderes als bloß naß war. »Bleiben Sie einfach dabei«, fügte Millner hinzu.

Ich setzte mich auf den einzigen verfügbaren Sitz im Badezimmer und sah zu, wie Olead, der auf der Bademutte kniete, den Kleinen so hingebungsvoll badete, als wäre es ein ganz normaler Tag. Ohne den Blick von Jeffrey zu wenden, nahm er aus dem Regal unter dem Waschbecken eine Plastikente; ihr folgte ein grüner, wie ein Fisch geformter Schwamm. Olead neckte: »Das Fischlein zwickt dich«, und der Kleine gluckste und plantschte. »Das Fischlein knabbert dir die Ohren sauber – das Fischlein spritzt dir die Haare naß – huch! Da hat die Ente aber einen großen Platsch gemacht!« Er wischte sich etwas Wasser von Gesicht und Brust.

»Patsch«, wiederholte der Kleine vergnügt, und Olead hob ihn aus der Wanne, wickelte ihn in ein Handtuch und ließ das Wasser ab.

Shea, der ein recht saures Gesicht machte, war mit den Windeln zurück; Olead dankte ihm kühl und redete dann weiter mit dem Kleinen. »Du mußt ohne Puder auskommen, mein Lieber, ich weiß nämlich nicht, wo dein Puder ist.« Er windelte das Kind und meinte: »Es ist noch zu früh für dich zum Aufstehen.« Auf dem Weg in die Küche durchschritt er das Familienzimmer, ohne einen Blick auf die immer noch dort beschäftigten Leute von der Spurensicherung, das Blut und die Kreidemarkierungen zu werfen. Er öffnete den Kühlschrank, nahm eine Milchtüte heraus, goß etwas davon in eine Glastasse, stellte sie in die Mikrowelle und gab eine halbe Minute ein; dann, das Baby im Arm, schüttete er gekonnt hantierend die warme Milch in ein Plastikfläschchen und schraubte einen Sauger auf.

Dann runzelte er die Stirn.

Sein Gesicht hellte sich auf, und er ging in das Wohnzimmer, wo Shea sich auf dem Sofa niedergelassen hatte, und bat sehr höflich: »Würden Sie bitte aufstehen?«

Shea sah ihn an.

»Würden Sie bitte aufstehen?«, bat Olead erneut, nicht mehr ganz so höflich und eine Spur lauter.

Shea sah ihn einfach weiter an.

»Shea«, sagte Millner.

Der stand auf, und Olead versuchte mit einer Hand und der Hüfte, das Sofa zu verrücken. Millner begriff, was er vorhatte, und faßte mit an. »Shea«, wiederholte er, und der beteiligte sich mit zutiefst angewidertem Gesicht.

Zusammengeschoben ergaben die beiden Sofas ein sicheres, wenn auch etwas groß geratenes Kinderbett. Olead legte den Kleinen hin und bot ihm die Flasche; der Kleine nahm sie, begann aber sofort zu schreien, als Olead sich abwandte. Ich konnte ein mehrfach wiederholtes »Oyee! Oyee!« heraushören.

Olead sah Millner an. Millner zuckte die Schultern, und Olead kletterte über die Armlehne des Sofas und legte sich neben das Baby. Das Geschrei verstummte.

»Was zum –«, setzte Shea entrüstet an.

»Halten Sie den Mund«, befahl Millner.

»Aber wollen Sie ihn denn einfach –«

»Halten Sie den Mund, Shea«, wiederholte Millner. »Das Baby weiß nicht, was passiert ist. Wir haben das Sozialamt verständigt, und es ist bereits jemand unterwegs, um den Kleinen zu holen. Aber bis dahin kriegt er, was er braucht, und wenn er den großen Bruder braucht, kriegt er eben den großen Bruder. Verstanden?«

»Aber wenn der verrückte Hund –«

»Halten Sie den Mund, Shea«, wiederholte Millner zum dritten Mal. »Deb, Sie bleiben hier.«

Fünf Minuten später kam Olead wieder über die Sofalehne geklettert. »Er schläft«, sagte er und sah mich an. »Normalerweise wacht er erst so gegen halb acht auf. Es war wohl der Krach, der ihn so früh geweckt hat. Werden die Leute vom Sozialamt sich auch gut um ihn kümmern?«

»Sie werden sich gut um ihn kümmern.«

»Kann ich dableiben, bis sie hier sind?«

»Sie wollten nur so lange bleiben, bis wir ihn gefunden haben«, erinnerte ihn Millner.

»Ja, aber – aber – er ist gegen einiges allergisch. Das muß ich denen sagen.«

Millner zuckte die Achseln. »Jetzt sind Sie schon so lange hier, da können Sie ruhig auch noch länger bleiben.«

Olead folgte mir zurück ins Schlafzimmer. »Kann ich Ihnen helfen, die Sachen wegzurücken?«

»Im Moment muß ich nichts davon wegrücken«, sagte ich. Ich hatte die ausgeworfene Hülse der Patrone gefunden, die Brenda getötet hatte. Es war eine sehr alte rote Papphülse. Die im Wohnzimmer gefundenen waren aus Kunststoff. Ich hatte keinen Grund zu der Annahme, daß ich in diesem Zimmer noch irgend etwas Beweiskräftiges finden würde, aber ich mußte meine Untersuchungen in diesem Raum abschließen. Doch damit wollte ich warten, bis Olead nicht mehr da war.

»Kann ich das Zeug dann selber wegrücken?«, fragte er.

»Das möchte ich lieber nicht«, meinte ich. »Wir machen das dann später.«

»Aber ich muß meine Murmeln finden!«, protestierte er hitzig.

Ich sah Millner an. Millner sagte: »Ich will Sie nicht da drin haben, Olead. Wir suchen später nach Ihren Murmeln.«

»Es ist aber wichtig«, widersprach er.

»Sie werden schon auftauchen.«

Hinter Olead zeigte Shea ihm ein Vögelchen. Ich nickte. Trotzdem war es merkwürdig. Er wirkte völlig normal, solange er sich um das Kind kümmerte. Was ihm auch fehlte, die Symptome schienen nur zeitweise aufzutreten.

Die Hände in den Taschen, drehte Olead sich um. »Kann ich dann wenigstens anfangen, das Wohnzimmer sauberzumachen? Ich mag kein Blut überall auf dem Boden.« Er setzte sich in Bewegung.

»Nein, Sie können nicht anfangen, das Wohnzimmer sauberzumachen«, sagte Millner in schon leicht gereiztem Ton.

»Aber –«

»Wir sind noch nicht fertig damit«, erklärte ich Olead.

Er betrachtete die Kreidemarkierungen. »Ach so. Ist es dann okay, wenn ich das Geschirr abwasche?«

»Ja, Herrgott im Himmel, waschen Sie das Geschirr ab«, sagte Millner und bedeutete mir »Bleiben Sie bei ihm«, während Olead die Teller im Eßzimmer einsammelte.

»Kann ich Ihnen dabei helfen?«, fragte ich Olead.

Er schaute auf die Teller in seinen Händen. »Nein, ich – ich denke nur irgendwie, daß ich was tun muß.« Er schaltete die Kaffeemaschine ab und schüttete den abgestandenen Kaffee in den Ausguß. »Außerdem«, fügte er hinzu, »bekäme Mutter einen Anfall, wenn sie wüßte, daß das Haus voller Leute ist und die Küche so aussieht.«

»In meiner Küche sieht es fast immer zehnmal so schlimm aus«, erzählte ich ihm, während er das Silber zusammenräumte.

Er sah mich kurz an. »Aber das ist was anderes. Sie haben noch andere Sachen um die Ohren als die Hausarbeit. Mutter hat – hatte das nicht. Es ist schwer, sich daran zu gewöhnen, so zu reden. In der Vergangenheit, meine ich. Schwer, sich daran zu gewöhnen. Ist es okay, wenn ich meine Vitamine nehme?«

Ich sagte ihm, es sei okay.

»Gut«, meinte er. »Der Doktor sagt, ich muß sie jeden Tag nehmen.«

Als die Frau vom Sozialamt eintraf, war die Küche sauber. Olead musterte die Dame skeptisch und verkündete: »Er ist allergisch gegen parfümierten Babypuder.«

»Das ist bei vielen Babys so«, antwortete sie. »Ich nehme immer Stärkemehl.«

»Tja, äh, und – und er mag keine Eier.«

»Er muß aber Eier essen, außer er ist dagegen allergisch.«

»Ist er nicht. Und der Doktor sagt, er braucht Eier, damit er nicht anämisch wird. Aber er mag sie nicht. Sie müssen sie ihm irgendwie unterjubeln. Ach so, ja, und er darf keine Schokolade bekommen. Davon kriegt er Magenverstimmung.«

»Ich kümmere mich gut um ihn«, versicherte sie Olead mit einer Freundlichkeit, aus der ich den Schluß zog, daß ihr draußen jemand von Oleads Zustand erzählt hatte. »Wer ist sein Hausarzt? Ich brauche eine Kopie seines Impfpasses.«

Jeffrey wachte auf, als sie ihn hochhob, schrie erneut nach ›Oyee‹ und streckte die Arme aus. Olead nahm ihn. »Jeffrey, du mußt jetzt mit der Dame da gehen. Sie wird sich gut um dich kümmern. Ich kann dich nicht bei mir behalten. Jeffrey, wo ich hingehe, würde es dir nicht gefallen.« Er legte ihn wieder der Frau in die Arme und machte ganz sanft die kleinen Finger los, die sich verzweifelt an ihn klammerten. »Er fremdelt ein bißchen«, erklärte er mit wackliger Stimme. »Aber er ist ein braves Baby. Er ist wirklich ein braves Baby.«

»Ganz bestimmt«, pflichtete sie ihm bei. »In dem Alter fremdeln sie alle. Aber ich werde ihm nicht lange fremd bleiben. Es wird ihm gut gehen, ich verspreche es.« Sie nahm einen gelben Spielanzug aus ihrer Tasche, den sie ihm gekonnt anzog.

»Ja«, sagte Olead und sah ihr nach, als sie, das Baby in eine mitgebrachte Decke gehüllt, zur Tür hinausging.

Dann zog er die beiden Sofas an einem Ende auseinander, setzte sich auf eines der beiden und weinte. Es vergingen bestimmt fünf Minuten, ehe er aufhörte. Wir ließen ihn weinen. Es gab keinen Zweifel, daß er das brauchte.

Als er sich wieder beruhigt hatte, sagte Captain Millner: »Olead, Sie müssen jetzt ins Gefängnis gehen. Sie haben versprochen, daß Sie sich nicht wehren.«

»Ja, aber muß es unbedingt Shea sein, der mich hinbringt.«

»Ja«, sagte Millner mit ruhiger Entschiedenheit.

Olead stand auf und wischte sich mit dem Handrücken übers Gesicht.

»Wahrscheinlich wollen Sie mir Handschellen anlegen.«

»Da können Sie sich drauf verlassen«, versetzte Shea grob.

Olead drehte ihm den Rücken zu und streckte die Hände nach hinten. »So?«, fragte er. Shea, vermutete ich, war ein kleines bißchen enttäuscht darüber, daß Olead sich nicht gewehrt hatte. Aber er legte ihm die Handschellen an, führte ihn hinaus zum Streifenwagen, schob ihn auf den durch ein Gitter abgeteilten Rücksitz und fuhr weg.

»Er weiß nicht, daß er's war«, sagte ich. »Er weiß es ehrlich nicht. Wenn Sie ihn an einen Lügendetektor anschlössen, würde alles auf seine Unschuld hindeuten.«

»Keine Frage«, stimmte Millner zu. »Verdammt, trotz allem, was ich da drin gesehen habe, tut er mir einfach leid, ich kann's auch nicht ändern. Irgendwas war in dieser Familie völlig schräg, Deb, nicht nur er. Ist Ihnen aufgefallen, daß der Kleine kein einziges Mal nach seiner Mutter geschrien hat? Immer nur nach Olead.«

»Ja, das ist mir aufgefallen«, sagte ich. »Ich nehme mir das Zimmer noch mal gründlich vor. Ich will wissen, warum er unbedingt dieses Murmelsäckchen wollte. Ich frage mich, ob da irgendwas drin ist.«

»Das wüßte ich auch ganz gern«, meinte Millner. »Ich durchsuche den Schreibtisch. Wir müssen irgendwelche Angehörigen finden.«

Der Nachmittag war weit vorangeschritten, als ich den Wagen in meiner Auffahrt abstellte. Meine Wohnungstür geht auf eine kleine Eingangshalle, die wie ein Teil des Wohnzimmers wirkt. Drinnen hatte sich meine Familie in einem gemütlichen Durcheinander aus Zeitungen, Zeitschriften und Popcorn auf die Football-Übertragung im Fernsehen eingerichtet. Harry, an Arbeitstagen ein äußerst pingeliger Testpilot bei Bell Helicopter, hatte sich nicht rasiert. Da er sich auch an den beiden vorangegangenen Tagen nicht rasiert hatte, sah er entsprechend schmuddelig aus, ein Eindruck, der noch durch seine alten Marine-Corps-Arbeitshosen (er ist schon seit sechzehn Jahren kein Marine mehr), sein farbbespritztes T-Shirt und das Loch in seiner linken Socke verstärkt wurde – letztere gehört zu einem Paar Socken, das ich schon dreimal weggeworfen habe. Er rettet es immer wieder. Becky – sie ist neunzehn und hat ihren ersten Fulltime-Job – studierte den Sears-Katalog, und Hal – er ist der Grund, warum ich so viel über fünfzehnjährige Jungen weiß – spielte mit seiner Pac-Man-Uhr.

Natürlich fragte ich, ob Vicky schon in die Klinik gegangen sei, und natürlich verneinte Harry und erinnerte mich daran, daß sie noch nicht so weit sei. Ich glaubte es einfach nicht. Immerhin hatte Vicky dreißig Pfund zugenommen, und kein Mensch nimmt in nur sieben Monaten dreißig Pfund zu.

Jedenfalls würde ich das Baby gern irgendwann demnächst sehen. Ich habe zu arbeiten angefangen, als Hal erst sechs Monate alt war, weil Harry damals noch studierte und sein Überbrückungsgeld nicht ganz reichte, um alle unsere Bedürfnisse zu decken. Bei der Polizei bin ich eher zufällig gelandet, weil ich damals Arbeit suchte und auf eine Anzeige aufmerksam geworden war. Obwohl Männer in diesem Beruf vergleichsweise schlecht bezahlt werden, verdiene ich mehr, als die meisten Frauen in ihrem Job je bekommen. Zumindest war das damals so. Ich war immer gern bei der Polizei, und das hat auch bestimmt den Kindern nicht geschadet – Hal gibt ziemlich mit seiner Mutter an –, aber ich habe eben nicht soviel Zeit für ihn gehabt wie für die Mädchen. Mit dem Kleinen konnte ich nie ausgiebig spielen; dafür hat Vicky mir versprochen, daß ich ab und zu auf ihr Baby würde aufpassen dürfen.

Als mir diese Gedanken durch den Kopf gingen, blickte Becky auf und murmelte so etwas wie eine Begrüßung. Hal – er blickte nicht auf – rief begeistert: »He, Mom, ich hab' neunhundertzehn geschafft!« Seine Uhr gab ein Gedudel von sich, und er schrie: »Paß auf, gleich hab' ich das Monster! Ah, Mist!« Er legte die Uhr hin. »He, Mom, willst du ein bißchen Popcorn?«

»Nein«, sagte ich, »ich glaube, mir wird gleich schlecht.«

Harry wischte die Zeitung und die Katze von seinem Schoß und folgte mir ins Schlafzimmer, wo ich mich angezogen auf dem Bett zu einem Häufchen Elend zusammengerollt hatte. Er fing an, mir den Rücken zu massieren. »Wer hat das Problem?«, fragte er mich. Wir hatten im vergangenen Jahr Selbsthilfebücher gelesen.

»Im Moment ich«, antwortete ich.

»Ist es der junge Baker? Ist das der Fall, mit dem du zu tun hast?«

»Mhm. War's schon im Fernsehen?«

»Ja. Ich hab' seinen Daddy gekannt. Richtig netter Kerl. Ist vor ungefähr fünf Jahren bei einem Gewitter mit seinem Privatflugzeug in New Mexico in einen Berghang gekracht. Willst du über den Fall reden?«

»Ich weiß, daß er's war, aber ich will nicht, daß er's gewesen ist«, sagte ich, und mir wurde klar, daß ich genau das tat, was ich den Kindern manchmal vorwarf: Ich versuchte, die Welt so zu sehen, wie ich sie gern hätte, anstatt die Tatsachen zu akzeptieren.

Harry massierte mir weiter den Rücken. »Weißt du«, sagte er gleich darauf, »daß dein Verstand sich täuscht, hab' ich schon oft erlebt, aber daß dein Gefühl danebenliegt, ist eigentlich noch nie vorgekommen.«

»Aber all die Indizien –«

»Vielleicht solltest du dich mal fragen, wie sie gefälscht worden sein könnten.«

»Aber wenn er es nicht war, wer war es dann?«

»Madame, es gibt nur einen Detektiv in dieser Familie, und das bin ganz bestimmt nicht ich.« Er massierte mir weiter den Rücken, und nach einer Weile schlief ich ein und erwachte Stunden später, als Becky sich endlich von dem Sears-Katalog hatte losreißen können, um zu Ron's zu fahren und Brathähnchen zu holen. Es gab Brathähnchen und Bier zum Abendessen, und danach bat ich Hal, er solle aufhören, im Wohnzimmer Pac-Man zu spielen.

Eine halbe Stunde später bat ich ihn, die Geräuscheffekte abzustellen, wenn er schon nicht darauf verzichten konnte, im Wohnzimmer Pac-Man zu spielen. Das Gedudel hörte abrupt auf, aber die verbale Begleitung ging weiter.

Becky studierte mittlerweile den Katalog von Ward's.

Harry brachte mir noch ein Bier. Auf Kanal zehn lief eine Zusammenfassung der Neujahrsumzüge, die ich mir nur mit halber Begeisterung ansah.

Becky griff nach dem Katalog von Penney's und fragte in suggestivem Ton: »Mom, kriege ich eine eigene Kreditkarte, wenn ich eine Gehaltserhöhung bekomme?«

»Frag' das Kaufhaus nach einer Kreditkarte, nicht mich.«

Hal stöhnte auf: »Ein Geist hat mich gefressen.« Becky starrte ihn an, und er meinte: »Auf meiner Uhr. Meiner Pac-Man-Uhr. Ein Geist, du weißt doch! Ein kleiner Mann, den es gar nicht gibt.«

Jemand, den es nicht gibt – Olead hatte gesagt, er hätte nicht gefrühstückt. Wir gingen alle davon aus, daß er log oder daß er es vergessen hatte. Aber vielleicht log er nicht, und vielleicht hatte er gar nichts vergessen. Wenn er nicht gefrühstückt hatte, für wen war dann der fünfte Teller? Für jemanden auf der Party, jemanden, der gesagt hatte, er würde auch gern jagen gehen – drei Flinten, drei Flinten im Haus, vielleicht auch drei Männer, die zur Jagd wollten? Nur daß einer von ihnen etwas anderes im Sinn hatte?

Falls Olead nicht gefrühstückt hatte – falls sich irgendwie feststellen ließ, ob Olead gefrühstückt hatte ...

Am Morgen hatte er sich übergeben, und Shea, dieser Vollidiot, hatte gespült – außerdem hätte uns das möglicherweise auch verraten ...

Eine Urinanalyse; vielleicht konnten wir wenigstens noch einen Teil des Beweises sichern, daß Olead möglicherweise nicht log.

Ich griff nach meinen Autoschlüsseln. »Ich muß ins Gefängnis«, sagte ich. »Mir ist gerade was eingefallen.«

Harry machte ein verblüfftes Gesicht. »Du hast zwei Bier getrunken. Kannst du nicht einfach dort anrufen?«

Widerstrebend legte ich die Autoschlüssel wieder hin. »Wahrscheinlich schon«, sagte ich. »Ich fürchte nur, er wird nicht mitspielen.«

»Wer wird nicht mitspielen? Und wieso?«

»Olead. Ich fürchte, er wird es nicht einsehen.«

Harry machte ein Gesicht, als wollte er fragen, wovon ich eigentlich rede; dann zuckte er die Achseln und reichte mir das Telefon. Ich rief im Gefängnis an.

Olead wollte nicht mitspielen. Er verstand nicht, was ich mit Hilfe einer Urinanalyse herausfinden wollte. Ich mußte schließlich mit ihm selbst reden. Und dann sprach ich mit einer Beamtin von der Spurensicherung, die mir sagte, das Ganze müsse an das Labor in Austin geschickt werden und würde ungefähr drei Wochen dauern. Ich fragte, warum es nicht einfach an das Labor in Garland geschickt werden könne, und sie antwortete: »Hauptsächlich deshalb, weil die sowas nicht machen. Die würden einfach mit den Schultern zucken und es an das Labor in Austin schicken, und dann würde es –«

»Noch eine Woche länger dauern. Ich weiß. Okay. Prima. Also schicken Sie es nach Austin.«

Ich legte auf.

Der Teufel sollte Shea holen. Der Teufel sollte diesen Schwachkopf holen. Hatte er denn noch nie etwas von Tatortuntersuchung und Beweissicherung gehört?

Der Teufel sollte Shea holen.

Der Teufel sollte ihn holen.

Harry brachte mir noch ein Bier, und ich mußte mich übergeben.

Shea brachte keinerlei Respekt auf – weder für mein Alter, meinen Dienstrang noch mein Geschlecht oder andere derartige Schwächen. Es war neun Uhr morgens am zweiten Januar, und er hatte – nach einer einigermaßen anstrengenden Nacht – um dreiundzwanzig Uhr am Vorabend seinen Dienst angetreten. Meine Fragen gefielen ihm nicht; jetzt brüllte er: »Wie zum Teufel soll es denn ausgesehen haben? Wie *Kotze* hat es ausgesehen!«

»Okay«, brüllte ich, »hat es wie Eier-mit-Schinken-Haferflocken-und-Toast- oder wie Thunfischsauce-mit-Pfannkuchen-und-Erbsen-Kotze ausgesehen?« Zufällig kann ich dieses Wort nicht ausstehen. Aber ich war mittlerweile soweit, daß ich Shea noch weniger ausstehen konnte.

»Woher zum Teufel soll ich das wissen?«, brüllte er. »Ich laufe schließlich nicht rum und stecke den Kopf in Kloschüsseln! Es hat wie Kotze ausgesehen!« Er murmelte noch etwas in seinen Bart, was sich wie »blöde Kuh« anhörte.

»*Officer* Shea«, sagte ich mit meiner liebenswürdigsten Stimme, »jetzt halten Sie zur Abwechslung mal den Rand und versuchen zuzuhören. Wir haben einen Mordverdächtigen, richtig? Und der bestreitet, daß er gefrühstückt hat, richtig? Aber da waren fünf Teller. Und es besteht die entfernte Möglichkeit, daß er die Wahrheit sagt. Und wenn nicht er gefrühstückt hat, dann war es jemand anders. Und wenn noch jemand im Haus war, der um zwei oder um halb drei gefrühstückt hat, dann könnte dieser Jemand diese fünf Leute erschossen haben. Außerdem bestreitet der Verdächtige, fünf Gewehrschüsse gehört zu haben. Möglicherweise lügt er. Aber wenn er die Wahrheit sagt, dann kann er fünf in seiner unmittelbaren Nähe abgefeuerte Schüsse nur aus einem Grund nicht gehört haben. Und zwar, weil er unter starken Betäubungsmitteln stand. Ist Ihnen vielleicht aufgefallen, daß er ein bißchen benommen wirkte? Und hat er Ihnen zufällig gesagt, daß er sich fühlt, als hätte er eine Überdosis bekommen? Mir hat er's nämlich gesagt. Er glaubt eigentlich nicht, daß er unter Betäubungsmitteln stand, aber die Möglichkeit besteht. Und Sie hatten die Gelegenheit, festzustellen, ob der Verdächtige gefrühstückt hat und ob er unter Betäubungsmitteln stand. Aber Sie haben es nicht für nötig befunden, den Beweis zu sichern. Officer Shea, ich hoffe, es macht Ihnen Spaß, morgens um vier am Viehhof Streife zu gehen, denn das würden Sie in den nächsten paar Monaten tun, wenn es nach mir ginge.«

Er nahm seine Dienstmarke ab, warf sie auf den Schreibtisch und sagte: »Den Teufel werde ich tun!«

Ich verlangte gleich noch seinen Ausweis, ehe er es sich anders überlegen konnte.

Er sagte noch ein paarmal »blöde Kuh«, und daß er nun mal leider kein so hübscher Junge wie Olead Baker sei, und dann stampfte er wütend hinaus.

Captain Millner schaffte es, sich das Lachen so lange zu verbeißen, bis Shea im Fahrstuhl war. Ich fand das anständig von ihm. Aber ehe die Fahrstuhltür zuglitt, guckte jemand aus dem Büro des Betrugsdezernats und fragte: »Ist er in den Fahrstuhl mit dem Einschußloch gestiegen?«

Ich sagte ja, und die Person im Betrugsdezernat – ich konnte nicht erkennen, wer es war – meinte: »Gut. Tät' mir wirklich leid, wenn beide Fahrstühle versaut würden.«

Die Tür schloß sich unter einem neuerlichen Schwall von Flüchen, und Captain Millner schüttelte den Kopf: »Der schlimmste Fall von Grünschnabelitis, den ich seit langem gesehen habe«, verkündete er, dann fügte er hinzu: »Deb, wollen Sie mir sagen, was Sie haben?«

»Nur Hirngespinste, fürchte ich. Aber ich muß noch mal in das Haus zurück.«

»Machen Sie Ihren Papierkram fertig, dann komme ich mit.« Er warf einen Blick zum Fahrstuhl. »Wie lange es wohl dauert, bis Shea dahinterkommt, daß Sie nicht über seine Einsätze zu entscheiden haben?«

»Ich hoffe, es dauert nicht allzu lang. Ich habe keine Lust, den ganzen Tag hier herumzusitzen und auf ihn zu warten.« Ich betrachtete die Marke und den Ausweis auf meinem Schreibtisch. »Weshalb ich ihn angepfiffen habe, ist eigentlich gar nicht der Grund, warum ich so sauer auf ihn bin.«

Millner kicherte. »Das hab' ich mir schon gedacht.« Er setzte sich auf einen freien Stuhl unseres kleinen Büros, das ursprünglich als Verhörzimmer konzipiert worden war. Die vier Schreibtische samt Stühlen, die man mittlerweile hineingequetscht hatte, sorgen für eine ziemlich klaustrophobische Atmosphäre, besonders angesichts der Tatsache, daß die Sonderkommission aus sechs Leuten besteht. »Das hab' ich mir eigentlich schon gedacht«, wiederholte er und begann, den Bericht der Spurensicherung zu lesen. Er blickte auf. »Deb«, sagte er, »ich hätte auch gern, daß es jemand anderes gewesen ist. Aber ganz gleich, was Sie sonst noch wegerklären, wir können nicht über die Prellung an seiner Schulter hinwegsehen, und diese Prellung stammt vom Kolben einer zwölfkalibrigen Schrotflinte.«

»Das weiß ich. Das weiß ich, verdammt, und ich muß rauskriegen, wo er sie herhat.«

»Und wir haben genauso versagt wie Shea«, fügte Millner hinzu.

»Vielleicht sogar noch schlimmer, weil er ein Anfänger ist und wir es eigentlich besser wissen müßten.«

»Was müßten wir besser wissen?«

»Überlegen Sie doch«, sagte Millner. »Angenommen, Olead hat tatsächlich die Wahrheit gesagt. Angenommen, es war noch jemand anderes da. Angenommen, Olead ist schlafen gegangen, und dieser Jemand hat gefrühstückt. Wo hätte er dann Fingerabdrücke hinterlassen? Auf der Kaffeetasse. Und wo ist die Kaffeetasse?« Er beantwortete sich diese Frage selbst. »Wir – ich – habe Olead Baker erlaubt, sie zu spülen. Soviel zu der Kaffeetasse.«

Kapitel 4

Captain Millner war immer noch in meinem Büro, als Shea mit ziemlich einfältigem Gesicht hereinkam. »Kann ich meine Marke und meinen Ausweis wiederhaben?«, fragte er.

»Setzen Sie sich, Shea«, sagte Millner.

Shea setzte sich.

»Niemand mag Erbrochenes«, sagte Millner zu ihm. »Aber bei solchen Untersuchungen kann absolut alles zum Beweismittel werden. Haben Sie je von dem großen Fall im Norden gehört, bei dem eines der Hauptindizien zwei in der Toilettenschüssel schwimmende Zigarettenstummel waren? Das heißt, sie wären ein wichtiges Indiz gewesen, wenn nicht ein Streifenpolizist reingepinkelt und dann gespült hätte. Der Mann, der wegen des Mordes verurteilt wurde, war der Ehemann des Opfers. Er war Nichtraucher, genau wie das Opfer, und es handelte sich um die Badezimmertoilette im ersten Stock, gleich neben dem Elternschlafzimmer. Der Ehemann ist in der Berufungsverhandlung freigesprochen worden, nachdem der Streifenpolizist sich schließlich dazu durchgerungen hatte, seinen Fehler zuzugeben. Aber bis dahin hatte der Mann schon sechs Jahre wegen Mordes abgesessen. Er war mit an Sicherheit grenzender Wahrscheinlichkeit unschuldig. Und er war Arzt, Shea. Er hatte für eine Menge Menschen eine Menge Gutes getan. Er hätte in den sechs Jahren, die er im Gefängnis saß, und in den Jahren danach, in denen er versuchte, seine Approbation wiederzubekommen, noch mehr Gutes tun können.«

Shea gab keine Antwort. Er sah auf seine Hände.

»Ich weiß, Sie kennen die Geschichte, ich habe sie nämlich Ihrem Ausbildungsjahrgang erzählt. Was nun Olead Baker angeht, ist er mit an Sicherheit grenzender Wahrscheinlichkeit schuldig.« Millner warf mir einen kurzen Blick zu, als erwarte er Widerspruch. »Aber es ist ihm nicht bewußt, Shea. Ich würde es ihm gern beweisen können.«

»Es tut mir leid.« Sheas Blick war immer noch auf seine Hände gerichtet.

»Schon gut, Sie haben nicht das Monopol darauf, Mist zu bauen«, sagte Millner. »Wir haben alle Mist gebaut. Wir sind alle reingegangen, haben uns die Sache angesehen, sind zu dem Schluß gekommen, daß es der Junge war, und haben vergessen, unseren Grips anzustrengen, um mögliche Alternativen ins Auge zu fassen. Aber Sie haben noch einen schweren Fehler gemacht.«

»Wieso?«

»Baker sagt, Sie sind in seinem Zimmer herumgelaufen, nachdem er sich übergeben hatte, und dann sind Sie herausgekommen und haben gesagt, er solle reingehen und sich umziehen. Stimmt das in etwa?«

»Ja, so ziemlich«, gab Shea zu.

»Als Sie da drin rumgelaufen sind, haben Sie da auch nach Waffen gesucht?«, fragte Millner beiläufig.

»Na klar«, sagte Shea entrüstet. »Deswegen war ich doch drin; ich bin nicht bloß rumgelaufen, wie er glaubt.«

»Wo haben Sie nachgesehen?«, fragte Millner und zündete sich eine Zigarette an.

»Na ja, in den Schubladen, im Schrank auf dem Einlegeboden, in den Fächern und unter dem Bett.«

»War die Tür auf oder zu?«

»Die Zimmertür? Die wird wohl offen gewesen sein. Ja, sie muß offen gewesen sein, ich hab' ihn nämlich gleichzeitig im Auge behalten. Wieso?«

»Das habe ich mir schon gedacht. Das erklärt, warum Sie die geladene Schrotflinte hinter der Zimmertür nicht gefunden haben.«

»Die *was?* Sie machen Witze! Sie machen Witze, oder?«, fragte er, und sein Gesichtsausdruck ähnelte auf merkwürdige Weise dem Oleads – einem Kind, das die Erwachsenen anfleht, eine plötzlich fremd gewordene Welt wieder ins Lot zu bringen.

»Hinter der Zimmertür stand eine zwölfkalibrige Schrotflinte«, sagte ich ihm. »Ich habe sie gefunden, als ich da drin mit ihm geredet habe – das heißt, er hat sie gefunden, und ich habe sie an mich genommen. Ich habe sie entladen. Es waren drei Schuß drin.«

»Und das wiederum bedeutet folgendes, Shea: wenn Olead tatsächlich der Täter war und sein ›Anfall‹ bei Ihrem Eintreffen noch nicht vorüber gewesen wäre, dann hätte er Sie so gegen drei Uhr gestern morgen umgebracht«, sagte Millner präzise. »Sie haben ihm die Mittel dazu in die Hand gegeben. Shea, es gibt zwei Arten von Cops, die für sich selbst und für andere Cops eine Gefahr darstellen. Einmal die, die nicht denken, und dann die, die sich für schlauer halten als sie sind. Sie gehören zu beiden Kategorien. Haben Sie Verstärkung angefordert, ehe Sie sich Zutritt verschafft habe?«

»Äh, nein, ich –«

»Es war aber Verstärkung unterwegs. Das weiß ich deshalb, weil bei jedem Einsatz – von einer Meldung über eine Schießerei ganz zu schweigen – eine Verstärkung losgeschickt wird. Haben Sie das Eintreffen der Verstärkung abgewartet?«

»Äh, ich –«

»Haben Sie abgewartet, bis die Verstärkung die Hintertür gesichert hatte? Was wäre passiert, wenn er durch die Hintertür abgehauen wäre?«

»Äh –«

Mit einem Gefühl von Übelkeit fragte ich: »Sie können mir nicht mal sagen, ob die Hintertür abgeschlossen war oder nicht, stimmt's?«

»Nein«, sagte er. »Spielt das eine Rolle?«

»Es könnte eine Rolle spielen«, sagte Millner langsam. »Ja, sogar eine sehr große.« Er ließ die Dienstmarke und den Ausweis über den Tisch schlittern. »Machen Sie, daß Sie rauskommen, Shea«, sagte er müde. »Für heute habe ich genug von Ihnen.«

Entgegen meiner Absicht konnte ich nicht noch einmal zu dem Haus fahren, weil jemand von der Staatsanwaltschaft angerufen hatte und ausrichten ließ, daß für elf Uhr ein Haftprüfungstermin anberaumt sei; ich sollte vorher herüberkommen und ein Festnahmeprotokoll unterschreiben. Irgendein hirnloser Wunderknabe von Staatsanwalt hatte beschlossen, Olead anzuklagen; wenn er wolle, könne er ja versuchen, sich unter Berufung auf Unzurechnungsfähigkeit herauszuwinden. Mir erschien das nicht sonderlich sinnvoll.

Aber ob es mir nun sinnvoll erschien oder nicht, es würde ein Haftprüfungstermin allein schon deswegen stattfinden, um zu klären, ob wir hinreichenden Grund hatten, ihn in Haft zu halten, und ob eine Kaution festgesetzt werden sollte. Nach dem Termin würde er selbstverständlich wieder eingesperrt werden, und zwar ohne Kaution. Das Gericht arbeitete eben so.

Was nach dem Termin dann tatsächlich passierte, war nicht so eindeutig wie diese Schlußfolgerung. Mir ist immer noch nicht klar, wie es eigentlich dazu kam. Ein geistesgestörter mutmaßlicher Mörder, jemand, der verdächtigt wird, mit einer Schrotflinte fünf Menschen umgebracht zu haben, spaziert nicht einfach aus dem Gerichtssaal und verschwindet.

Aber genau das tat Olead Baker.

Sie wollten eine Sondermeldung herausgeben, die Stadt nach ihm durchkämmen, aber ich sagte: »Moment mal. Wartet damit noch ein bißchen – nicht nötig, die ganze Stadt in Panik zu versetzen. Ich glaube, ich weiß, wo er hingegangen ist. Laßt mich nach ihm suchen. Gebt mir eine halbe Stunde.«

Captain Millner besprach sich mit dem Sheriff. Dann beschloß er unglücklich: »Eine halbe Stunde. Mehr nicht.«

Ich verließ den Gerichtssaal. Ich stieg nicht in einen Streifenwagen; ich griff mir einfach ein Walkie-talkie und ging auf der Houston Street nach Osten, bis zu dem großen Gebäude der Telefongesellschaft. Dort wandte ich mich nach links, überquerte beim Convention Center die Straße und lief an ihm vorbei, bis ich den Water Garden erreichte, in den ich nach nochmaliger Überquerung der Straße einbog. Jetzt, im Januar, waren die Bäume kahl, nur das Gesträuch ist immergrün; die Springbrunnen sprühten ihre Strahlen in die Luft, und ringsum stürzten die Wasserfälle ihre geometrisch gestalteten Treppen hinunter, die sich immer mehr verengten, bis sich das Wasser schließlich schäumend in einen kleinen Teich in der Mitte ergoß, der kaum zwei Meter im Durchmesser maß. Am Fuß der Wasserfälle, knapp über der Oberfläche des Teichs, gibt es eine kleine, gischtfeuchte Beobachtungsplattform, und auf ihr saß eine vertraute Gestalt. Ich sagte in mein Walkie-talkie: »Ich habe ihn. Alles in Ordnung. Ich gehe mit ihm zum Lunch, bevor ich ihn zurückbringe.«

»Zehn vier«, sagte Captain Millner.

Es war ein ungewöhnliches Vorgehen. Aber es war auch ein ungewöhnlicher Fall.

Ich ging zu den Trittsteinen hinunter, betrat die Plattform und setzte mich neben ihn. Ohne den Kopf zu drehen, sagte er: »Hallo, Deb. Sie hätten nicht nach mir zu suchen brauchen. Ich wäre auch so zurückgekommen.«

»Das weiß ich«, gab ich zurück, nicht ganz aufrichtig. »Aber der Sheriff hat sich ziemlich aufgeregt. Ich fand, es wäre besser, wenn ich bei Ihnen bin.«

»Ja, wahrscheinlich haben Sie Recht«, meinte er geistesabwesend. »Ich bin jetzt wohl ein Ausbrecher. Dabei wollte ich das gar nicht. Ich wollte einfach – einfach einen Spaziergang machen.«

»Hier unten ist es mir zu kühl«, sagte ich. »Haben Sie was dagegen, wenn wir wieder nach oben gehen?«

»Von mir aus«, meinte er gleichgültig. »Ich wollte es bloß noch mal sehen, das ist alles.« Er stürmte mir voran die Trittsteine hinauf. Oben setzte er sich auf eine niedrige Betonmauer. »Ich wollte es bloß noch mal sehen«, wiederholte er. »Wo werden die mich hinschicken, Deb?«

Ich erklärte ihm, daß ich das nicht wüßte.

»Na ja, das spielt wohl sowieso keine große Rolle.«

»Ich habe etwas für Sie.«

»Was denn?«, fragte er; seine Stimme klang nicht sonderlich interessiert.

Ich öffnete meine Handtasche und nahm ein besticktes Säckchen aus blauem Kordsamt heraus, das ich ihm in die Hand legte. Er betrachtete es. Er lockerte die goldfarbene Zugschnur und schüttete sich den Inhalt in die Hand. Ich hatte ihn mir schon mehrmals angesehen, aber nun betrachtete ich ihn noch einmal. Sieben einfarbig gelbe Murmeln und vier einfarbig blaue, klein, offenbar von einem chinesischen Brettspiel. Fünf stählerne Kugellagerkugeln in zwei verschiedenen Größen. Zwei offenbar alte, angeschlagene Glasmurmeln und drei hübsche gemaserte von der Art, die wir Katzenaugen nannten, als ich neun war.

Er tat sie wieder in das Säckchen und zog die Schnur zu. Seine rechte Hand hielt das Säckchen fest umklammert. Er beugte den Kopf darüber, und seine Schultern bebten von heftigem Schluchzen. Er weinte wieder, aber es war nicht der Schmerz eines Kindes; was ich hier miterlebte, war der grausame Kummer eines Mannes. Seine Hände knüllten das Kordsamtsäckchen, während er um Fassung rang.

Dann schließlich kicherte er durch die Tränen hindurch: »Ich wette, Sie haben sich gefragt, warum ich sie unbedingt haben wollte, stimmt's?«

Ich gab zu, daß mir die Frage durch den Kopf gegangen war.

Er betrachtete erneut das Säckchen in seiner Hand. »Ich will versuchen, es zu erklären. Zunächst mal finde ich, daß meine Mutter nie Kinder hätte haben sollen. Sie war kein mütterlicher Typ. Damit will ich nicht sagen, daß ich deswegen schizo geworden bin – das wäre gelogen –, aber es hat mir nicht gerade geholfen. Brenda hat sich praktisch selbst großgezogen, und seit ich vor sechs Monaten nach Hause gekommen bin, habe ich mich ganz allein um Jeffrey und weitestgehend auch um Brenda gekümmert. Tja, daraus können Sie ersehen, wie es für mich gewesen ist, bevor ich in die Klinik gekommen bin. Damals war ich ein Einzelkind. Mutter war entschlossen, ihre Pflicht zu tun, so wie sie sie gesehen hat. Sie hat mich nie mißhandelt, und sie hat mich nie vernachlässigt, aber sie hat mich auch nie geliebt. Nein, das sollte ich vielleicht besser anders formulieren. Sie hat mich geliebt, aber sie hat mich nie gemocht. Dad hat mich wohl schon geliebt, und ich weiß, daß er mich gemocht hat, aber auch er war ziemlich fest entschlossen, seine Pflicht zu tun. Tja, Brenda und Jeffrey haben nicht mal gewußt, daß sie einen großen Bruder – Halbbruder – hatten, bis der Doktor gesagt hat, ich könnte nach Hause gehen. Da haben Mutter und Jack Brenda mitgeteilt – ziemlich steif, könnte ich mir vorstellen, so wie ich Mutter kenne –, daß sie einen großen Bruder habe, der in einer Art Krankenhaus gewesen ist, aber jetzt geht es ihm besser und er kommt nach Hause.«

Wieder betrachtete er das blaue Säckchen und schüttete sich die Murmeln erneut in die Hand. »Die ganze Zeit hatte ich in Fort Worth gewohnt. Aber ich hatte sie noch nie gesehen. Vielleicht war das ja auch gut so. Brenda ist jedenfalls im ganzen Viertel herumgelaufen und hat allen erzählt, daß ihr großer Bruder nach Hause kommt. Sie wollte für ihren großen Bruder ein Geschenk besorgen. Mutter hat gesagt, das wäre nicht nötig. Aber sie wollte es unbedingt. Sie hat ihre Freunde gefragt, was man einem großen Bruder schenken kann. Aber vergessen Sie nicht, Brenda war erst vier Jahre alt. Für sie war ein großer Bruder jemand, der vielleicht sieben, acht Jahre alt ist. Und irgendein Kind hat ihr erzählt, daß einem großen Bruder vielleicht ein Säckchen Murmeln gefiele. Sie hat sich bemüht, eins aufzutreiben. Ein älteres Kind aus der Nachbarschaft, ungefähr zwölf Jahre alt, glaube ich, hat ihr dafür ihre gesamten Ersparnisse abgeknöpft – vier Dollar und dreiundzwanzig Cents, wie sie mir später erzählt hat.

Er blickte auf ihr Geschenk herab, verstaute die Murmeln wieder in dem Säckchen. »Als sie mich dann gesehen hat und ihr aufging, wie alt ich bin, war sie ganz durcheinander. Sie hatte Angst, daß mir ihr Geschenk nicht gefallen würde. Aber sie hat ihr Herz in beide Hände genommen und es mir trotzdem gegeben, und ich habe ihr versprochen, daß ich es immer in Ehren halten würde. Der Grund, warum es in dem Zimmer war – sie ist vor ein paar Tagen zu mir gekommen und hat mir gesagt, daß sie nicht gern mit Tante Edith in einem Zimmer schläft, und ob sie mein Murmelsäckchen borgen könnte, bis Tante Edith wieder weg ist. Sie hat geglaubt, es müßte eine Art Talisman sein, weil ich es immer auf der Fensterbank direkt neben meinem Bett liegen hatte.« Wieder warf er einen Blick darauf. »Tja, es war ein Talisman. Denn es war das einzige Mal in meinem Leben, daß mir jemand aus Liebe, und aus keinem anderen Grund, etwas geschenkt hat.«

Er machte das Säckchen zu und zog die Schnur fest. »Würden Sie das bitte für mich aufbewahren? Ich weiß, daß ich es nicht ins Gefängnis mitnehmen kann. Aber ich will sicher sein, daß es nicht verlorengeht.«

Rückblickend glaube ich, daß ich in diesem Moment zu dem sicheren Schluß gekommen sein muß, daß er es nicht gewesen sein konnte. Davor hatte ich mir bloß gewünscht, daß er es nicht gewesen war, oder vage gedacht, daß es vielleicht noch jemand anderen gab. Aber in diesem Augenblick verdichteten sich Ahnung und Hoffnung zur Gewißheit, und ich begann mich zu fragen, wer es gewesen war, wie ich es beweisen konnte und ob man die Sache absichtlich Olead angehängt hatte. Jeder Gedanke daran, ihm seine Schuld bewußt machen zu wollen, war verflogen.

Er stand auf. »Ich bin jetzt soweit, daß ich zurückgehen kann. Einfach so wegzulaufen, war wohl ziemlich blöd, aber es tut mir kein bißchen leid, daß ich's gemacht hab'. Danke, daß Sie mir das hier mitgebracht haben.« Er legte mir das blaue Säckchen in die Hand.

»Ich habe dem Captain gesagt, daß ich mit Ihnen zum Lunch gehe, bevor ich Sie zurückbringe«, sagte ich. »Wo möchten Sie gern hin?«

Er zuckte die Achseln. »Ist mir egal. Wohin Sie wollen. Ich kenne mich in der Innenstadt nicht aus. Das ist wirklich nett von Ihnen, Deb.«

»Ich gehe immer zur Underground Station«, sagte ich. »Ich bin so was wie ein Salat-Freak. Ist Ihnen das recht?«

»Klar«, sagte er bereitwillig. »Sie kriegen deswegen doch keinen Ärger? Ich will nicht, daß Sie Ärger kriegen.«
»Ich kriege keinen Ärger«, beruhigte ich ihn.

Daß ich nach Möglichkeit immer zur selben Zeit und am selben Ort zu Mittag esse, ist ziemlich bekannt, und diesmal war ich spät dran. Als wir die Houston Street überquerten, sah ich Becky ungeduldig an der Treppe herumlaufen, die zum Restaurant hinunterführt. Natürlich dachte ich sofort an Vicky und beschleunigte meinen Schritt. »Ist Vicky in die Klinik gekommen?«, fragte ich, bei ihr angelangt.

»Nicht, daß ich wüßte«, meinte Becky. »Nein, ich wollte dir was zeigen. Guck mal, Mom, meine eigene *Kreditkarte*!« Ich war nicht direkt überwältigt vor Begeisterung, während sie weiterplapperte: »Ich hab' sie schon vor Wochen beantragt, aber nie geglaubt, daß ich wirklich eine bekäme, und –« Sie verstummte, als sie plötzlich gewahr wurde, daß ich nicht allein war. »Tag«, sagte sie.

»Tag«, antwortete Olead. »Kann ich deine Kreditkarte mal sehen?« Sein Tonfall verriet, daß er sie aufzog, nur nicht ernsthaft; sie gab ihm die Kreditkarte. Er betrachtete sie ernst. »Sehr hübsch«, befand er schließlich und gab sie ihr zurück, und sie lachten zusammen.

»Becky, das ist Olead Baker«, sagte ich und betete beinahe darum, daß sie nicht Zeitung gelesen oder ferngesehen hatte. Aber Becky ist nicht gerade dafür bekannt, daß sie sich auf dem laufenden hält, und so war es auch diesmal.

»Hallo, Olead«, sagte sie, und er lächelte.

»Hallo, Becky«, antwortete er. »Wolltest du mit deiner Mutter essen gehen? Das hatte ich nämlich auch vor.«

»Gut«, sagte sie und stürzte sich, während wir die Treppe hinuntergingen und uns an der Salatbar anstellten, ohne Umschweife in einen komplizierten Sturm im Wasserglas in der Sekretärinnenvermittlung, bei der sie arbeitete. Sie wurde erst fertig, als wir schon saßen, und rief dramatisch aus: »Also, hast du schon mal sowas Gemeines gehört?«

Ohne zu lächeln, antwortete Olead leise: »Ja, ich glaube schon, aber ich will im Moment nicht darüber reden.«

»Olead hat Grund zu der Annahme, daß ihm jemand einen Mord anhängen will.«

Er warf mir einen verblüfften Blick zu. »Aber ich will jetzt nicht darüber reden. Das kannst du alles in der Zeitung nachlesen, und deine Mutter kann dir erzählen, was nicht in der Zeitung steht, doch jetzt will ich nicht darüber reden. Bitte, ich würde lieber was darüber hören, was du so machst.«

Dem Reden ist Becky niemals abgeneigt. Sie redete und redete und redete, Olead und ich warfen gelegentlich ein Wort ein, und dann war das Essen auch schon vorbei. Olead stand auf. »Becky«, sagte er, »ich muß jetzt ins Gefängnis, und das schmeckt mir gar nicht. Aber ich kann's nicht ändern. Darf ich – darf ich dich küssen? Nur ganz kurz? Damit ich etwas habe, woran ich denken kann?« Er sah rasch zu mir herüber. »Es macht Ihnen doch nichts aus, oder?«, fragte er.

Ich versicherte ihm, ich würde nichts sehen, aber das tat ich dann natürlich doch; ich sah die Sanftheit seines Gesichtsausdrucks, ich sah Beckys überraschten Blick, schließlich sagte er leise: »Danke, Becky.« Er sah zu mir herüber. »Ich bin jetzt soweit.«

Er sagte nichts, als wir die Straße zum Polizeirevier überquerten, und ich fragte ihn auch nichts. Wir gingen zu den Fahrstühlen und bekamen den mit dem Einschußloch; er erkundigte sich danach, und ich erzählte es ihm – nichts Dramatisches, nur eine Nachlässigkeit.

Dann ging ich mit ihm in mein Büro. »Setzen Sie sich«, sagte ich. »Sie und ich haben einiges zu überlegen. Wenn Sie es nicht waren, wer war es dann?«

»Keine Ahnung. Glauben Sie etwa, darüber habe ich mir nicht schon selbst den Kopf zerbrochen? Mir fällt einfach nichts dazu ein.«

»Dann wollen wir mal ein bißchen weiter überlegen. Die Morde sehen aus wie das Werk eines Wahnsinnigen.« Er zuckte zusammen. Ich ignorierte das und fuhr fort: »Das heißt, sie wurden entweder von einem Wahnsinnigen begangen oder von jemandem, der wollte, daß sie wie das Werk eines Wahnsinnigen aussehen. Damit will ich folgendes sagen, Olead: Wenn Sie es nicht waren, dann hat Ihnen jemand die Sache absichtlich angehängt, und zwar jemand, der genug über Ihren Lebensweg weiß, um Ihnen die Sache überzeugend anhängen zu können. Und es war jemand, der einen oder alle vier Erwachsenen aus dem Weg haben wollte.«

»Und mich«, antwortete Olead ruhig.

»Wie?« Ich war davon ausgegangen, daß man Olead die Sache angehängt hatte, weil er sich dafür anbot. Wem läßt sich schließlich besser ein Mord in die Schuhe schieben als einem bekanntermaßen Schizophrenen?

»Und mich«, wiederholte Olead. »Deb, verstehen Sie denn noch immer nicht? Wenn Sie nicht herausfinden, wer es wirklich war, dann hat er mich genauso sicher umgebracht wie meine Mutter, meine Schwester und die anderen, nur daß noch so viel von mir am Leben bleibt, daß ich es weiß. Deb, ich bin sechsundzwanzig Jahre alt, und – und – ich hab' nie einen Job gehabt oder ein Auto gefahren oder – oder – Deb, heute war es das erstemal überhaupt, daß ich ein Mädchen geküßt habe, wissen Sie das?«

Er zitterte und holte tief Atem. »Wenn die mich ins Gefängnis oder in die Psychiatrie stecken, komme ich nie mehr raus. Vielleicht kommt es Ihnen egoistisch vor, daß ich mir so große Sorgen um mich mache, wo doch Mutter und Brenda – aber denen tut es nicht mehr weh, Deb; mir schon; mir tut es weh. Seit meinem fünfzehnten Lebensjahr war ich von allen wichtigen Momenten des Lebens ausgeschlossen, und zwar nicht durch Schlösser und Ketten – so oft war ich gar nicht eingesperrt – sondern durch mich selbst, durch ein chemisches Ungleichgewicht in meinem Körper, das es mir unmöglich gemacht hat, am Leben teilzunehmen. Ich – ich habe gerade erst angefangen zu leben, angefangen zu lernen, wie man lebt.«

»Olead«, unterbrach ich, »das verstehe ich ja alles. Aber Sie müssen mir helfen. Ich kann den Fall nicht allein lösen. Sie müssen jetzt nachdenken, mit Gefühlen ist es nicht getan.«

Wieder holte er tief und zitternd Atem, gewann erkennbar mühsam seine Fassung wieder. »Okay«.

»Wer profitiert davon? Das ist eine der ersten Fragen, die wir bei jedem ungeklärten Mord stellen. Olead, wer bekommt jetzt das Geld Ihrer Mutter?«

»Das Geld meiner Mutter?« Er starrte mich an. »Meine Mutter hatte kein Geld.«

Ich runzelte die Stirn. Captain Millner hatte mir doch gesagt, daß die Bakers Geld hatten, und einiges davon hatte sie bestimmt behalten, Scheidung hin oder her. Aber vielleicht hatte ich das auch mißverstanden. »Und Ihr Stiefvater?« Einer von ihnen hatte Geld; das Haus sah nämlich nach Geld aus.

»Jack war Pilot bei der Schädlingsbekämpfung«, sagte Olead. »Das Flugzeug hat ihm gehört, und eine Versicherungspolice hatte er wohl auch, aber das ist alles. Und das wird wohl an Jeffrey gehen.«

»Hören Sie«, sagte ich verwirrt, »das ergibt doch keinen Sinn. Das Haus da oben hat mindestens zweihunderttausend Dollar gekostet. Irgendwer muß das doch bezahlt haben.«

»Klar«, stimmte er zu, »es hat ja auch jemand bezahlt. Das Haus gehört mir.«
»Was?«
»Das Haus gehört mir«, wiederholte er schlicht. »Mom hat es gewollt, also hab' ich's gekauft, allerdings auf meinen Namen.«
»Erklären Sie das bitte genauer.«
Angesichts meiner Verdutztheit etwas verwundert, meinte er: »Ich habe Ihnen doch erzählt, daß meine Eltern sich lange vor dem Tod meines Vaters haben scheiden lassen. Bei der Scheidung hat er sein Testament geändert. Sein gesamtes Geld – nach Abzug der Steuern und so weiter waren es wohl so um die vier Millionen Dollar – ging an mich. Und ich habe Ihnen erzählt, daß er gesagt hat, ich sollte alles auf meinen Namen laufen lassen.«
Mit einemmal sah der Fall erheblich einfacher aus. »Und wenn Sie aus dem Weg wären, wer bekäme dann das Geld?«
»Na, Jeffrey natürlich; er ist mein einziger lebender Angehöriger.«
»Und wer wird Jeffreys Vormund?« Vier Millionen Dollar, dachte ich. Für vier Millionen Dollar würden eine ganze Menge Leute morden – vier Millionen Dollar, die einem durch die Lappen gingen, wenn aus einem schizophrenen Jungen ein gesunder Mann würde, der womöglich heiratete und Kinder bekäme.
»Der Staat wird einen bestimmen müssen«, antwortete Olead, »ich bin nämlich sein einziger lebender Verwandter.«
Ich kam mir vor wie auf einem Karussell, das immer schneller und schneller herumsauste; allmählich wurde mir schwindelig. »Wer – wer verwaltet das Treuhandvermögen?«
»Welches Treuhandvermögen?«
»Wer kümmert sich um Ihr Geld?«
»Das liegt auf der Bank. Das meiste ist in Aktien und solchem Kram angelegt. Dazu kommt etwa eine Dreiviertelmillion in Anleihen, und ein paar hunderttausend halte ich flüssig.«
»Okay, angenommen, es mußte etwas auf eine andere Bank überwiesen werden, wer hat das gemacht? Wer hat die Schecks für Ihre medizinische Behandlung ausgeschrieben?«
»Ich«, antwortete er prompt und seufzte. »Deb, ich glaube, Sie haben nicht viel Ahnung von dem, was ich hatte.«
Ich mußte einräumen, daß ich nicht viel über Schizophrenie wußte.
»Tja, zunächst einmal ist es so, daß es davon verschiedene Ausprägungen gibt«, sagte er. »Die meisten sind unheilbar, jedenfalls

soweit man das im Augenblick weiß. Was ich hatte – um ehrlich zu sein, ich weiß noch nicht mal sicher, ob es überhaupt Schizophrenie war. Der Alte hat gesagt ja, Susan sagt nein, aber sie hat mich auch noch nicht behandelt, als ich im akuten Stadium war. Eigentlich kann ich Ihnen im Moment also nur sagen, was ich hatte und wie es sich auf mich ausgewirkt hat.«

»Mehr brauche ich nicht zu wissen.«

»Tja – ich sage oft *tja,* stimmt's?«

Ich bestätigte, daß er oft *tja* sagte. Er sagte es noch einmal und grinste dann. »Meine Krankheit bringt die Emotionen durcheinander. Aber der Verstand bleibt weitgehend unbeeinträchtigt – jedenfalls war es bei mir so. Das heißt, ganz so kann man es eigentlich auch wieder nicht sagen, weil ich Halluzinationen hatte. Aber wenn ich sie hatte, wußte ich meistens, daß es Halluzinationen waren. Das ist unheimlich, in mancher Hinsicht sogar unheimlicher, als wenn man *nicht* weiß, daß es Halluzinationen sind. Und es bringt das verbale Denken durcheinander, aber hauptsächlich wirkt es sich auf die Emotionen aus. Ich glaube, das hab' ich schon gesagt.«

»Ja.«

»Tja, dann will ich es mal anders formulieren. Sie sind Cop. Sie sind daran beteiligt, mich einzusperren. Sie wissen das, und ich weiß das. Sie tun es, weil es Ihr Job ist und weil man mich – verständlicherweise – des Mordes verdächtigt. Ich war es nicht, aber mir ist klar, warum es für andere Leute naheliegt zu glauben, ich sei es gewesen. Wenn ich jetzt akut schizophren wäre, würde ich die Indizien wahrscheinlich völlig ignorieren. Vielleicht würde ich glauben, Sie wären mein Feind. Vielleicht würde ich glauben, Sie stecken mich ins Gefängnis, damit mich jemand umbringen kann. Vielleicht würde ich glauben, Sie sind mit mir essen gegangen, damit ein Koch in diesem Restaurant mich vergiften kann. Vielleicht würde ich glauben, Becky ist gar nicht Ihre Tochter, sondern in Wirklichkeit eine – eine CIA-Agentin oder ein getarntes Wesen irgendeiner außerirdischen Zivilisation, das mir nachspioniert. Vielleicht würde ich auch zu dem Schluß kommen, daß meine Erinnerungen falsch sind, daß ich sie in Wirklichkeit doch umgebracht habe und daß mir jemand mit einer Gedankenstrahlmaschine falsche Erinnerungen eingepflanzt hat. Oder aber ich würde glauben, daß meine Verhaftung nichts mit dem Mord in meinem Haus zu tun hat, sondern in Wirklichkeit deshalb erfolgt, weil ich den Ausbruch des Mount Saint Helen nicht verhindert habe. Verstehen Sie, was ich meine?«

»Aber Sie hätten den Ausbruch des Mount Saint Helen doch gar nicht verhindern können.«

»Nein, aber in der Klinik war einer – das heißt, er ist immer noch dort –, der hat geglaubt, er hätte ihn verhindern können und es wäre alles seine Schuld. Also haben wir anderen, um ihn aufzumuntern und damit es ihm ein bißchen besser geht, angefangen, ihm zu erzählen, es wäre nicht seine Schuld gewesen, sondern unsere.«

»Für mich hört sich das aber schon nach Geisteskrankheit an.«

»In gewisser Weise ist es das auch. Aber vergessen Sie nicht, daß ich zugleich durchaus imstande sein könnte, trigonometrische Funktionen zu berechnen und –«

»Ich habe in meinem ganzen Leben noch keine trigonometrischen Funktionen berechnen können«, unterbrach ich, und Olead lachte.

»Was ich Ihnen damit sagen will, ist folgendes«, meinte er. »Ich war nicht elf Jahre lang in einer vergitterten Zelle oder derartigem eingesperrt. Ich war abwechselnd drinnen und draußen. Ich hatte schlimme Tage und ganz zu Anfang auch ein paar schlimme Wochen – als ich einen andauernden Schub hatte und eingesperrt werden mußte. Ich finde, ich war öfter eingesperrt, als es notwendig gewesen wäre, aber das ist vielleicht nur meine subjektive Meinung. Meistens allerdings war ich fast in Ordnung. Zu Hause habe ich nicht funktioniert, und nach einer Weile hatte der Alte Angst, es mich probieren zu lassen. Dennoch habe ich die High School abgeschlossen, an einer kleinen Privatschule, zusammen mit ein paar anderen emotional gestörten Jungen. Und ich bin aufs College gegangen; die College-Verwaltung hatte Verständnis für die Situation, deswegen habe ich pro Semester nur ungefähr die Hälfte der üblichen Kurse belegen müssen. Ich habe einen Abschluß von der Texas Christian University. Ich war hauptsächlich deshalb in der Klinik, weil ich, solange ich dort war, keinen Schaden anrichten konnte – außer den Mount Saint Helens ausbrechen zu lassen.« Er grinste.

»Und ich war freiwillig hospitalisiert«, fuhr er fort. »Ich habe in der Klinik gelebt, während ich auf die High School und aufs College ging, und formell war ich die ganze Zeit Patient. Immerhin hat mein Vater mir sein gesamtes Vermögen vorbehaltlos vermacht. Sie müssen folgendes verstehen, Deb: Ich bin niemals gerichtlich in irgendeine psychiatrische Einrichtung eingewiesen worden. Ich bin – ich war – medizinisch gesehen schizophren, aber nicht juristisch. Ich bin nicht dort geblieben, weil man mir geholfen hat, sondern weil ich wußte, daß sie mich unter Kontrolle halten, wenn ich ausraste, wenn ich die schlimmen Zeiten durchmache. Ich war dort sicher, und andere Menschen waren sicher vor mir. Aber die ganze Zeit hat mich der Arzt auf traditionelle Weise psychotherapiert. Das hat überhaupt nichts genützt, und wir haben es beide gewußt. Man hat mich vor ernsthaften Schwierigkeiten bewahrt. Aber das war auch alles. Daß er alle meine Scheckhefte in seinem Schreibtisch unter Verschluß gehalten hat«, fügte er nachdenklich hinzu, »hat natürlich auch dazu beigetragen, daß ich dort geblieben bin.«

»Irgendwie hatte ich im Kopf, daß Ihr Arzt eine Frau ist.«

»Der Arzt, den ich zuerst hatte, ist vor ungefähr acht Monaten gestorben. Jetzt hab' ich einen neuen. Susan Braun. Den Alten hab' ich Doktor genannt, und er hat nichts getan, was mir wirklich geholfen hätte. Er hat mich bloß mit Medikamenten vollgepumpt, damit ich nicht soviel Umstände mache. Die Ärztin nenne ich Susan. Und sie hat mir geholfen. Was heißt geholfen«, sagte er. »Mein Gott. Sie hat mir mein Leben zurückgegeben, so sieht's aus.«

»Ach ja?«

»Sie interessiert sich für orthomolekulare Therapie. Wissen Sie, was das ist?«

»So etwa«, sagte ich. »Es hat irgendwas mit Vitaminen zu tun.«

»Ja, es hat mit Vitaminen zu tun. Und sie hat mir von etwa sechs verschiedenen Vitaminen ungefähr das Tausendfache der normalen Dosis gegeben, und ich war praktisch über Nacht gesund. Das heißt, ganz so schnell ging's wohl nicht. Eine Zeitlang hatte ich dort noch ein paar ganz schön heftige Stimmungsumschwünge; einen Tag hab' ich mich total obenauf gefühlt, und am nächsten bin ich mir ganz klein und häßlich vorgekommen. Aber verglichen mit dem, was ich gewesen war –« Er schüttelte den Kopf. »Deb, Schizophrenie – oder jedenfalls die Veranlagung dazu – ist genetisch bedingt. Und das heißt, daß sie auf eine Weise, die noch niemand versteht, eine körperliche Krankheit ist. Sie tut körperlich weh. Ich kann nicht genau erklären wie, aber sie tut es jedenfalls. Und der Schweiß des Schizophrenen ist anders, sein Urin ist anders, seine Haut und sein Haar sehen anders aus. Es ist eine körperliche Krankheit oder eher mehrere körperliche Krankheiten, die alle gleich oder vielleicht auch zusammen wirken. Ich war elf Jahre krank gewesen, bin dann eines Morgens aufgewacht und war gesund, einfach so. Die Klinik hat mich noch zwei Monate behalten, um die Dosierung einzustellen und um mich von den Beruhigungsmitteln und dem anderen Zeug runterzubringen, das ich ständig bekommen hatte, und dann wurde ich heimgeschickt.«

Er drehte die Hände um, schaute auf sie hinunter. »Wegen der seelischen Folgen bin ich immer noch in psychiatrischer Behandlung. Ich habe viel an Entwicklung nachzuholen, viel an sozialer Anpassung; denn in vieler Hinsicht – Sie haben es sicher bemerkt – bin ich seelisch noch fünfzehn; so alt war ich nämlich, als ich effektiv aus der Welt herauskatapultiert worden bin. Aber daher weiß ich auch, daß ich jetzt gesund bin. Und daher weiß ich – ich weiß es, Deb –, daß ich niemanden umgebracht habe. Ich habe weder meine Schwester noch meine Mutter noch meinen Stiefvater, Jake oder Edith umgebracht. Ich habe niemanden umgebracht. Aber wer das getan hat – es wäre viel gnädiger von ihm gewesen, wenn er auch mir die Flinte an den Kopf gehalten hätte – und wenn er es wie einen Mord mit anschließendem Selbstmord hätte aussehen lassen. Es hätte keine Rolle gespielt, ob er mir die Sache in die Schuhe geschoben oder mich auch gleich erledigt hätte.«

»Olead, wenn Sie reingelegt worden sind, finden wir auch eine Möglichkeit, das zu beweisen.«

»Wann, Deb?«, fragte er. »Wie lange wird das dauern? Meine Medizin gibt's nicht auf Rezept. Man kann sie problemlos in jedem Bioladen, in vielen Drugstores und Lebensmittelgeschäften kaufen. Aber es steht keine Rezeptnummer drauf. Kein Gefängnisinsasse bekommt Medikamente, die es nicht im Arzneifläschchen mit Rezeptnummer und Dosierungsanweisung gibt. Meine Ärztin ist im Moment auf einer Kreuzfahrt. Sie kann mir keine Vitamine in ein Arzneifläschchen füllen. Ich brauche sie jeden Tag. Jeden Tag, Deb. Was glauben Sie, wie ich in fünf Tagen dastehe? Ich will gar nicht erst daran denken. Und ich komme von hier nicht wieder in eine Privatklinik, ich komme in eine staatliche. O nein, ich komme nicht ins Gefängnis, Deb, denn wenn es soweit ist, daß ich vor Gericht gestellt werde, kann ich mich, ohne zu lügen, auf Unzurechnungsfähigkeit berufen. Aber staatliche Kliniken tendieren nicht dazu, mit neuen Behandlungsmethoden zu experimentieren. Das heißt, wenn ich dort lande, komme ich nie wieder raus. Verstehen Sie nun, warum ich den Water Garden noch mal sehen wollte?«

Kapitel 5

Ihren Collegeabschluß«, fragte ich, »worin haben Sie den gemacht?«

Er schaute verwirrt. »Was hat denn das mit alledem zu tun?«

»Nichts«, antwortete ich, »ich war bloß neugierig.«

Er zuckte die Achseln. »In Psychologie.« Ich mußte wohl ein ziemlich verblüfftes Gesicht gemacht haben, denn er kicherte. »Schauen Sie«, meinte er, »wenn Ihr Kopf so durcheinander wäre, wie's meiner war, würden Sie alles nur Erdenkliche tun, um herauszufinden, warum. Ich hatte im Nebenfach Biologie belegt. Ich würde alles darum geben, wenn ich Medizin studieren könnte, aber ich weiß, daß das nicht geht. Es wäre auch dann nicht gegangen, wenn das hier nicht passiert wäre.«

»Wieso?«

»Tja, weil die orthomolekulare Therapie nicht bei jedem wirkt, und es besteht wohl immer die Möglichkeit, daß sie auch bei mir irgendwann nicht mehr wirkt. Susan sagt zwar, das stimmt nicht, und ich soll aufhören, mir Sorgen zu machen – sie behauptet sogar, daß ich die Vitamine vielleicht gar nicht so sehr brauche – aber ich versuche, realistisch zu sein. Wenn die Krankheit schleichend über mich käme, würde ich es vielleicht nicht einmal merken. Oder ich könnte ausflippen, wie damals mit fünfzehn. Wenn das passieren würde, während ich gerade einen Patienten behandle ...« Er zuckte vielsagend die Achseln. »Ich selbst würde mich auch nicht zum Medizinstudium zulassen. Also bewerbe ich mich erst gar nicht. Aber ich kann Psychologie weiterstudieren, meinen Doktor machen und in einer Klinik arbeiten – unter kontrollierten Bedingungen und zusammen mit Ärzten.« Er sah auf seine Hände hinunter. »Das heißt, ich hätte können.«

»Olead, geben Sie jetzt um Himmels willen nicht auf«, sagte ich. Er blickte, einmal mehr verblüfft, zu mir auf, und ich überlegte fieberhaft. »Olead, wissen Sie, wo Jack seine Schrotpatronen aufbewahrt hat?«

»Ja, die sind –«

»Nein, sagen Sie's mir nicht«, unterbrach ich ihn rasch. »Sagen Sie mir, daß Sie es mir zeigen.«

»Was machen wir denn jetzt, Spielchen spielen?«

»Wenn Sie es so nennen wollen. Sehen Sie, laut Gesetz darf ich nichts, was nicht in unmittelbarem Zusammenhang mit dem Fall steht, aus dem Haus mitnehmen. Aber Sie dürfen; es ist Ihr Haus. Wenn Sie sich also weigern, mir zu sagen, wo die Schrotpatronen sind, sich aber bereiterklären, es mir zu zeigen, wenn ich mit Ihnen hinfahre; und wenn Sie, während wir dort sind, zufällig ein paar Arzneifläschchen aus dem Schrank, oder wo immer Sie sie aufbewahren, holen und in meine Tasche stecken, und wenn ich dann das Bedürfnis habe, Sie jeden Tag ein paar Minuten im Gefängnis zu besuchen ...«

»Deb«, unterbrach er, »kriegen Sie deswegen Ärger?«

Ich zuckte die Achseln. »Möglich. Aber das ist mein Bier. Ich glaube es eigentlich nicht.«

»Ich will auf keinen Fall, daß Sie Ärger kriegen.«

»Olead«, sagte ich, »es gibt da etwas an mir, was *Sie* verstehen müssen. Ich bin zwar Cop und das seit fünfzehn Jahren, aber Mutter bin ich schon wesentlich länger. Sie sind nicht der erste Junge im Knast, dem ich Sachen mitbringe. Comic-Hefte für einen siebzehnjährigen Vergewaltiger, Zigarettengeld für eine achtzehnjährige Prostituierte, solche Sachen. Bloß weil ich nicht vergesse, daß ich ein Mensch bin, wird nicht gleich das System zusammenbrechen. Und so wie ich es sehe, ist Ihre Medizin erheblich wichtiger als Comic-Hefte oder Zigarettengeld. Ich frage Sie also noch einmal: Wissen Sie, wo Ihr Stiefvater seine Schrotpatronen aufbewahrt hat?«

»Ja«, sagte Olead.

»Nämlich?«

Er sah mich an. Mit übermütigem Blick sagte er gedehnt: »Tja, ich glaube, das will ich Ihnen nicht sagen. Aber ich zeige es Ihnen gern, wenn Sie mit mir hinfahren.«

Das Polizeisiegel klebte immer noch an der Tür, als wir dreißig Minuten später dort eintrafen; wir hatten den Tatort noch nicht freigegeben. Ich öffnete die Tür mit dem Schlüssel, den Bob Castle aus Jack Carsons Tasche genommen hatte, und wir gingen hinein.

Die Schrotpatronen lagen in der Ecke eines Schrankfaches. Es waren insgesamt drei Schachteln der Marke Federal da. Zwei Schachteln enthielten rote, die dritte lilafarbene Patronen mit Kunststoffhülsen. Ich konnte mich nicht entsinnen, je zuvor lila Schrotpatronen gesehen zu haben, und war leicht verwundert, bis mir einfiel, daß die meisten Hersteller die jeweiligen Kaliber mittlerweile durch verschiedene Farben kennzeichnen. Lila war Kaliber zehn. Aber etwas anderes wunderte mich noch mehr.

Die leere Hülse, die ich in dem Zimmer, in dem Brenda getötet worden war, vom Boden aufgehoben hatte, war eine rote Papphülse der Marke Winchester, und sie mußte etwa zwanzig Jahre alt sein, denn so lange ist es ungefähr her, daß irgendwer Pappatronen hergestellt hat. Und im Haus waren weder Pappatronen noch sonst irgendwelche Patronen der Marke Winchester zu finden. Carson hatte offensichtlich Federal bevorzugt.

»Hat er anderswo noch welche aufbewahrt?«, fragte ich Olead.

Er zuckte die Achseln. »Nicht, daß ich wüßte. Im Camper könnten noch ein paar sein, aber ich weiß es nicht.«

Wir gingen in den hinteren Garten durch den Patio und um den Pool herum hinter die Garage. Der Camper war eigentlich kein Camper, sondern ein auf die Ladefläche eines blauen Ford-Kleinlasters montiertes Camper-Gehäuse. Es war nicht abgeschlossen, und wir stiegen ein.

Der Wagen enthielt in Leinwandhüllen verschnürte Schlafsäcke, außerdem Angelgerät, das der Staubschicht nach zu urteilen offenbar ständig hier aufbewahrt wurde. Ferner gab es ein ebenfalls staubbedecktes Zelt, dazu Papp-, Metall- und Kunststoffschachteln verschiedenster Art.

Ich stieg wieder aus.

»Was ist denn los?«, fragte Olead.

»Das gehört strenggenommen nicht zum Tatort«, sagte ich. »Ich habe da drin nichts zu suchen.«

»Aber Sie müssen ...«

»Ich weiß, daß ich muß. Beruhigen Sie sich, Junge, wir sind noch nicht fertig.« Ich hängte mich ans Funkgerät und bat die Einsatzleitung, mir eine Zwei-Mann-Einheit zu schicken. »Wozu soll denn das gut sein?«, fragte Olead.

»Das werden Sie schon sehen.«

Ich holte meine Aktentasche aus dem Auto und klappte sie auf. »Das hier ist eine Einverständniserklärung zu einer Durchsuchung.

Ich möchte, daß Sie sie unterschreiben, sobald die beiden Beamten da sind und es bezeugen können. Dann kümmern wir uns weiter um den Wagen.«

Es dauerte eine ganze Weile, uns eine Zwei-Mann-Einheit zu schicken, und so verging eine Dreiviertelstunde, bis wir wieder in dem Wagen waren und ich endlich anfangen konnte, Kisten und Schachteln zu durchsuchen. Ich fand Schachteln mit Büchsenmunition, dazu auf dem Fahrzeugboden, in Decken eingehüllt, eine Zweiundzwanziger und eine Dreißig-null-sechs. Ich fand Revolvermunition, aber keinen Revolver, und ich fragte mich, was Jack Carson mit drei Schachteln 45er-Patronen hinten im Wagen angefangen hatte.

Zumal ohne Waffe, um sie zu verfeuern.

Schrotpatronen fand ich keine – ob rote oder andersfarbige, ob aus Pappe oder sonst einem Material, ob von Winchester oder einer anderen Marke.

Mir fiel allerdings auf, daß hinten im Wagen drei und nicht zwei Schlafsäcke lagen und daß nur einer von den dreien staubig war.

Der Killer kam mir allmählich ein bißchen nachlässig vor. Er hatte erwartet, daß wir Olead verdächtigen und nicht weitersuchen würden. Wir hätten ja auch beinahe nicht weitergesucht. Wenn Olead nicht nach seinen Murmeln gefragt und ich sie nicht gefunden hätte ...

Mit Olead im Schlepptau kehrte ich ins Haus zurück und fragte: »Als Sie sich an dem Abend übergeben haben, haben Sie es da bis ganz zur Toilette geschafft?«

Er machte ein verlegenes Gesicht. »Na ja, fast. Wieso?«

»Ist nichts auf den Badezimmerteppich gekleckert?«

»Doch, ein bißchen was schon, glaub' ich. Shea hatte mich aufgehalten, und mir war ziemlich übel.«

»Zeigen Sie mir, wo.«

Er ging ins Badezimmer und deutete mit der Schuhspitze auf eine bestimmte Stelle. »Da«, sagte er. Der ansonsten flauschige gelbe Teppich war an dieser Stelle verfärbt, und der Geruch verriet mir hinlänglich, was die Verfärbung hervorgerufen hatte.

Ich holte mein Taschenmesser aus meiner Handtasche und fing an, den betreffenden Teil des Teppichs herauszuschneiden. »Wozu machen Sie das?«, fragte Olead, der mir gespannt zusah.

»Laboranalyse«, antwortete ich. »Wieso haben Sie wohl so tief geschlafen, daß Sie vier Schrotschüsse im Zimmer nebenan und einen im Zimmer gegenüber nicht gehört haben? Für mich macht das keinen Sinn.«

»Für mich auch nicht. Aber ich sage Ihnen trotzdem die Wahrheit.«

»Das habe ich ja gar nicht bestritten«, sagte ich milde. »Ich will nur wissen, wieso.«

»Ich auch«, stimmte er zu, »aber was hat das Stück Teppich damit zu tun?«

»Sie sind heute ein bißchen schwer von Begriff, Olead. Möglicherweise hat man Ihnen ein Betäubungsmittel verabreicht. Eine chemische Analyse des Erbrochenen könnte das bestätigen.«

»Das haben Sie mir schon gestern bei der Urinprobe gesagt«, wandte er ein, »und ich hab' Ihnen auch da schon gesagt, daß niemand die Möglichkeit hatte, mir ein Betäubungsmittel zu verabreichen.«

»Vielleicht, doch ich will es genau wissen.« Ich steckte das Taschenmesser weg und tat das Teppichstück in einen Plastikbeutel, den ich mit Heftklammern verschloß. »Und jetzt«, sagte ich ihm, »muß ich Sie wieder ins Gefängnis bringen. Haben Sie erledigt, weswegen wir hergekommen sind?«

»Ja. Aber ich kriege die Handtasche nicht mehr zu. Es sind zu viele Röhrchen.«

»Das überlassen Sie ruhig mir; aber Sie sollten mir vielleicht aufschreiben, wie viele Sie wovon brauchen. Was ich ins Gefängnis mitnehme, muß in meine Tasche passen, und ich glaube nicht, daß ich es schaffe, jeden Tag, fünf, sechs Röhrchen hineinzuschmuggeln.«

Er holte einen Schreibblock und einen Stift und begann zu schreiben. Dann riß er das Blatt ab, reichte es mir und fragte in beiläufigem Ton: »Hätten Sie was dagegen, wenn ich Becky ab und zu anrufe.«

»Nein«, sagte ich und gab ihm die Telefonnummer. Der Zettel verschwand in seiner Tasche.

»Kann ich was zum Lesen mitnehmen?«, fragte er. »Gestern abend hab' ich nicht dran gedacht, aber als Sie vorhin von Comic-Heften geredet haben –«

»Nur zu, solange es sich in einem vernünftigen Rahmen bewegt.« Es war nicht damit zu rechnen, daß er sich für Comic-Hefte entscheiden würde.

Ich folgte ihm in sein Zimmer, wo er ein paar Minuten mit sich rang, ob er seinen offensichtlich heißgeliebten *Eden Express* mit ins Gefängnis nehmen sollte. Ich hatte das Buch vor Jahren selbst gelesen und war so neugierig geworden, daß ich mich eingehender damit beschäftigt hatte, mit dem Ergebnis, daß ich einiges darüber wußte, was er, so hatte ich das Gefühl, nicht wußte. Er entschied sich schließlich gegen das Buch und begnügte sich statt dessen mit ein paar Taschenbuchkrimis und einem dicken Psychologie-Wälzer, den er aus einer Kiste im Schrank hervorwühlte.

In der Halle blieb er stehen. »Vermutlich erlauben Sie mir noch nicht, den Boden im Wohnzimmer zu putzen.«

»Sie vermuten richtig. Olead, es hat keinen Sinn, Zeit zu schinden. Ich muß nach Hause, ich habe noch einiges zu tun, und es gibt im Moment einfach keine Möglichkeit, Ihnen das Gefängnis zu ersparen.«

Er zuckte die Achseln. »Okay«, sagte er. »Aber eins will ich Ihnen vorher noch zeigen.« Er führte mich noch einmal in sein Zimmer. Aus einer Schreibtischschublade nahm er einen braunen Umschlag mit einem Foto darin. »Das bin ich«, sagte er, »vor sieben Jahren.«

Ich hätte ihn nicht erkannt, so groß war der Unterschied. Er sah natürlich jünger aus, aber die eigentliche Veränderung hatte nichts mit dem Alter zu tun. Sie lag nicht nur in seinen Augen und seinem Ausdruck, obwohl sie da am offensichtlichsten war, sondern auch in seinem Haar, seinem Gesicht, seiner Haltung. Dem Mann, der er damals gewesen war, hätte ich niemals den Rücken zugekehrt, geschweige denn ihm Zugang zu meiner Handtasche mit der Munition, den Handschellen und den Schlüsseln zu meinem Dienstwagen verschafft. »Ich verstehe«, sagte ich lahm.

Er legte das Foto in die Schublade zurück und schob sie zu. »Ich dachte mir, daß Sie es verstehen würden«, meinte er. »Neuere Fotos gibt es nicht. Es gab keinen Grund, welche zu machen. Aber so werde ich garantiert wieder werden, wenn die medikamentöse Behandlung aufhört.«

Ich brachte ihn ins Gefängnis zurück. Unterwegs meinte ich beiläufig: »Gefällt Ihnen *Eden Express?*«

»Ja, sehr«, sagte er. »Es ist eine Autobiographie. Wahrscheinlich haben Sie das nicht gewußt.«

»Ich habe das Buch gelesen. Wissen Sie, daß der Mann, der es geschrieben hat, heute Arzt ist?«

»Ach ja«, sagte er gedehnt, mit wachen Augen und erstaunter Stimme. »Aber, Deb, er war – er war genauso verrückt wie ich.«

»Ich weiß. Und er hat es überwunden.«

Nach kurzem Schweigen fragte Olead in bemüht nebensächlichem Ton: »Ist er Psychiater?«

»Ich glaube. Ich bin mir nicht sicher.«

Er mußte das eben Gehörte wohl erst verdauen und saß schweigend auf seiner Wagenseite, bis ich ihn wieder ins Gefängnis einlieferte. Er entschuldigte sich bei dem Deputy, dem er entwischt war, und der Deputy antwortete: »Versuchen Sie das ja nicht noch mal.«

»Bestimmt nicht«, versicherte ihm Olead.

Der Deputy klopfte an sein Halfter. »Das will ich Ihnen auch geraten haben.«

»Ich tu's bestimmt nicht«, sagte Olead noch einmal. Er versuchte, sich das Grinsen zu verbeißen. Der Versuch war nicht allzu erfolgreich, und der Deputy köchelte leise, als er Olead in seine Zelle zurückbrachte.

Auf dem Weg in mein Büro wünschte ich, ich hätte Olead nicht dort abliefern müssen, ein Gefühl, das ich noch bei keinem anderen Häftling gehabt hatte. Ich füllte den Laborvordruck für das Stück Teppich aus, wobei ich um vorrangige Behandlung bat, und schickte es zum Erkennungsdienst hinunter, damit sie es zusammen mit den anderen Laborproben absenden konnten. Danach ging ich in Captain Millners Büro.

»Dann erzählen Sie mal«, meinte er.

Ich erzählte.

»Sie liefern überzeugende Argumente für die Verteidigung, Deb«, sagte er gedehnt, »aber die Prellung an seiner Schulter haben Sie immer noch nicht erklärt.«

War es zu fassen? Die Prellung an seiner Schulter hatte ich völlig vergessen.

In fünfzehn Jahren Polizeidienst habe ich eins gelernt, und zwar gründlich: niemals die Arbeit mit nach Hause zu nehmen. Aber diesmal würde es anders laufen, wie mir erneut klar wurde, als ich mit anderthalb Stunden Verspätung nach Hause kam und Becky weinend bei der Zeitungslektüre vorfand. Als sie mich sah, schniefte sie ein paarmal, faltete die Zeitungen zusammen und sah mich vorwurfsvoll an.

Ich sah mir die Zeitungen an. Sie hatte sowohl die Morgen- als auch die Nachmittagsausgabe des *Fort Worth Star-Telegram* ergattert, dazu die beiden größten Tageszeitungen von Dallas sowie ein Sortiment kleinerer Blätter. »Becky«, fragte ich, »meinst du nicht, eine hätte es auch getan?«

»Ich hab' gedacht, die eine weiß vielleicht was, was die andere nicht weiß«, sagte sie und schniefte erneut. Ich mußte an Edith denken und sagte ihr, sie solle sich ein paar Kleenex holen und zu schniefen aufhören.

»Die Zeitungen sind gräßlich«, seufzte sie, und ich sagte ihr, daß Zeitungen nun mal gern dick auftrügen. Ich griff mir eine von dem Stapel. Die Sensationsschlagzeile lautete: MILLIONÄR AUS FORT WORTH SCHLACHTET GANZE FAMILIE AB. Darunter stand: SCHROTFLINTENMORDE ERSCHÜTTERN RIDGLEA.

»Ich für meinen Teil nenne das Verleumdung«, meinte ich und warf die Zeitung wieder auf den Sofatisch.

»Wie meinst du das?«, schniefte Becky, und ich antwortete, daß ich ihr das erst erklären würde, wenn sie sich Kleenex holte.

Was sie tat.

Dann hob ich an: »Bis jetzt hat kein Mensch bewiesen, daß Olead jemanden umgebracht hat. Und der Täter hat auch nicht eine ganze Familie umgebracht; es gibt nämlich ein fünfzehn Monate altes Baby, das keinen Kratzer abbekommen hat.«

»Aber kannst du ihn denn nicht aus dem Gefängnis holen?«, jammerte sie, worauf ich ihr sagte, daß ich es täte, wenn ich könnte, aber ich könnte nun mal nicht. Dann ging ich in die Küche, um Abendessen zu machen.

Hal kam mit seiner Pac-Man-Uhr herein, und Becky schrie ihn an, er solle mit dem gräßlichen Gedudel aus dem Wohnzimmer verschwinden. Ich forderte Becky auf, in ihr Zimmer zu gehen, bis sie sich wieder beruhigt hatte, und sie schrie: »Er muß nicht dauernd im Wohnzimmer Pac-Man spielen.«

»Und du mußt nicht dauernd im Wohnzimmer herumschreien.«

»Ich schreie nicht dauernd herum«, schrie sie.

»Das weiß ich. Und Hal spielt auch nicht dauernd Pac-Man. Und jetzt beruhige dich, Becky, mit solchem Unsinn hilfst du Olead nicht.«

»Wie kann ich ihm denn helfen?«, wollte sie wissen.

»Indem du mir ein bißchen Ruhe und Frieden gönnst, damit ich zu Kräften komme und mein Gehirn morgen richtig funktioniert«, erklärte ich ihr barsch, worauf sie noch einmal schniefte und wieder eine Zeitung aufschlug.

Mir war selbst ein bißchen nach Schreien zumute, während ich ein Pfund Hackfleisch aus dem Kühlschrank nahm und anfing, Zwiebeln für einen Hackbraten zu schneiden. Normalerweise hätte ich Becky gebeten, die Kartoffeln zu schälen, aber ich hatte einfach keine Lust darauf, daß sie mir schniefend durch die Küche nachschlich. Deshalb schälte ich die Kartoffeln selber und holte eine Dose Erbsen aus der Speisekammer. Da klingelte das Telefon.

Ich dachte, es wäre mein Schwiegersohn, der mir mitteilen wollte, daß Vicky sich endlich entschlossen hatte, in die Klinik zu gehen, aber es war nur Harry, der in entschuldigendem Ton meinte, er habe leider vergessen, es mir zu sagen, aber er müsse zur Lodge und beim Bingo helfen; zwei von den Leuten, die es sonst machten, seien weggefahren. Ob ich nicht Lust hätte, rauszukommen und auch ein bißchen zu spielen.

Ich erzählte ihm, ich hätte schon angefangen, das Abendessen zu machen, und außerdem keine Lust zum Bingospielen.

Becky könnte doch das Abendessen für sich und Hal fertigkochen, meinte er, und wir beide könnten vielleicht bei Joe T. Garcia's zu Abend essen. Außerdem, fügte er hilfsbereit hinzu, brächte mich das auf andere Gedanken.

Becky sei offenbar nicht sehr guter Laune, erklärte ich ihm, und wenn wir zu Joe T. Garcia's gingen, würden wir es nie und nimmer rechtzeitig zum Bingo schaffen.

Okay, wenn ich das so sähe, meinte er. Er klang beleidigt.

Natürlich sagte ich Becky, sie solle für sich und Hal den Hackbraten fertigkochen, und dann fuhr ich hinüber zu Joe T. Garcia's, wo Harry und ich draußen zehn und drinnen fünfzehn Minuten Schlange standen. Nun ist der Bestellvorgang bei Joe T. Garcia's stark vereinfacht, hauptsächlich deshalb, weil man überhaupt nicht bestellt; sie bringen jedem das gleiche Essen, und deshalb kamen wir zum Bingo in Elk's Lodge auch nur eine Viertelstunde zu spät. Harry schnappte sich eine Handvoll Papierkarten und zog los, um sie zu verkaufen; ich selbst nahm mir ein paar Karten zum Spielen und setzte mich. Kurze Zeit später stand ich wieder auf und holte mir ein Bier.

Ich rauche nicht, und ich hasse verqualmte Räume, und verqualmt ist die Bingohalle natürlich immer. Hinterher fuhr ich (ohne gewonnen zu haben; ich gewinne nie beim Bingo) geradewegs nach Hause und wusch mir unter der Dusche die Haare, um den Qualmgeruch herauszukriegen. Als ich aus der Dusche kam und gerade anfing, mir die Haare zu föhnen, kam Harry herein und sagte mir, Don habe gerade angerufen und sehr aufgeregt angekündigt, daß er Vicky jetzt ins Glenview Hospital fahre.

Darauf rasten Harry und ich natürlich zum Glenview Hospital, wo wir bis gegen drei Uhr morgens blieben. Zu diesem Zeitpunkt kam der Arzt zu dem Schluß, es sei ein falscher Alarm gewesen, und schickte Vicky wieder nach Hause; sie solle noch ein Weilchen warten.

Muß ich angesichts dieser Uhrzeit eigens betonen, daß ich nicht hellwach war, als um sechs das Telefon klingelte? Ich hätte eigentlich wach sein müssen, aber das war ich nicht, und ich stolperte über die Katze, als ich an den Apparat ging. Es war Captain Millner. Auf Ersuchen des FBI werde die gesamte Sonderkommission alarmiert: Es gehe um die Entführung des Vizepräsidenten einer Bank.

Er solle mich damit verschonen, protestierte ich, ich sei nämlich schon mit einem größeren Fall befaßt. »Bei dem wir bereits einen Verdächtigen in Gewahrsam haben«, erinnerte mich Captain Millner. »Nun machen Sie schon, Deb. Das FBI hat darum ersucht –«

Was das FBI will, bekommt es im allgemeinen auch. Harry machte mir eine Tasse Instant-Kaffee, während ich versuchte, die Augen aufzukriegen. Ich kroch in einen beigen Hosenanzug, dessen Jacke ich dann noch einmal ausziehen mußte, um mein Schulterhalfter überzustreifen. Nach dem, was ich in Büchern lese, tragen manche Polizistinnen in Zivil ihren Revolver immer noch in der Handtasche mit sich herum. Ich nicht. Zum einen deshalb, weil man mir eine Handtasche ein bißchen zu leicht entreißen könnte. Aber der Hauptgrund, warum ich ein Schulterhalfter benutze, geht auf jenen Abend zurück, an dem ich im Mantel Auto gefahren war; und weil ich nicht gleichzeitig Handtasche und Mantel mit mir herumschleppen wollte, hatte ich den Revolver aus der Handtasche genommen und in die Seitentasche meines Mantels gesteckt.

Später wurde es im Auto langsam warm; ich zog den Mantel aus und legte ihn auf den Nebensitz. Etwa eine halbe Stunde danach kam über Funk die Aufforderung, nach dem Verdächtigen für einen Raubüberfall auf einen Schnapsladen in der Berry Street Ausschau zu halten, und kaum war die Meldung durch, als ich einen Wagen sah, auf den die Beschreibung paßte.

Ich schaltete das Blaulicht ein und stoppte den Wagen, griff mir meinen Ausweis aus der Handtasche und ging auf das verdächtige Fahrzeug zu. Ich hatte es fast erreicht, als mir einfiel, wo mein Revolver steckte.

Zum Glück war es nicht das Auto des gesuchten Räubers. Als ich meinen Revolver wieder in die Handtasche steckte, nahm ich mir fest vor, mir ein Schulterhalfter zu besorgen, ehe ich am nächsten Tag meinen Dienst antrat, und das tat ich dann auch. Seither trage ich eins. Es ist bequem. Man spürt kaum, daß man es umhat.

Das Problem dabei ist nur folgendes: Man merkt auch kaum, daß man es nicht trägt, wenn man, so wie ich an diesem Morgen, im Halbschlaf durch die Gegend stolpert.

Wie auch immer, ich hatte es jedenfalls um, als ich vor dem Polizeirevier anhielt und rasch hineinging, um mir den Schlüssel für einen Dienstwagen zu holen, mit dem ich zu der Bank hinausfahren konnte. Ich hatte geglaubt, jede Bank in Fort Worth zu kennen, konnte mich jedoch nicht entsinnen, je von dieser – der First Federated Bank of Ridglea – gehört zu haben.

Nun ja, wenn es eine Bank war, dann hatte sie auch Geld, und wenn es eine Bank in Ridglea war, dann hatte sie höchstwahrscheinlich eine Menge Geld.

Es waren zwei Streifenwagen da, außerdem zwei FBI-Fahrzeuge, drei Zivil-Polizeifahrzeuge, ein Feuerwehrauto und ein weißer Cadillac, das letztjährige Modell. Sie waren allesamt vor dem kleinen Ziegelsteingebäude geparkt. Das Haus beherbergte nur die Bank, was ein bißchen ungewöhnlich war; die meisten Banken scheinen heutzutage riesige Bürokomplexe zu bauen, die sie dann zu neunzig Prozent an diverse Kleinunternehmen vermieten.

Als ich auf den Parkplatz hinter der Bank fuhr, sah ich, daß auch ein Krankenwagen da war. Das erklärte vermutlich das Feuerwehrauto. In Fort Worth herrscht aus Gründen, die mir niemand plausibel machen kann, die wunderliche Sitte, bei fast jedem Notruf nach einem Krankenwagen einen Spritzenwagen loszuschicken (der eigentliche Grund dürfte darin liegen, daß die Feuerwehrleute ausgebildete Sanitäter sind. Aber ich verstehe trotzdem nicht, warum sie die Krankenwagenfahrer nicht ihre Arbeit machen lassen).

An der Tür blieb ich stehen und wartete, bis ein Streifenpolizist von innen aufmachte. Er schloß hinter mir wieder ab.

Drinnen schnupperte ich erst einmal. »Wo kommt denn der Rauch her?«, fragte ich. Vielleicht war die Feuerwehr diesmal ja doch nicht nur wegen des Krankenwagens gekommen.

»Es hat ein bißchen gebrannt«, sagte mir Captain Millner.

Ich weiß nicht, wie er das macht. Er mußte genauso unchristlich früh von zu Hause weggefahren sein wie ich, aber er schaffte es, rasiert, gekämmt und proper wie immer auszusehen. Mir war durchaus bewußt, daß ich an diesem Morgen nicht proper aussah.

Das galt allerdings auch für die First Federated Bank of Ridglea.

Ein Mann in einem ramponierten grauen Nadelstreifenanzug saß zusammengesackt auf dem Boden. Zwei Sanitäter beugten sich über ihn, der eine hielt ihm einen Eisbeutel an die Schläfe. Die Detectives und die FBI-Agenten schlenderten nur herum, ohne etwas Bestimmtes zu tun, und ein Techniker von der Spurensicherung stand knöcheltief in einer Mischung aus Löschwasser und verbranntem Papier, um eine offene Tresortür auf Fingerabdrücke zu untersuchen. Der Gestank nach angekohltem Kunststoff rührte offenbar von mehreren Rollen Magnetbändern her, die sich in dem Teil der Bank befanden, der gebrannt hatte.

Das ist doch lächerlich, dachte ich, als ich sah, wie viele absolut beschäftigungslose Leute schon da herumstanden. Die brauchten mich hier nicht. »Was ist eigentlich passiert?«, fragte ich.

»Muß ich es etwa noch mal erzählen?«, fragte der Mann auf dem Boden gereizt.

»Nein, Sir, Sie müssen es nicht noch mal erzählen«, antwortete Captain Millner. »Jedenfalls nicht jetzt.«

»Wer ist denn das?«, fragte ein FBI-Agent mit, wie er offenbar glaubte, gedämpfter Stimme. Ich kannte ihn zwar nicht, aber er mußte FBI-Agent sein – entweder das oder Mormonenmissionar. Ist Ihnen das auch schon aufgefallen? FBI-Agenten und Mormonenmissionare kleiden sich genau gleich, mit militärischem Kurzhaarschnitten, dunklen Anzügen, weißen Hemden und sehr dezenten Krawatten. Sie sehen aus wie mit Keksformen ausgestochen, die lediglich das Gesicht ungestanzt lassen.

Der Mann war jung genug, um Mormonenmissionar sein zu können, aber Mormonenmissionare tragen keine Schußwaffen.

»Sie ist Detective bei der Sonderkommission«, erklärte ihm Captain Millner.

»Sieht mir nicht wie ein Detective aus«, meinte der FBI-Agent.

Ich machte schon den Mund auf, um ihm zu sagen, er sähe für mich auch nicht wie ein FBI-Agent aus, verkniff es mir dann aber. Ich war zwar müde, aber nicht müde genug, um so leichtsinnig zu sein.

»Bis jetzt haben wir folgendes, Deb«, sagte Millner. »Der Gentleman hier heißt Slade Blackburn. Er ist Vizepräsident – das heißt, einer der Vizepräsidenten – dieser Bank. Nach seiner Aussage hat sich seine Frau heute morgen nicht wohl gefühlt, weshalb er nicht mit ihr zu Hause gefrühstückt hat, sondern statt dessen in ein Waffelrestaurant gehen wollte, um sie nicht zu stören. Er hat das Haus viel früher als sonst verlassen. Als er hinausging, hat ihm jemand eine Kanone ins Kreuz gedrückt, ihm die Wagenschlüssel abgenommen und ihn gezwungen, hinten in einen Wäschereiwagen einzusteigen. Sie sind hierher zur Bank gefahren – ein zweiter folgte mit seinem Wagen – und haben ihm befohlen, die Tür zu öffnen. Dann haben sie ihn gezwungen, den Tresor aufzumachen. Er hat ihnen gesagt, der Tresor habe ein Zeitschloß, das erst um halb neun geöffnet werden könne, daraufhin haben sie ihm gesagt, er solle sich was einfallen lassen, um es aufzukriegen, sie hätten nämlich jemanden bei seiner Frau gelassen, falls er Zicken macht. Also hat er den Tresor geöffnet, und sie haben eine Menge Geld rausgeholt, Papiere und Magnetbänder durcheinandergeworfen, einen Teil davon angezündet und ihm dann eins übergezogen, so daß er k. o. ging. Als er wieder zu sich kam, hat er das FBI angerufen, und das FBI hat uns verständigt.«

»Und ich will jetzt wissen«, ließ sich Slade Blackburn vom Fußboden vernehmen, »wann endlich jemand zu mir nach Hause fährt und nachsieht, ob mit meiner Frau alles in Ordnung ist.«

»Mr. Blackburn, ich habe Sie schon dreimal nach Ihrer Adresse gefragt«, erinnerte ihn einer der FBI-Leute nicht allzu geduldig.

Diesmal nannte er seine Adresse, und ich sagte: »Ich fahre hin.«

»Ich komme mit«, ließ der FBI-Mann verlauten, der fand, ich sähe nicht wie ein Detective aus.

Im Auto meinte er: »Ich wollte nicht unhöflich sein. Aber Sie sehen wirklich nicht wie ein Detective aus.«

»Das weiß ich doch«, versicherte ich ihm und beschloß, da er sich nun etwas freundlicher gab, ihm zu sagen, wie er für mich aussah.

Darüber mußte er lachen. »Ich bin aber kein Mormonenmissionar«, meinte er. »Ich heiße Eddie Cohen, und mein Vater ist Rabbi.«

»Okay«, sagte ich. »Ich habe sowieso noch nie einen Mormonenmissionar mit einer Kanone gesehen. Falls es Ihnen noch niemand gesagt hat, ich bin Deb Ralston.«

Wir saßen in meinem Wagen. Ich bog rechts auf die Lackland und gleich wieder rechts auf die Elizabeth Lane ab und verfuhr mich beinahe, weil ich erst einige Straßen weiter hätte abbiegen dürfen. Irgendwann kam ich dann wieder zurecht und fand das Haus. Es lag praktisch gleich hinter der Ridglea Christian Church, ein großes, ausladendes Ziegelsteinhaus im Ranch-Stil, vielleicht zwanzig Jahre alt. Es hatte einen hübschen Rasen, hübsche Bäume, hübsche Sträucher und einen hübschen weißen Cadillac (das diesjährige Modell), der auf der hübschen, kiesbestreuten Auffahrt geparkt war. Für die Gegend sah das Haus zu schick aus, und es wirkte absolut friedvoll. Auf dem Rasen lag die Zeitung, so fest gefaltet, daß sie wie verschnürt wirkte.

Eddie klopfte an die Tür. »FBI«, rief er. »Mrs. Blackburn, sind Sie da?«

Ich hatte mir von Blackburn sagen lassen, wo sich das Schlafzimmer befand, und klopfte nun an dessen Fenster. »Polizei«, rief ich. »Mrs. Blackburn?«

Eddie versuchte, die Tür zu öffnen. Sie war abgeschlossen. »Ich sehe mal hinten nach«, schlug ich vor.

Auch die Hintertür war abgeschlossen. Ich probierte es mit der Garage, aber die funktionierte mit Fernbedienung und ging nicht auf.

Ich kehrte zur Vordertür zurück.

»Und nun?«, fragte mich Eddie.

Ich hängte mich ans Funkgerät und bat die Zentrale, im Haus anzurufen und Mrs. Blackburn zu bitten, die Tür zu öffnen. Gleich darauf hörte ich das Telefon klingeln, aber drinnen rührte sich niemand. Schließlich sagte die Einsatzleiterin: »Es geht niemand dran.«

Das Klingeln verstummte.

»Wissen Sie, wie man eine Tür eintritt?«, fragte ich Eddie.

»Theoretisch schon«, meinte er. »Aber gemacht hab ich's noch nie.«

»Ich hab's schon mal gesehen, aber ich bin zu klein dafür.«

Er nahm meinen Arm, um sein Gleichgewicht zu halten, dann stemmte er den rechten Fuß gegen die Tür und trat kräftig zu. Die Tür sprang auf.

Wir gingen hinein.

Es war ein schönes Haus, sauber und zu kühl, als hätte jemand die Zentralheizung für die Nacht niedriggestellt und vergessen, sie am Morgen wieder aufzudrehen.

Von der Halle aus wandten wir uns nach rechts und betraten das vordere Eckzimmer, in dem laut Blackburn seine Frau schlief. Und wir fanden heraus, warum Mrs. Blackburn weder aufgemacht hatte noch ans Telefon gegangen war.

Sie lag immer noch im Bett, und zwar auf dem Rücken, in einem rosafarbenen Nylonnachthemd, Cold Cream im Gesicht und das auf Plastiklockenwickler gedrehte Haar von einer rosafarbenen, getüpfelten Rüschenhaube bedeckt. Ihre Zähne lagen in einem Zahnglas auf dem Nachttisch, daneben befand sich eine Schachtel Kleenex, ein Thermometer, ein Wasserglas und ein Röhrchen *Nyquil.*

Sie hatte nicht auf die Türglocke und das Telefon reagiert, weil ein Schuß sie in die rechte Schläfe getroffen hatte.

Kapitel 6

Eddie Cohen war ein Grünschnabel, allerdings ein Grünschnabel mit FBI-Ausbildung. Er schlug sich die Hand vor den Mund und flitzte Richtung Haustür; ich konnte ihn draußen hören, und kurz darauf hörte ich Wasser aus dem Außenhahn laufen. Mit hocherhobenem Kopf kam er wieder herein, und er entschuldigte sich nicht. Ich sagte auch nichts.

Ich holte ein Fingerabdruck-Set aus dem Wagen und bestäubte das Telefon im hinteren Teil des Hauses. Während ich die wenigen verwertbaren Abdrücke abnahm, fragte Eddie: »Macht es Ihnen nichts aus?«

Ich tat nicht so, als wüßte ich nicht, was er meinte. »Nein, nicht viel.«

»Warum macht es dann mir was aus?«, wollte er wissen.

»Weil Sie so etwas noch nie gesehen haben. Beim ersten Mal macht es den meisten Leuten was aus.«

»Aber ich habe Filme der FBI-Katastropheneinsatztruppe gesehen«, wandte er ein.

»Ich auch. Aber das waren Filme. Das hier ist keiner.«

Nun, da ich sicher wußte, daß der Apparat frei von Fingerabdrücken war, rief ich von ihm aus in der Bank an, um Captain Millner darüber zu informieren, was wir gefunden hatten. Ich wollte nicht, daß Blackburn es zuerst über eines der zahlreichen Polizeifunkgeräte in der Bank hörte, obwohl ich irgendwie nicht damit rechnete, daß ihn die Nachricht furchtbar überraschen würde.

Dann läutete ich, ebenfalls über Telefon, die Zentrale an und bat darum, mir jemand von der Gerichtsmedizin und von der Spurensicherung zu schicken.

Der Bankraub gehörte den Feds. Der Mord hier im Haus gehörte uns; genauer gesagt mir, weil ich der erste Detective am Tatort war.

Als Millner – etwa zur gleichen Zeit wie der Ermittler von der Gerichtsmedizin – eintraf, versuchte ich, mit ihm darüber zu diskutieren. Ich gab ihm zu bedenken, daß ich der Sonderkommission angehörte; von Rechts wegen müsse dieser Fall vom Morddezernat bearbeitet werden.

Millner betrachtete mich angeödet, und ich rief mir ins Gedächtnis zurück, daß er ursprünglich weder bei der Sonderkommission noch beim Morddezernat eine Frau hatte haben wollen. Er hatte befürchtet, daß eine Frau diese Art von Arbeit nicht verkraften könne, und er hatte bislang noch nicht zugegeben, daß ich ihn in diesem Punkt widerlegt hatte. »Deb«, sagte er jetzt, »halten Sie die Klappe.«

Ich kam zu dem Schluß, daß ich lieber nicht weiterdiskutieren sollte.

Der Mann von der Gerichtsmedizin erklärte Joan Blackburn für tot. Ich sagte nicht »Ohne Scheiß, Sherlock?«, aber ich dachte es.

Die Leute von der Spurensicherung machten Fotos, und der Ermittler von der Gerichtsmedizin sagte, seinetwegen könne die Leiche abtransportiert werden. »Gleich«, meinte ich. »Captain, ich möchte, daß Sie sich die Leiche mal ansehen.«

Er sah sich die Leiche an. Dann musterte er mich übellaunig. »Und?«, fragte er.

»Sehen Sie, was ich meine?«, fragte ich.

»Ja«, antwortete er.

»Na ja, ich hab's eigentlich auch nicht anders erwartet.«

»Wovon reden Sie?«, wollte Eddie wissen.

»Von etwas, was Sie bei Ihrer geringen Erfahrung wohl nicht erkennen können«, meinte Millner und wandte sich dann an den Ermittler von der Gerichtsmedizin und die Leute von der Transportbereitschaft. »Sanchez«, sagte er, »mal angenommen, ich würde Ihnen erzählen, daß die Frau da heute morgen um sechs noch lebend gesehen wurde, was würden Sie dazu sagen?«

Sanchez betrachtete die Leiche. »Sie machen wohl Witze«, sagte er.

»Dann will ich's mal anders formulieren«, meinte Millner. »Angenommen, ich würde Ihnen erzählen, daß der Ehemann des Opfers sagt, er hätte die Frau heute morgen um sechs noch lebend gesehen, was würden Sie dazu sagen?«

Erneut betrachtete Sanchez die Leiche. »Ich würde sagen, er ist ein Lügner«, meinte er. »Bloß für den Anfang.«

»Das behalten Sie mal schön im Auge«, sagte Millner zu ihm. »Ich werde Sie nämlich um eine offizielle Schätzung bitten. Was meinen Sie, Olsen?«

Olsen, der nur noch so lange bei der Transportbereitschaft bleibt, bis eine Ermittlerstelle frei wird, zog das Thermometer heraus, das er nach seinem Eintreffen in das Rektum der Leiche eingeführt hatte, warf einen Blick darauf und sah dann zu dem Raumthermometer hinüber, das er auf der Frisierkommode aufgestellt hatte. »Spätestens vier Uhr«, sagte er. »Aber das ist schon sehr großzügig geschätzt, und unter Berücksichtigung dessen, daß es hier drin kühl ist. Allerdings lag sie unter zwei Decken. Nicht später als vier Uhr. Aber eher drei, drei Uhr dreißig.«

»Das will ich schriftlich«, sagte Millner.

»Kriegen Sie«, meinte Sanchez.

»Können wir die Leiche jetzt abtransportieren?«, fragte Olsen. »Wir müssen nämlich noch woanders hin.«

Wir waren uns einig, daß wir die Leiche nicht mehr brauchten. Als sie sie bewegten, war die Ausschußstelle zu sehen, die erheblich größer war als der Einschuß. Das ist nicht ungewöhnlich. Sie warteten, bis Irene die Wunde fotografiert hatte, legten die Leiche in einen schwarzen Plastik-Leichensack, hoben diesen auf eine fahrbare Trage und baten jemanden von der Spurensicherung, nach dem Geschoß zu suchen: Der Pathologe wüßte gern das Kaliber.

Irene Loukas, die ungeduldig darauf gewartet hatte, daß sie die Leiche abtransportierten, damit sie mit der Untersuchung des Tatorts fortfahren konnte, stocherte mit einem Skalpell in der Matratze und fand das Geschoß schließlich. Es war gedrungen, mit einem großen Durchmesser. »Fünfundvierziger«, sagte sie und drehte es neugierig in den behandschuhten Fingern.

»Kannst du sagen, ob es nach Pistole oder Revolver aussieht?«, wollte ich wissen – eine ziemlich alberne Frage, wie mir klar wurde, kaum daß ich sie gestellt hatte.

Irene sah mich mitleidig an und meinte: »Also wirklich, Deb.«

»Pistole«, sagte ihr Partner Bob Castle triumphierend. Er schnappte sich die Kamera, die Irene auf dem Bett hatte liegen lassen, nachdem sie die Ausschußstelle fotografiert hatte, und machte weitere Fotos. Er und Irene nahmen Messungen vor und machten Notizen. Dann hob Bob die vor der Schranktür liegende Patronenhülse vom Boden auf und drehte sie herum. Die kleine Schramme von der Auswerfermechanik war deutlich zu sehen.

»Willst du sie zusammen mit der Kugel mitnehmen?«, fragte er den Ermittler von der Gerichtsmedizin.

»Nee«, meinte Sanchez. »Warte, bis du eine Pistole dazu hast, und schick' das Ganze dann an die Ballistik.«

»Da wären wir von allein nie drauf gekommen, Blödmann«, sagte Irene mit ärgerlichem Blick auf Bob.

»Entschuldige mal, aber das konnte ich schließlich nicht wissen«, protestierte dieser. »Als ich das letztemal einen Mord hatte, wolltest du die Hülse.«

»Da steckte die Kugel auch noch im Kopf«, erinnerte ihn Sanchez. Dann transportierten sie die Leiche ab.

Irene und Bob setzten die Untersuchung des Tatorts fort, und ich machte mich daran, die Nachbarschaft abzuklappern. Eddie kam notgedrungen mit, weil er keine Möglichkeit hatte, zur Bank oder in sein Büro zurückzukommen, solange ich nicht fertig war. Es wäre einfacher gewesen, wenn das Haus in einer Sackgasse gelegen hätte, aber das war nicht der Fall. Es lag an einer Straße, die sich etwa anderthalb Kilometer weit zwischen dem Camp Bowie Boulevard – einer der meistbefahrenen vierspurigen Straßen von Fort Worth – und dem West Freeway – Fort Worths Anteil an einer in ost-westlicher Richtung verlaufenden Hauptverkehrsader – hinzog. Das hieß, daß der oder die Täter nicht unbedingt lange sichtbar gewesen sein mußten und daß ihnen zahlreiche mögliche Fluchtrouten offenstanden. Normalerweise halten sich um vier – oder auch um sechs – Uhr morgens noch nicht allzu viele Leute in ihren Vorgärten auf, um etwaige Beobachtungen zu machen.

Von den Leuten, die wir zu Hause antrafen (etwa in jedem sechsten Haus; trotz Ridglea handelte es sich um ein Arbeiterviertel), hatte niemand etwas gesehen, schon gar keinen Wäschereiwagen, Name der Wäscherei unbekannt. Niemand hatte einen Schuß gehört. Niemand wußte, wovon wir redeten.

Aber alle waren schwer beeindruckt von Eddies Ausweis. Meiner interessierte niemanden groß. Polizisten aus Fort Worth kriegen sie alle Tage zu sehen.

Ich fuhr zur Bank zurück, um Eddie beim FBI abzusetzen und um nach Möglichkeit mit Slade Blackburn zu reden, aber der lag, wie ich erfuhr, im John Peter Smith Hospital und wurde wegen Gehirnerschütterung und Schock behandelt.

Schock, ach du liebes bißchen, dachte ich und fragte mich, warum niemand den Schuß gehört hatte. Eine Fünfundvierziger ist laut, nicht ganz so laut wie eine Schrotflinte, aber immer noch laut genug, und um sechs oder halb sieben, als der Schuß angeblich gefallen war, sind die Leute schon wach und auf den Beinen.

Jemand hätte ihn hören müssen, wenn er zu dieser Zeit gefallen wäre – was nach jetziger Kenntnis nicht der Fall war.

Aus Oleads Haus hatte jemand einen Schuß gehört. Der war zwar aus einer Schrotflinte gekommen, aber um drei Uhr morgens, als alles schlief und die meisten – wegen Neujahr – wahrscheinlich auch allen Anlaß hatten, tief und fest zu schlafen.

Jemand hatte gemeldet, er hätte aus Oleads Haus *einen* Schuß gehört. Keine fünf Schüsse. Keine Salve. *Einen* Schuß.

Und zwischen der Zeit, als der Schuß gehört wurde, und der Zeit, als Shea anrollte und anfing, an die Tür zu hämmern, konnten unmöglich all die Möbel in dem einen Zimmer aufeinandergehäuft worden sein.

Außerdem hätte ich bei meinem Eintreffen um vier Uhr schwören können, daß die Opfer schon seit über zwei Stunden tot waren. Ja, verdammt, da war ich mir sicher, denn sie waren bereits stark abgekühlt. Es hatten sich immerhin Totenflecken ausgebildet, und diese treten zwar vor der Leichenstarre, aber nicht sofort nach Eintritt des Todes auf.

Der Schuß, den der Nachbar gehört hatte, hatte niemanden getötet. Es war ein zusätzlicher Schuß. In dem Haus waren in jener Nacht sechs Schüsse gefallen. Nicht fünf, sondern sechs.

Im Fall Blackburn kam ich im Augenblick nicht weiter, jedenfalls nicht, solange ich nicht mit Blackburn, dem FBI und meinen Kollegen reden und feststellen konnte, was sich sonst noch ergeben hatte und wie alles zueinanderpaßte. Ich wollte Blackburns Haus durchsuchen, aber Tatort war strenggenommen nur das Schlafzimmer, und ich wollte unsere Karten noch nicht aufdecken, indem ich einen Durchsuchungsbefehl beantragte.

Obwohl wir das machen mußten, ehe Blackburn nach Hause kam.

Wahrscheinlich war in seinem Haus nichts versteckt; wahrscheinlich hatte er alles woanders. Gut möglich, daß er alles in einem netten kleinen Schließfach seiner eigenen Bank untergebracht hatte. Andererseits aber könnte er so dumm oder so dreist sein, daß er die Waffe in irgendeinem Schrankfach hatte liegenlassen.

Aber da ich damit im Augenblick nicht weiterkam, kehrte ich in mein Büro zurück und forderte sämtliche Unterlagen zu Oleads Fall an.

Wir führen keine Fallakten im strengen Sinne mehr. Ich finde das schade. Alles ist im Computer gespeichert, und wenn man die Berichte lesen will, läßt man sich Ausdrucke machen. Aber wenn man so gestrickt ist wie ich, will man die Berichte vielleicht noch einmal und noch einmal lesen, und deshalb habe ich normalerweise meine eigene Akte in der Schreibtischschublade, wenn ich stark mit einem Fall beschäftigt bin. Zu Olead hatte ich mir allerdings noch keine angelegt, weil ich so viele andere Sachen um die Ohren gehabt hatte.

Der Anruf war von einem Nachbarn gekommen. Sämtliche in der Zentrale eingehenden Anrufe werden mitgeschnitten; fällt nichts Besonderes vor, werden die Bänder eine Zeitlang routinemäßig aufbewahrt, dann gelöscht und wiederverwendet. Passiert jedoch etwas Größeres, wird das Band zurückbehalten. Irgendwann wird die entscheidende Stelle dann herausgeschnitten, damit der Rest des Bandes wiederverwendet werden kann. Das hat zur Folge, daß ich mir den Anruf in einem solchen Fall selbst anhören kann; ich bin, was Einzelheiten angeht, nicht auf den schriftlichen Bericht oder das möglicherweise lückenhafte Gedächtnisprotokoll eines anderen angewiesen.

Das Band ließ ich mir also vorspielen.

Das Geräusch eines klingelnden Telefons. »Fort Worth Polizeinotruf.« Die Stimme eines jungen Mannes; das Dienstbuch würde mir verraten, wessen Stimme, falls der Tonbandmitschnitt nicht beschriftet war. Ich sah nach; er war beschriftet. Reuben Dakle.

»Hier spricht Arlon Powers. Ich weiß nicht, ob ich die richtige Nummer anrufe oder nicht.«

»Sagen Sie mir doch einfach, worum es geht.« Reuben Dakle war geduldig. Leute, die bei der Polizei anrufen, sind sich oft nicht sicher, ob sie das auch tun sollten, zumal an Silvester.

»Ich bin mir nicht sicher, aber ich glaube, ich habe aus dem Haus nebenan gerade einen Schuß gehört.«

»Ja, Sir, wie war die Adresse? Wie ist Ihre Telefonnummer, falls wir Sie zurückrufen müssen? Wie heißen Sie? Möchten Sie, daß der Beamte sich mit Ihnen in Verbindung setzt?«

Powers hörte sich nicht betrunken an, jedenfalls nicht sehr; er war vielleicht angetrunken nach Hause gekommen, aber einen eventuellen Rausch hatte er zu dieser Zeit bestimmt ausgeschlafen. Er habe nicht das Fenster geöffnet. Sein Haus liege auf der Westseite des Hauses der Carsons, sein Schlafzimmer gehe nach Osten. Er habe nur einen Schuß gehört. Ja, er sei sicher, daß es ein Schuß gewesen sei. Von einer Schrotflinte. Er habe darüber nachgedacht, und, ja, er sei sicher.

Routinemäßig wurde Danny Shea hingeschickt, um die Sache zu überprüfen.

Shea klingelte zuerst bei Powers, ehe er zu den Carsons ging, denn er war nicht allzu scharf darauf, jemanden bloß wegen eines Hirngespinstes um drei Uhr morgens aufzuwecken. Aber auf Befragen war sich Arlon Powers noch sicherer gewesen, als er auf dem Tonband geklungen hatte. Er habe einen Schuß gehört. Von einer Schrotflinte, wahrscheinlich Kaliber zwölf. Er sei sich sicher, daß der Schuß aus Jack Carsons Haus gekommen sei. Wegen dieses Hauses sei er sowieso ein bißchen nervös gewesen, er habe nämlich gehört, daß Mrs. Carsons Sohn eine Art Irrer sei. Reden habe man mit ihm zwar ganz gut können, aber man wisse ja nie.

Ich dachte, daß ich gern mit Arlon Powers sprechen würde.

Eigentlich hätte sich Shea die Firmenadresse und Telefonnummer des Anzeigeerstatters geben lassen müssen, aber das hieß nicht, daß er es auch getan hatte. Falls nicht, mußte ich sie selbst herausfinden. Das Haus der Carsons wurde, so groß und teuer wie es war, von zwei Bungalows eingeklemmt, und natürlich war aus einem davon der Anruf gekommen.

Aber vielleicht hatte ich ja Glück. Vielleicht hatte Danny Shea alle Informationen beschafft, die er hatte beschaffen sollen.

Ich sah nach.

Und hatte Glück.

Arlon Powers war Installations-Vorarbeiter bei Southwestern Bell. Seine Firmenadresse lautete 1116 Houston, und dort war er anzutreffen, wenn er sich nicht gerade auf einer Baustelle aufhielt.

Tja, dachte ich, es wäre doch günstig, wenn er sich nicht auf einer Baustelle aufhielte, weil die Firma gerade mal eine Straße vom Polizeirevier entfernt liegt. Ich rief seine Firmennummer an. Arlon Powers war in seinem Büro und hatte jede Menge Zeit, sich mit mir zu unterhalten.

Sein Büro war übersät mit Arbeitsaufträgen, Kabelrollen und Teilen von Telefonanlagen, teils noch im Karton, teils ausgepackt, und in den ersten fünf Minuten, die ich da war, wollte er darüber meckern, daß die Umstrukturierung der Telefongesellschaft ein heilloses Durcheinander verursacht hätte. Ich stimmte ihm darin zu, daß gerichtliche Verfügungen sich manchmal nicht gerade an der Realität orientierten, und fragte, ob wir über Silvester reden könnten.

Er bemerkte, ich sähe nicht wie ein Detective aus. Ich stimmte wieder einmal zu und meinte: »Was jetzt Silvester angeht –«

Er fragte, ob ich einen Kaffee wollte. Eigentlich nicht, ich müsse mit ihm reden. Er meinte, er würde einen trinken, wenn ich nichts dagegen hätte. Dann machte er sich in aller Ruhe eine Tasse Instantkaffee, und ich sagte mir, daß mein Zahnarzt mir geraten hatte, ich solle aufhören, mit den Zähnen zu knirschen.

»Jetzt zu Silvester«, begann er schließlich. »Irgendwie hatte ich mir schon vorher ein bißchen Sorgen gemacht, ich hatte nämlich gehört, daß der Junge so 'ne Art Irrer ist, aber bei Gerüchten weiß man ja nie, und reden hat man mit ihm eigentlich immer ganz gut können. Und wie er sich um die beiden Kinder kümmert, das ist schon toll, muß ich sagen.«

»Ach ja?«, stieß ich hervor, und Powers sagte: »Ja, er ist mit ihnen spazierengegangen und hat mit ihnen im Garten gespielt. Man sieht einfach nicht oft einen jungen Mann, der sich so mit Kindern beschäftigt. Aber – Sie wollten sich nach dem Schuß erkundigen, den ich gehört habe, stimmt's?«

»Ja, Sir. Sie haben dem Einsatzleiter gesagt, Sie hätten einen einzigen Schuß gehört. Trifft das zu?«

»Ja, genau«, bestätigte er mit fester Stimme. »Ich weiß, in der Zeitung steht, es sind fünf Leute umgebracht worden. Schrecklich, so was! Aber ich habe nur den einen Schuß gehört. Und dafür, daß er im Haus gefallen ist, war er ganz schön laut. Also, wenn Sie mich fragen, ich hätte gesagt, er ist im Garten hinter dem Haus abgefeuert worden, nur habe ich da sofort hingeguckt, als ich ihn gehört habe, und es war niemand zu sehen. Bloß von dem einen Fenster, da war das Fliegengitter ab, deshalb hab' ich gedacht, er muß von dort gekommen sein.«

»Von welchem Fenster war das Fliegengitter ab?«, fragte ich. Es war das erstemal, daß ich davon hörte.

Er dachte darüber nach. »Tja, mein Haus ist etwas weiter zurückgesetzt als das der Carsons, deshalb kann ich von meinem Seitenfenster aus die Rückseite ihres Hauses sehen. Es müßte das – äh – das –« er runzelte die Stirn, legte den Kopf schräg; er dachte nach. Die Runzeln glätteten sich. »Es müßte von mir aus gesehen das dritte Fenster auf der Rückseite gewesen sein.«

Von Westen gesehen das dritte Fenster. Das Fenster von Oleads Zimmer. »Warum haben Sie das nicht dem Polizeibeamten gesagt, als er bei Ihnen war?«

»Hab' ich doch, aber er hat gemeint, das sei nicht wichtig.«

Ich glaube, ich bringe Danny Shea um, ich glaube wirklich, ich bringe ihn um, dachte ich. »Haben Sie ihm noch irgendwas erzählt, wovon er meinte, es sei nicht wichtig?«

»Jawohl, hab' ich. Und das hat mir ganz schön zu denken gegeben, weil ich nämlich schon fand, daß es wichtig war. Ungefähr eine oder anderthalb Minuten nach dem Schuß habe ich hinten am Haus eine Tür zuknallen hören.«

»Konnten Sie sehen, welche Tür?«

»Nein, da war ich nämlich schon am Telefon und habe den Schuß gemeldet. Aber ich würde sagen, es war die Hintertür, die vom Wohnzimmer in den Patio führt.«

Und Shea hatte gemeint, das sei nicht wichtig.

Wir anderen hatten wenigstens gewartet, bis wir das Haus betreten hatten, ehe wir entschieden, daß Olead der Täter war. Aber Shea hatte nicht einmal das nötig gehabt. Er hatte Powers »so 'ne Art Irrer« sagen hören und sich sofort festgelegt; und er hatte niemandem etwas mitgeteilt, was diese Theorie hätte ins Wanken bringen können.

»Mr. Powers, ich bin Ihnen sehr dankbar für das, was Sie mir erzählt haben. Können Sie wohl die Zeit erübrigen, mit ins Polizeirevier zu kommen, damit ich eine schriftliche Aussage aufnehmen kann?«

»Es ist also doch wichtig?«

»Ja, Sir, es ist wichtig«, sagte ich grimmig.

»Tja, ich hab' mir gleich gedacht, daß das doch eigentlich wichtig sein müßte, aber dieser junge Polizist, der hat gemeint –«

»Wir wissen ja beide, Mr. Powers, daß die jungen Leute immer glauben, sie wüßten alles besser«, antwortete ich unter schamloser Ausnutzung meines Alters.

Den ganzen Weg zum Polizeirevier erzählte mir Mr. Powers Geschichten von den Ungerechtigkeiten des Systems und daß junge Leute mit Sachen davonkämen, die man ihnen nie und nimmer durchgehen lassen dürfe, und auf dem Rückweg zum Gebäude der Telefongesellschaft erzählte er mir dieselben Geschichten noch einmal. Aber das war es mir wert. Ich hatte eine Aussage, und ich hatte zum erstenmal einen konkreten Beleg für meine Theorie, daß in jener Nacht noch jemand anderes in dem Haus gewesen sein mußte.

Ich stecke eine Tagesdosis Vitamine für Olead in einen Umschlag, kniff ihn zweimal und stopfte ihn in meine Jackentasche. Dann fuhr ich zum County-Gefängnis und sagte denen, daß ich Olead Baker sprechen müßte.

Der Diensthabende musterte mich säuerlich. »Dann werden Sie in seiner Zelle mit ihm reden müssen«, sagte er. »Wir haben ihn vom Rest der Belegschaft isolieren müssen.«

»Ach ja?«

»Ja«, sagte der Diensthabende und wies jemanden an, mich zu Oleads Zelle zu bringen. Unterwegs machte ich bei einem Getränkeautomaten halt und nahm ihm eingedenk dessen, daß er gesagt hatte, er vertrage keinen Zucker, einen Becher Dr. Pepper Light mit.

Ich hatte noch nie eine Gummizelle gesehen, aber diese hier war eindeutig eine. Sie war klein, sie enthielt keinerlei Mobiliar, und sie war überall, auch an der Decke und am Boden, mit braunen Vinylmatratzen ausgepolstert. Trotz des unglaublichen Gestanks lag Olead, die nackten Füße gegen eine der Matratzen an der Wand gestemmt und einen Arm unterm Kopf, in einem Gefängnisoverall bequem auf dem Boden und las ganz unbekümmert. Als ich hereinkam, legte er das Buch beiseite und setzte sich auf.

»Hämmern Sie ans Gitter, wenn Sie rauswollen«, sagte der Schließer zu mir und schloß die Tür ab.

»Was ist denn mit Ihnen passiert?«, rief ich aus.

Olead hatte ein blaues Auge, eine aufgeplatzte Lippe und diverse andere Beulen und Schrammen, größtenteils im Gesicht. Er grinste mich an. »Das ist ja wohl klar«, antwortete er. »Ich lasse mir einen Bart wachsen, das sieht man doch.«

Ich setzte mich im Schneidersitz auf den Boden. Ich saß nicht gerne da, aber ich hatte keine Lust, auf den Matratzen stehend um mein Gleichgewicht zu kämpfen. Ich fühlte mich wie betrunken dabei.

Ich gab ihm den Drink und den Umschlag mit den Vitaminen, er schluckte sie und trank den Becher leer. »Danke«, sagte er. »Deb, ich hoffe, Sie wissen, wie dankbar ich Ihnen dafür bin.«

»Schon gut«, sagte ich. »Olead, wer war das?«

»Das spielt keine Rolle.«

»Das spielt sehr wohl eine Rolle!«

Er schüttelte den Kopf. »Die Wärter sind dazwischengegangen und haben mich hierher verlegt. Hier kommt niemand an mich heran. Ich war schon öfter in einer Gummizelle, wahrscheinlich sogar schon mal in dieser hier; das stört mich nicht weiter. Es wird nicht wieder vorkommen.«

»Olead, ich will wissen, wer das war.«

»Ich sag's Ihnen aber nicht«, antwortete er. »Sehen Sie, sogar Kriminelle mögen keine Leute, die Kindern etwas tun. Die haben das in dem Glauben getan, ich sei derjenige, der Brenda umgebracht hat, und weil das nur eine kleine Kostprobe dessen ist, was ich gern mit dem wirklichen Täter anstellen würde, werde ich sie nicht verpfeifen. Es gefällt mir gar nicht, daß man mich für einen Kindsmörder hält, aber das sind nicht die einzigen, die sich in diesem Punkt irren, und es gefällt mir durchaus, daß selbst Leuten, die Brenda nicht gekannt haben, soviel an ihr liegt. Also, vergessen Sie's, Deb, von mir erfahren Sie nichts.«

Endgültiger ging es wohl kaum.

»Na gut, dann seien Sie eben stur.« Er grinste erneut. »Eigentlich wollte ich Sie auch etwas anderes fragen. Haben Sie an Ihrem Zimmerfenster das Fliegengitter abgenommen?«

»Nein, warum sollte ich?«

»Ich habe einen Zeugen, der sagt, daß in der Mordnacht kein Fliegengitter vor Ihrem Fenster war.«

Er runzelte die Stirn. »Ich wüßte nicht, wieso. Falls Sie damit sagen wollen, daß auf diesem Weg jemand reingekommen ist, das können Sie vergessen. Sie wissen doch, daß mein Bett direkt am Fenster steht; man hätte also über mich drüberklettern müssen, und das hätte ich garantiert mitbekommen.«

»Und Sie haben nicht aus irgendeinem Grund das Fliegengitter abgenommen? Haben Sie so fünfzehn, zwanzig Minuten, ehe Shea Sie geweckt hat, eine Tür zuknallen hören?«

»Deb«, sagte er, »wenn ich fünf Schrotschüsse nicht höre, werde ich wohl kaum eine Tür zuknallen hören.«

Das leuchtete mir ein.

»Olead, versuchen Sie immer wieder, sich zu erinnern. Auch wenn Sie etwas träumen und wissen, es ist verzerrt, weil es ein Traum ist, erzählen Sie mir davon; es könnte mir einen Anhaltspunkt liefern.«

»Gern«, sagte er, »aber ich träume nicht. Das heißt, ich träume wohl schon, das tut schließlich jeder, aber ich habe so eine Art Sperre gegen die Erinnerung daran.«

»Okay. Dann bis später.« Ich hämmerte ans Gitter, und irgendwer kam und ließ mich heraus.

»He«, sagte Olead zu dem Schließer, »kann ich noch mal das Telefon haben?«

»Sie haben das Telefon heute schon eine Stunde gehabt, Freundchen«, meinte der.

»Ich weiß, aber jetzt will ich's eben noch mal.«

Der Schließer zuckte die Achseln. Er griff nach einem von mehreren Apparaten mit sehr langen Kabeln, zog es heraus, fädelte es durch das Gitter des kleinen Fensters in der gepolsterten Stahltür und steckte es wieder ein. Er schloß die Tür, und Olead verzog sich mit dem Telefon in die Zellenecke. »Denken Sie dran, Baker«, rief ihm der Schließer nach, »wenn jemand anders es haben will, hol' ich's mir wieder.«

»Ja, ich weiß«, sagte Olead. Während ich auf dem Flur stand und darauf wartete, daß der Schließer damit fertig wurde, das lange Kabel in die Zelle zu schieben, damit niemand darüber stolperte, hörte ich Olead wählen und dann mit sanfter Stimme »Becky?« sagen.

Na, großartig, dachte ich. Also wird sie heute abend wieder unausstehlich sein.

Dann fragte ich mich, wieso Olead auf einmal so anders wirkte, und nach einer Weile kam ich darauf. Er benahm sich nicht mehr wie ein Fünfzehnjähriger; er hatte emotional sein eigenes Alter. Er war sechsundzwanzig, und er benahm sich auch so. Ich fragte mich, warum. Am Gefängnis konnte es nicht liegen; er war früher schon eingesperrt gewesen. Und es lag auch nicht an der Tracht Prügel, denn er war früher schon verletzt worden.

War es der Schmerz?

Oder war es Becky?

Ich kehrte in mein Büro zurück, wo mich Irene vom Erkennungsdienst anrief. »Dave hat das Beweismaterial nach Austin gefahren«, sagte sie, »und die Leute dort so lange genervt, bis sie die Tests sofort gemacht haben. Ich wollte nur wissen, ob du wieder da bist, damit ich dir die Berichte raufschicken kann.«

»Ich bin wieder da«, sagte ich, »und komme gleich runter.«

Man sollte meinen, daß die Kriminalpolizei und der Erkennungsdienst, da sie so eng zusammenarbeiten, auch auf einem Stockwerk liegen. Aber die Kriminalpolizei ist im dritten Stock und der Erkennungsdienst im Keller untergebracht. Diesmal fuhr ich mit dem Fahrstuhl ohne Einschußloch hinunter, und Irene gab mir Fotokopien der Laborberichte.

Ich überflog denjenigen über das Teppichstück: Menschlicher Vomitus, Probe nicht ausreichend zur genaueren Bestimmung des Mageninhalts, insbesondere da Verdauung schon weit fortgeschritten. Mit Sicherheit aber war eine gewisse Menge *Mellaril* nachzuweisen: vorliegende Menge läßt auf Aufnahme einer schweren Überdosis schließen. Auch der Urin enthielt Spuren von *Mellaril*, wie ich feststellte, als ich mich dem entsprechenden Bericht zuwandte.

Mellaril, dachte ich und fragte Irene, ob sie ein *Arzneimittelhandbuch für Ärzte* habe. Sie besaß ein altes, das sie vom Rauschgiftdezernat geerbt hatte, als man dort die neue Ausgabe bekam, und ich schlug *Mellaril* nach. Wie ich herausfand, handelte es sich um ein Beruhigungsmittel, das häufig zur Behandlung geistiger und affektiver Störungen eingesetzt wurde. Ein Medikament also, das Olead durchaus genommen haben könnte, wenn auch vermutlich nicht in jüngster Zeit.

Dann wandte ich mich dem nächsten Laborbericht zu, dem über den Schmauchspurennachweis.

Es war genau so, wie ich erwartet hatte.

Die Prellung an seiner Schulter hatte mir ja bereits alles gesagt.

Aber aus irgendeinem Grund fand ich es trotzdem schlimm, es noch einmal schwarz auf weiß vor mir zu haben.

Es bestand nicht der geringste Zweifel, daß Olead Baker, ganz gleich was er sagte oder woran er sich erinnerte, an Silvester eine Schrotflinte abgefeuert hatte.

Kapitel 7

Ich weiß noch, wie ich dachte: Und wenn ich mich nun irre?
Ich bin keine Psychiaterin. Ich weiß nichts darüber, wie dergleichen sich äußert, Schizophrenie, Psychose. Konnte er ausgeflippt sein, seine Familie umgebracht und es dann vergessen haben? Ist so etwas möglich?

Entweder er war es gewesen, oder er war es nicht gewesen. Aber ob er es nun getan hatte oder nicht, er war nicht schuldig, jedenfalls nicht im moralischen Sinne, denn wenn er es gewesen war, hatte er nicht gewußt, was er tat, und war sich dessen auch jetzt überhaupt nicht bewußt.

Ich war bereits zu dem Schluß gekommen, daß ein sechster Schuß gefallen sein und daß er diesen Schuß abgefeuert haben mußte. Wenn er sie getötet hatte, hatte er natürlich alle sechs Schüsse abgefeuert, doch wenn er sie nicht getötet hatte, gab es absolut keine andere Möglichkeit, wie die Prellung an seine Schulter und die Schmauchspuren an seine Hände gekommen sein konnten. Aber auf wen hatte er diesen Schuß abgefeuert, und warum erinnerte er sich nicht daran?

Und konnte ich eigentlich davon ausgehen, daß die Tatsache, daß er den sechsten Schuß abgefeuert haben mußte, bewies, daß er die anderen fünf nicht abgegeben hatte?

Ich würde später darüber nachdenken müssen, jetzt war ich dazu zu müde.

Ich sah auf meine Uhr. Kein Wunder. Es war fünf, und ich hatte eigentlich schon um vier Uhr Schluß. Meine Kollegen waren nicht mehr im Fall Blackburn unterwegs, wie ich geglaubt hatte. Sie waren mit Sicherheit schon heimgegangen.

Ich fuhr nach Hause und machte Lachskroketten mit Erbsen zum Abendessen. Natürlich erinnerten mich die Erbsen daran, daß Brenda am letzten Abend ihres Lebens geweint hatte, weil sie

Erbsen essen mußte. Ich versuchte, so zu tun, als sei alles in bester Ordnung, was mir sehr schwerfiel, weil Becky mich alle fünf Sekunden vorwurfsvoll ansah. Sie hatte offenbar nicht einmal Lust, sich die neuen Kataloge anzusehen, die sie bestellt hatte. Ich fragte sie, ob sie schon Gelegenheit gehabt hatte, ihre Kreditkarte auszuprobieren. »Nein.« Keine Erklärung. Kein lautes Überlegen, wann sie ins Kaufhaus käme. Einfach nur nein.

Hal andererseits hörte nicht auf zu quasseln. Anscheinend hatten er und seine Freunde in der Schule den ganzen Tag über nichts anderes als die Morde geredet, und sie hatten nicht nur unkritisch alles geschluckt, was in der Zeitung stand, sondern die Geschichten dann auch noch ausgeschmückt.

Und Olead war nach wie vor in den Schlagzeilen. Er hatte sogar Cullen Davis von den Titelseiten verdrängt, wofür ihm dieser eigentlich dankbar sein müßte; soweit ich mich erinnern konnte, hatte er es in den vergangenen vier Jahren mindestens einmal pro Woche auf die Titelseiten geschafft. Ich fragte mich flüchtig, ob er wohl mit Olead sympathisierte. Ich persönlich hatte mich immer gefragt, ob er möglicherweise auch hereingelegt worden war, obwohl ich mir nicht denken konnte, von wem oder warum.

Allerdings war ich auch nie mit ihm befaßt gewesen, und das war vermutlich gut so.

Aus den Zeitungen jedenfalls konnte niemand den Schluß ziehen, daß es innerhalb oder außerhalb der Polizei irgend jemanden gab, der vermutete, Olead Baker könne hereingelegt worden sein.

Wenn man bloß dahinter käme, *warum* ...

Hal sagte leise etwas, kicherte, und Harry blaffte: »Das reicht jetzt, mein Freund«, während Becky in Tränen ausbrach und vom Tisch aufsprang.

»Verdammt noch mal«, brauste Harry auf, »Hal, warum gebrauchst du nicht deinen gesunden Menschenverstand? Daß etwas in der Zeitung steht, heißt noch lange nicht, daß es auch stimmt, und deine Schwester hat die letzten zwei Stunden mit dem Mann telefoniert. Das allein müßte dir eigentlich schon sagen, daß deine Witze fehl am Platz sind. Wenn du schon nicht den Takt besitzt, dann versuch' wenigstens, ein bißchen Mitgefühl für Becky aufzubringen.«

Hal fragte, was Mitgefühl sei, und Harry begann, es ihm zu erklären. Ich räumte den Tisch ab; mir war nicht nach Dessert zumute. Aber nach einer Weile entschuldigte sich Hal bei Becky, die schniefte und versicherte, es sei okay, und Hal ging Eiscreme aus der Gefriertruhe holen.

Ich glaube, der Junge könnte auch während eines Erdbebens Eiscreme essen.

Harry machte den Fernseher an, und ich sah bis halb elf fern, ohne mitzubekommen, was eigentlich lief. Wir gingen gleich nach den Nachrichten ins Bett, und Harry fing sofort an zu schnarchen. Ich hätte ihm den Hals umdrehen können. Ich zog mir ein Kissen über den Kopf, was nichts half. Ich beschloß, auf der Couch zu schlafen, was zunächst daran scheiterte, daß ich nicht an die Extradecken herankam, die seit seinem letzten Campingausflug mit Hal noch in Harrys Wagen lagen. Schließlich holte ich mir als Decke ein Badetuch aus dem Wäscheschrank und legte mich aufs Sofa. Die Katze begann, auf meinem Rücken hin- und herzuspazieren. Ich gab auf und ging wieder ins Bett.

Harry schnarchte weiter, und irgendwann bekam ich Schuldgefühle, weil mich Harrys Geschnarche und das Hin- und Hergelaufe der Katze auf meinem Rücken so sauer machten, wo doch Olead ohne Laken, Decke oder sonst etwas auf dem Boden dieser stinkigen Gefängniszelle schlafen mußte. Aber vielleicht bekam er nachts ja etwas.

Ich hoffte es jedenfalls.

Ich war wirklich nicht in bester Verfassung, als ich am nächsten Tag zur Arbeit kam, aber alle taten netterweise so, als bemerkten sie es nicht. Vielleicht sahen sie es ja wirklich nicht. In unserem Vier-Mann-Büro drängten sich, außer den sechs Angehörigen der Sonderkommission, zwei FBI-Agenten, ein Brandmeister und der Chef der Mordkommission, der seine Grippe eindeutig noch nicht auskuriert hatte.

Der Brandmeister räusperte sich wichtig. Er räuspert sich gern wichtig; das beeindruckt Geschworene, seine Kollegen jedoch macht es in aller Regel vollkommen wahnsinnig. Dann konstatierte er: »Wir haben ermittelt, daß der Brand in der Bank etwa gegen fünf Uhr morgens ausgebrochen ist.«

»Ach ja?«, meinte einer der FBI-Agenten mit erfreuter Stimme. »Könnten Sie das bitte näher erläutern?«

Der Brandmeister stürzte sich sofort in einen von Fachausdrücken wimmelnden Vortrag über Brandzeitbestimmung und ein Brett, das beim Eintreffen der Feuerwehr zu dreiviertel durchgebrannt gewesen sei, was dies oder jenes bewies, was genau, blieb mir etwas schleierhaft. Jedenfalls, so offenbar das Fazit, konnte er einem Geschworenengericht eindeutig demonstrieren, daß der Brand im Tresorraum eine halbe Stunde vor dem Zeitpunkt ausgebrochen war, zu dem Blackburn, laut eigener Aussage, aus seiner Haustür getreten und gekidnappt worden war.

Damit war Slade Blackburn der Lüge überführt.

Und das zum zweitenmal.

Womit nach allgemeiner Übereinstimmung ein hinreichender Tatverdacht bestand, um einen Durchsuchungsbefehl zu erwirken. Wir kabbelten uns ein Weilchen darüber, ob wir einen Durchsuchungsbefehl nach Staats- oder nach Bundesrecht beantragen sollten, kamen dann aber zu dem Schluß, daß wir sehr viel eher den Mord als den Bankraub würden beweisen können. Captain Millner erklärte sich bereit, den Durchsuchungsbefehl selbst zu vollstrecken.

Irgendwer rief im Krankenhaus an und erfuhr, daß Blackburn um elf entlassen werden sollte; deshalb beschlossen wir, ihn vor seinem Haus zu erwarten. Ein FBI-Agent würde sich in der Bank aufhalten, falls er zuerst dorthin fuhr, und ein zweiter würde seinem Wagen folgen. Bloß für alle Fälle.

Elf Uhr, und jetzt war es erst neun. Ich beschloß, mich in ein Eckchen zu verziehen und die Sache mit Olead in Ruhe zu durchdenken; das hatte ich schon mehrmals versucht, war dabei jedoch immer wieder unterbrochen worden.

Leider gibt es so etwas wie ein ruhiges Eckchen in keinem Polizeirevier. Das Gebäude platzt aus allen Nähten. Man hat uns ein neues versprochen. Eigentlich ist es mehr als ein Versprechen, ich glaube, man hat schon mit dem Bau begonnen, aber es wird noch mindestens ein Jahr vergehen, bis wir dort einziehen können. An einem schönen Sonnentag könnte ich mich in den Water Garden setzen und nachdenken, aber wir hatten vier Grad über null, und es sah nach Graupelschauern, Schnee oder anderen Unerfreulichkeiten aus. Schließlich nahm ich mein Notizbuch und mein Klemmbrett, fuhr zum Gefängnis hinüber und bat darum, in Oleads Zelle geführt zu werden.

Er las gerade und lag dabei wie üblich auf dem Rücken, die Füße gegen die Wand gestemmt und das Buch auf der Brust. Als ich hereinkam, legte er das Buch beiseite. »Tag«, sagte er ein wenig überrascht. Beim erstenmal war ich am Nachmittag dagewesen.

Ich gab ihm seine Vitamine und sein Dr. Pepper Light. »Lesen Sie ruhig weiter. Ich muß nachdenken, und im Polizeirevier gibt es kein ruhiges Plätzchen, wo das ginge.«

Er machte ein aufrichtig verblüfftes Gesicht und lachte dann leise. »Okay«, meinte er. »Schön ruhig ist es hier drin ja. Worüber müssen Sie denn nachdenken?«

»Wir haben gestern abend die Laborbefunde bekommen.«

»Ach ja? Ich dachte, das würde drei Wochen dauern.« Er setzte sich auf und lehnte sich mit dem Rücken an die Wand.

»Normalerweise schon«, sagte ich. »Die haben die Sache beschleunigt. Da steckt vermutlich unsere Staatsanwaltschaft dahinter, Olead. Seit sie Cullen Davis beim letzten Mal wieder nicht drangekriegt haben, habe ich das Gefühl, die Staatsanwaltschaft denkt, daß die Presse glaubt, in Fort Worth könnten reiche Leute ungestraft einen Mord begehen. Die wollen einen Millionär drankriegen, ganz egal, wofür. Am liebsten für Mord, nur um zu beweisen, daß die Presse Unrecht hat. Und es sieht so aus, als hätten die Sie ausgeguckt.«

»Zum Teufel mit dem Geld«, sagte Olead. »Viel genützt hat's mir bis jetzt nicht. Wer ist Cullen Davis?«

Ich starrte ihn erstaunt an; dann fiel mir ein, daß er nicht in der Verfassung gewesen war, die diversen Prozesse und Heimsuchungen von Cullen Davis in allen Einzelheiten verfolgen zu können. Ich zuckte die Achseln. »So ein Kerl eben«, sagte ich. »Einer mit viel Geld. Er wird ständig von irgendwas freigesprochen.«

»Vielleicht sollte ich ihn mal anrufen und fragen, wie er das macht«, sagte Olead.

»Zunächst mal engagiert er Racehorse Haynes. Das macht offenbar schon einiges aus. Sie haben genug Geld. Wenn Sie wollen, können Sie Racehorse Haynes auch engagieren.«

»Wer ist Racehorse Haynes?«

»Ein erstklassiger Strafverteidiger. Ich glaube, er wohnt in Houston, aber er kommt ziemlich oft nach Fort Worth.«

»Aha«, sagte Olead geistesabwesend. »Ja, an einen Anwalt denke ich auch.«

»Sie hätten schon beim Haftprüfungstermin einen haben sollen.«

»Das haben die mir auch gesagt«, stimmte er zu, »aber damals wollte ich noch keinen. Ich denke allerdings darüber nach.«

»Racehorse Haynes ist wirklich gut«, sagte ich ihm. Ich hatte nie vor Gericht mit Racehorse Haynes zu tun gehabt. Aber falls es je dazu kam, dann lieber in einem Fall, wo ich auf der Seite der Verteidigung war. Dann würde ich vielleicht keine Magengeschwüre bekommen.

»Sagen Sie mir erst mal, was bei den Labortests rausgekommen ist«, drängte Olead. »Oder dürfen Sie das nicht?«

Er grinste.

»Zunächst mal hatten Sie eine Überdosis *Mellaril* intus. Das hat sich sowohl aus dem Teppichstück aus dem Badezimmer als auch aus der Urinprobe ergeben.«

»Was ist *Mellaril*?«, fragte er. »Ach so, Moment, ich glaube, ich weiß es – das ist das Zeug, das ich nehmen mußte, bevor ich auf Thorazin gesetzt worden bin. Wie kann ich denn eine Überdosis *Mellaril* abbekommen haben? Ich habe ja nicht mal welches.«

»Keine Ahnung«, meinte ich. »Aber ich denke, das ist eine Frage, die Ihr Anwalt vor Gericht aufwerfen sollte.«

»Wenn ich mir einen besorge, werd' ich's ihm ganz bestimmt sagen. Wie sieht's mit dem Frühstück aus? Haben die nachweisen können, daß ich nicht gefrühstückt habe?« Ich verneinte, und er fluchte leise. »Und der Schmauchspurentest? Der war negativ, stimmt's?«

»Nein, Olead, er war nicht negativ. Und genau darüber muß ich nachdenken.«

Er wurde blaß im Gesicht. »Sie machen Witze«, sagte er. »Deb, Sie machen Witze, oder?«

»Ich wünschte, dem wäre so«, sagte ich. »Der Test war positiv. Wegen der Prellung an Ihrer Schulter habe ich es auch gar nicht anders erwartet. Sie müssen in dieser Nacht eine Schrotflinte abgefeuert haben.«

Er schüttelte den Kopf. »Nein«, sagte er, »nein, das hab' ich nicht.«

»Olead«, sagte ich, und meine Stimme hob sich ein wenig mehr, als ich beabsichtigte, »würden Sie bitte aufhören zu widersprechen und mir statt dessen helfen nachzudenken? Wenn Sie keine Schrotflinte abgefeuert haben, woher haben Sie dann die Prellung an der Schulter und die Schmauchspuren an den Händen? Wenn Sie sie nicht umgebracht haben, wer war es dann? Wir müssen herausbekommen, was in dieser Nacht passiert ist, anstatt uns über Fakten zu streiten.«

Er schaute drein, als wäre er geohrfeigt worden. Ganz ruhig und beherrscht antwortete er: »Dann denken Sie mal nach, Deb. Sie denken nach, und ich lese.« Er griff wieder nach seinem Buch. Es hatte den Titel *Klinische Psychologie.*

Eine etwas leichte Lektüre für einen Mann in einer Gummizelle.

Mir hätte eigentlich klar sein müssen, warum er sich so aufregte, aber es war mir zu diesem Zeitpunkt nicht klar. Die Schuhe ausgezogen und mit dem Rücken an der Wand, saß ich auf dem Boden von Oleads Isolierzelle und begann, meine Kladde mit Sternchen und Austernschalen zu bekritzeln. Olead, der an der gegenüberliegenden Wand lehnte, konzentrierte sich auf sein Buch und warf mir von Zeit zu Zeit einen gekränkten Blick zu.

Na schön, sagte ich mir, dann versuch' mal, die Sache auseinanderzuklamüsern. Im Familienzimmer wurden vier Schüsse abgegeben, und dort wurden auch vier leere Hülsen gefunden. Es waren alles Federals, wahrscheinlich aus der angebrochenen Schachtel im Haus, und sie stimmten mit den Patronen in der zwölfkalibrigen Remington überein, die zwischen Küche und Wohnzimmer an der Wand lehnte. Die Ballistik war der Ansicht, daß sie aus dieser Flinte abgefeuert worden waren. Das mußten die ersten Schüsse gewesen sein; denn es war absolut unvorstellbar, daß die vier Erwachsenen ruhig im Wohnzimmer sitzen geblieben wären, nachdem in einem anderen Zimmer ein Schuß gefallen war – es sei denn, wir hatten es mit zwei Killern zu tun und die Opfer waren in Schach gehalten worden. Aber das konnte nicht sein, denn was im Wohnzimmer passiert war, geschah aus heiterem Himmel; es hatte so rasch begonnen und geendet, daß Jake zwar noch nach seiner Flinte greifen, sie aber nicht mehr hatte benutzen können.

Schön, der Killer hatte im Familienzimmer in rascher Folge vier Schüsse abgegeben, dann die Flinte abgestellt, war mit einer anderen Flinte – eindeutig mit einer anderen Flinte, denn die alte Winchester-Patrone war laut Ballistik aus der alten Browning-Flinte abgefeuert worden – ins Schlafzimmer gegangen und hatte das Kind erschossen.

Ein Kind, nicht beide Kinder.

Auch nur ein Killer? Oder zwei?

Und Olead hatte die ganze Zeit geschlafen. Der Killer wußte das; er mußte es gewußt haben. Oder waren es vielleicht mehrere? Er brachte ein vierjähriges Mädchen um, während dessen sechsundzwanzig Jahre alter Halbbruder, der das Kind abgöttisch liebte, im Zimmer gegenüber schlief. Olead war groß, kräftig und schnell; man brauchte bloß daran zu denken, wie er Shea abgeschüttelt hatte, als der ihn daran hindern wollte, nach Jeffrey zu suchen. *Ich würde mich nur ungern mit Olead anlegen.* Ergo wußte der Mörder, daß Olead schlief; er wußte, daß Olead nicht aufwachen würde; und das hieß, er war derjenige, der Olead betäubt hatte. Er war derjenige, der das *Mellaril* mitgebracht und es ihm irgendwie verabreicht hatte.

Dann hatte er den ganzen Kram ins Schlafzimmer geschleppt, um das Baby zu verstecken, damit wir dachten, das Baby sei ebenfalls tot. Aber das war nicht der alleinige Grund. Das konnte nicht sein. Es ergab keinen Sinn. Also, überleg noch einmal.

Okay. Wir haben einen Mann, der wußte, daß Olead geisteskrank gewesen war. Er wußte außerdem, daß Olead sich vor Katzen gefürchtet hatte (ich wollte gar nicht daran denken, wie die Katze getötet worden war). Er wußte ferner, daß Olead früher *Mellaril* genommen hatte. Er hatte selbst Zugang zu *Mellaril*. Und er wußte, daß Olead einmal das Haus demoliert hatte. Schön, das hieß, daß er die Familie schon lange kannte, denn es war sieben Jahre her, daß Olead das Haus demoliert, und neun Jahre, daß er sich in der Innenstadt ausgezogen hatte, weil er eine Katze sah. Also vielleicht ein Freund von Oleads Mutter?

Nein, das haute nicht hin, weil er nicht wußte, daß Olead seine Angst vor Katzen überwunden hatte und daß er kein *Mellaril* mehr nahm. Also war die Beziehung zur Familie nicht mehr so eng wie früher. Aber immer noch ziemlich eng, so eng jedenfalls, daß er wußte, das Olead viel Zeit mit Jeffrey verbrachte, ihn liebte, ihm niemals etwas tun würde – wieso wußte er dann aber nicht, daß Olead auch Brenda liebte? Andererseits war die Beziehung wiederum so eng, daß er zu der Party eingeladen worden war.

Vielleicht haute es so hin: Er war ein Freund von Oleads Vater. Jack und Oleads Vater waren ebenfalls Freunde gewesen, also war er mit beiden befreundet oder zumindest bekannt. Aber er hatte Oleads Vater besser gekannt, als er Jack kannte; deswegen war er nicht mehr so auf dem laufenden wie noch zu Lebzeiten von Oleads Vater.

Auch das mußte nicht unbedingt stimmen. Er könnte auch mit Jack enger befreundet gewesen sein. Denn Jack dürfte nicht soviel über Olead geredet haben, wie dessen Vater es getan hatte. Das war logisch.

Na bitte. Allmählich wurde das Ganze ein klein wenig verständlicher. Er kam zu der Party. Und beschloß dort aus irgendeinem Grund ... Aber was für ein Grund könnte das sein? Dieser Punkt blieb nach wie vor völlig unverständlich. Aus irgendeinem Grund war er auf den Plan verfallen, Oleads Familie mit Ausnahme von Jeffrey auszulöschen und die Tat Olead in die Schuhe zu schieben. Also betäubte er Olead – mit *Mellaril*, das er mitgebracht hatte? Das konnte nicht sein; man trägt nicht einfach so *Mellaril* mit sich herum, es sei denn, man nimmt es selbst, und ich war bei diesem Fall noch auf keinen gestoßen, von dem das anzunehmen war.

Nein, er hatte es im voraus geplant, und das hieß, daß er auch schon von dem geplanten Jagdausflug gewußt haben mußte. Hatten schon früher welche stattgefunden? Waren sie eine Art feste Einrichtung? Das mußte ich herausfinden. Jedenfalls kam er zu der Party und betäubte Olead (wie?), und er lud sich selbst zu dem Jadausflug ein. Und dann ...

Schön, aber damit war ich wieder bei den Schmauchspuren an Oleads Händen, der Prellung an seiner Schulter. Was war passiert?

Angenommen, der Killer wurde gerade im Schlafzimmer fertig; er ließ etwas fallen; er weckte Olead – Olead bekam die Flinte zu fassen, der Killer rannte zur Tür hinaus, und Olead schoß auf ihn? Das haute nicht hin, denn wenn er zur Patio-Tür gelaufen wäre, wäre Olead ihm nachgerannt – nein. Andererseits – direkt vor der Tür hatte die Leiche seiner Mutter gelegen; der Killer wäre über sie hinweggestiegen, aber Olead wahrscheinlich nicht. Also rannte er in sein Zimmer zurück und schoß aus dem Fenster, und der Killer entkam. Und vielleicht kam der Knall, den der Nachbar gehört hatte, nicht von der Patio-Tür, sondern von der Wagentür des Killers, als dieser floh; und dann legte Olead die Flinte hin und wurde möglicherweise vom Schock bewußtlos, und die Ohnmacht ging in Schlaf über, weil er immer noch so viel von dem Betäubungsmittel im Blut hatte.

Sehr schön. Der Beweis, daß Olead nicht der Täter war. Die Sache hatte nur einen Schönheitsfehler: Man konnte all das, was ich hergeleitet hatte, auch andersherum deuten. Olead hätte ausnahmslos alles, einschließlich der Einnahme des *Mellaril* (von einem alten Rezept), auch selbst tun können; er hätte die Flasche aus dem Fenster werfen oder sogar draußen im Blumenbeet vergraben können, und wenn dann alles vorbereitet war und er schläfrig zu werden begann, hätte er, um sich bemerkbar zu machen, aus dem Schlafzimmerfenster schießen können, im Vertrauen darauf, daß die Cops anrücken und ihn schlafend und betäubt antreffen würden, Opfer eines abgekarteten Spiels.

Er kam also trotz allem als Täter in Frage.

Die Sache war nur die: Er konnte nicht der Täter und geisteskrank sein.

Denn so wie der Täter vorgegangen war, handelte es sich um ein geplantes und vorsätzliches, ein rationales Verbrechen. Und gerade deshalb wußte ich, daß Olead es nicht begangen haben konnte, weil ich Olead kannte, aber von Geschworenen kann man nun einmal nicht erwarten, daß sie die Persönlichkeit berücksichtigen.

Verdammt und zugenäht, es half einfach nichts: Daß es Olead nicht gewesen war, würde ich nur beweisen können, indem ich den wirklichen Mörder fand.

Na schön, einen Ausgangspunkt gab es immerhin: Er war auf der Party, er mußte auf der Party gewesen sein, und er mußte Zugang zu etwas gehabt haben, was Olead getrunken hatte ...

Der Punsch?

Der Punsch, der »widerlich geschmeckt« hatte?

»Olead«, fragte ich, »wer hat Ihnen den Becher Punsch gegeben?«

Er blickte von seinem Buch auf. »Welchen Becher Punsch?«

»Den auf der Party. Der Ihnen nicht geschmeckt hat.«

»Ach so. Ich weiß nicht mehr. Mutter vielleicht oder sonst jemand.«

»Wer zum Beispiel?«

»Wen interessiert das schon?«, brummte er unwirsch und las weiter.

»*Mich!* Wenn es mich nicht interessieren würde, würde ich Sie nicht fragen«, gab ich barsch zurück.

»Tja, tut mir leid, aber ich weiß es nicht mehr.«

»Olead, können Sie sich an den Namen einer einzigen Person, nur einer einzigen Person, erinnern, die auf der Party war?«

Wieder blickte er auf. »Nein, kann ich nicht«, antwortete er kurz angebunden.

»Olead, Sie müssen mir helfen«, bettelte ich förmlich. »Denn wenn Sie es nicht waren, dann war es jemand anders, und das muß jemand sein, der auf der Party war.«

»Wenn Frösche Flügel hätten, würden sie sich beim Hüpfen nicht den Hintern stoßen«, antwortete er, diesmal ohne aufzublicken. »Ich weiß nicht, wer auf der Party war.«

»Eine große Hilfe sind Sie nicht gerade«, sagte ich, gründlich frustriert. »Ich werde mir wohl das Adreßbuch Ihrer Mutter besorgen und jeden darin anrufen müssen. Wissen Sie, wo es ist?«

»Sie hatte keins«, antwortete er. »Sie hat ihr Leben lang in Fort Worth gewohnt, genau wie die meisten ihrer Freunde. Wenn sie eine Party gegeben hat, hat sie normalerweise einfach herumtelefoniert. Falls sie beschlossen hat, Einladungen zu verschicken, hat sie die Adressen aus dem Telefonbuch genommen.«

»Ich kann doch nicht das ganze Telefonbuch von Fort Worth abtelefonieren«, protestierte ich im Aufstehen.

»Es hat Sie auch niemand drum gebeten«, gab er zurück. »Hören Sie, Deb, ich weiß einfach nicht, wer auf der Party war. Wenn ich's wüßte, würde ich's Ihnen sagen. Ich weiß es aber nicht. Tut mir leid. Ich kann's nicht ändern.«

»Ja, ich weiß doch«, sagte ich. »Tut mir leid, daß ich so gereizt bin. Ich bin einfach so verdammt frustriert.«

Mit einem schmerzlichen Ausdruck im Gesicht blickte er auf. »Wissen Sie was?«, sagte er. »Das Gefühl kann ich nachvollziehen.« Aus welcher Laune heraus er auch immer den Eingeschnappten gespielt hatte, sie hatte sich offenbar verflüchtigt, und er grinste mich an.

»Bis bald«, sagte ich.

»Klar«, meinte er ein wenig geistesabwesend und widmete sich wieder seinem Buch.

»Wo zum Teufel sind Sie gewesen?«, wollte Captain Millner wissen. »Sie riechen ja wie ein Gulli!«

»Ich habe mit Olead Baker geredet«, sagte ich. »Sie mußten ihn von den anderen Häftlingen isolieren, weil er verprügelt worden ist; deshalb haben sie ihn in die vordere Gummizelle gesteckt. Und da kann man nur auf dem Boden sitzen, und Sie wissen ja, wie es dort riecht.«

»Ich würde da lieber stehen«, sagte Gary Hollister voller Inbrunst. »Mein Kopf ist so zu von der Grippe, daß ich überhaupt nichts rieche, aber das stinkt sogar mir. Nimm dein eigenes Auto zu Blackburns Haus; mit dir fahre ich garantiert nicht.«

»Ich wollte sowieso mein eigenes Auto nehmen«, antwortete ich so würdevoll, wie es nur ging, denn mir war durchaus bewußt, daß ich in der Tat nach Gulli roch.

Blackburn freute sich keineswegs, uns zu sehen, als er nach Hause kam. Er sagte uns, er werde seinen Anwalt anrufen. Captain Millner riet ihm, unbedingt seinen Anwalt zu verständigen, wir würden in der Zwischenzeit schon mal zu suchen anfangen. Blackburn meinte, das dürften wir nicht. Millner sagte: »Dann passen Sie mal gut auf«, und wir schwärmten aus und begannen zu suchen.

Ich weiß nicht, weshalb Blackburn so unruhig war. Wir durchsuchten sein Haus und beide Autos, aber wir fanden kein Geld. Wir fanden auch keine 45er. Wir fanden überhaupt nichts, was ihn mit den beiden Verbrechen in Verbindung brachte.

Etwas allerdings fanden wir, was mich veranlaßte, in Wunschdenken zu verfallen, nämlich eine angebrochene Schachtel mit alten Winchester-Schrotpatronen in roten Papphülsen, ohne dazugehörige Flinte. Schließlich aber setzte sich wieder die Logik durch, denn mir fiel die angebrochene Schachtel 22er Gewehrpatronen in meiner Kommodenschublade ein; sie paßten in eine Übungspistole, die ich schon vor zehn Jahren verkauft habe, und ich rief mir in Erinnerung, daß aber auch gar nichts die beiden Fälle miteinander verband.

Das wäre zu schön gewesen, um wahr zu sein.

Blackburn griente fast höhnisch, als wir gingen.

Wegen irgendwas – ich weiß nicht mehr genau weswegen, es hatte mit einem anderen Fall zu tun, den ich kurz vor Weihnachten abgeschlossen hatte – mußte ich noch einmal kurz im Gefängnis vorbeischauen; davor stand eine Schlange von Leuten, die Häftlinge besuchen wollten.

In der Schlange wartete, in einem kurzen blauen Mantel, auch Becky.

Wir taten so, als sähen wir einander nicht.

Kapitel 8

Auf dem Heimweg an diesem Abend fiel mir ein, um welchen Punkt ich mich noch hätte kümmern müssen. Es waren nur fünf Schrotpatronenhülsen gefunden worden, vier Federals und eine Winchester, und damit meine schöne Theorie funktionierte, mußten es schon sechs sein. Das galt im übrigen für jede meiner Theorien; den sechsten Schuß hatte ich ja ein halbes dutzendmal auf ein halbes Dutzend verschiedene Weisen deduziert.

Die sechste Hülse, die eine Winchester-Papphülse sein müßte – aber das stand nicht fest, weil die betreffende Flinte drei Federal-Kunststoffhülsen enthalten hatte –, müßte irgendwo in Oleads Zimmer sein. Ich war mir ziemlich sicher, daß niemand sein Zimmer nach einer Schrotpatronenhülse durchsucht hatte. Dazu hatte es bis jetzt keinen Grund gegeben. Ich würde also noch einmal hinfahren müssen.

Ausnahmsweise war ich einmal allein zu Hause. Harry kam immer so gegen halb sechs heim; Hal war offenbar da gewesen und wieder gegangen, denn die Überreste einer Erdnußbutter- und Marmeladenbrotorgie zierten die Frühstückstheke; und wann Becky nach Hause finden würde, stand in den Sternen.

Ich räumte die Erdnußbutter und die Marmelade weg und überlegte, was ich mir zum Abendessen zubereiten könnte. Taco-Bohnensalat wäre schön, dachte ich, aber um das heute essen zu können, hätte ich gestern anfangen müssen, und das schaffte ich nicht mehr ganz. Spaghetti? Nein, mir war nicht nach Spaghetti.

Vielleicht sollten wir zu Daniel's gehen. Oder zu Luby's. Wenn es Daniel's und Luby's nicht gäbe, müßte ich dreihundertfünfundsechzig Abendessen pro Jahr zubereiten, und dazu reicht meine Phantasie nicht.

Wenn ich nicht nach Oleads Zelle gerochen hätte, hätte ich vielleicht mehr Lust gehabt, mir etwas zum Abendessen einfallen zu lassen. Dieser Gedanke machte mir wieder Schuldgefühle, und ich kam mir egoistisch vor. Schließlich mußte er darin essen und schlafen.

Aber das konnte ich im Moment nicht ändern. Denk logisch, Deb, sagte ich mir, und ging ein Bad nehmen und mir die Haare waschen.

Bis ich aus dem Bad kam, hatte ich beschlossen, einfach Chili mit Reis und Salat zu machen, und wem das nicht paßte, der konnte Erdnußbutterbrote essen.

Um Viertel vor sechs kam Harry nach Hause und verkündete, er müsse beim Bingo aushelfen, weil jemand weggefahren sei; ich fragte, ob der Betreffende eigentlich je wiederkäme, und er sagte mir, der, der beim letztenmal weggewesen sei, sei wieder da, diesmal sei jemand anders weggefahren.

»Aha«, murmelte ich und machte eine Dose Chili auf. Ich liebe Harry innig, und ich mag auch Elk's Lodge sehr, aber auf Bingo kann ich verzichten.

»Willst du mitkommen?«, fragte er.

»Nein. Harry, es tut mir leid, aber ich habe heute abend wirklich keine Lust auf Bingo. Ich bin müde und habe Kopfschmerzen. Außerdem habe ich mir gerade die Haare gewaschen, und ich will nicht, daß sie gleich wieder verräuchert werden.«

»Okay«, meinte er achselzuckend. »Bist ja immerhin Montag schon mitgewesen. Wann gibt's Abendessen?«

»In ungefähr fünf Minuten.«

Becky kam herein. Ihr Haar war völlig zerzaust, sie trug keinen Lippenstift, und sie roch nach Gulli. Harry starrte sie entsetzt an. »Mein Gott, was ist denn mit dir passiert?«, fragte er – durchaus mit Recht, wie ich fand, obwohl die Antwort meiner Ansicht nach auf der Hand lag.

»Ich habe Olead besucht«, sagte sie, »und seine Zelle stinkt.« Sie wirkte ein kleines bißchen selbstzufrieden. Nicht sehr, aber ein bißchen.

»Was hast du gemacht, dich darin hingelegt?«, fragte Harry. »Anders ist dieser Geruch ja wohl kaum zu erklären.«

»Ja, wenn du's genau wissen willst«, antwortete sie heiter, eilte in ihr Zimmer und knallte die Tür zu.

Mit noch entsetzterem Gesicht wandte sich Harry zu mir. »Erlauben die im Gefängnis etwa Partnerbesuche? Wenn ja, dann sollte ihnen schleunigst jemand sagen –«

»Nein, erlauben sie nicht«, unterbrach ich und erklärte das mit der Isolierzelle, und warum Olead von den anderen Häftlingen getrennt untergebracht war. »Mich überrascht allerdings, daß sie sie überhaupt reingelassen haben«, fügte ich hinzu. »Außerdem mußte sie auf dem Boden sitzen. Es gibt dort keine andere Sitzgelegenheit. Meine Kleider riechen genauso schlimm, wenn ich dort war.«

»Auf dem Boden sitzen, von wegen!«, sagte Harry. »Sie hat auf dem Boden *gelegen,* und hast du ihre Haare gesehen?«

»Was erwartest du denn?«, fragte ich, während ich den Minutenreis ins kochende Wasser gab. »Die sind nun mal in dem Alter.«

»Ich habe jedenfalls nicht erwartet, daß meine Tochter sich im Knast flachlegen läßt, Herrgott noch mal«, bellte Harry, und ich sagte ihm, daß sie das meiner Ansicht nach auch nicht getan hatte; dazu sei Olead viel zu vernünftig.

»Becky ist es jedenfalls ganz bestimmt nicht«, meinte Harry, und ich sagte, daß ich mir auch da nicht sicher sei. Ich persönlich glaubte, daß sie uns nur schockieren wollte.

Hal schepperte mit seinem Fahrrad an die Garagentür, als er nach Hause kam; er fragte, ob er mit Tony Pierce ins Kino gehen dürfe, in *E. T.* Harry fragte, ob er seine Schularbeiten gemacht habe, und er sagte ja, also erlaubten wir ihm, was er wollte. Ich fragte ihn noch, ob er etwas essen wolle, und er sagte nein, er habe keinen Hunger.

»Wieso eigentlich?«, meinte Harry, als Hal sich mit großer Geschwindigkeit und meinem letzten Fünfdollarschein davonmachte. »Er hat doch immer Hunger.«

Ich sagte, meiner Ansicht nach habe das möglicherweise mit dem halben Laib Brot zu tun, der ihm nach der Schule zusammen mit Marmelade und Erdnußbutter zum Opfer gefallen war.

In diesem Moment tauchten unerwartet Vicky und Don auf. Sie tauchen immer unerwartet auf; offensichtlich haben sie vergessen, daß es so etwas wie ein Telefon gibt, seit sie zusammengezogen sind. Vicky kam durch die Tür, aber wie sie das schaffte, war mir ein Rätsel. Sie setzte sich und sagte: »Aua.«

»Aua, weiß Gott«, sagte ich. »Wann gehst du endlich in die Klinik und bleibst ein Weilchen dort?«

»Hetz' mich nicht. Es ist erst Anfang März soweit.«

»Das glaube ich nicht. Kein Mensch wird in sieben Monaten so dick. Außer es werden Zwillinge. Oder Drillinge.«

»Ich bin jedenfalls so dick. Und der Arzt sagt trotzdem, es ist erst Ende März soweit. Rate mal, was Don hat.«

Vor einem Jahr hatte Vicky Donald Ross Howell III geheiratet, und mit diesem Namen mußte er einfach Anwalt werden. Ich meine, was soll man mit so einem Namen sonst anfangen? Er ist viel netter, als man es von jemandem mit Namen Donald Ross Howell III erwartet, aber er ist trotzdem Anwalt, und ich habe Vicky des Verrats bezichtigt, als sie sich ihn ausgesucht hat. Don hat darauf hingewiesen, daß er gern zur Staatsanwaltschaft gehen würde – womit er auf meiner Seite stünde. Aber das wird noch ein Weilchen dauern. Er ist noch nicht lange Anwalt, und ich weiß nicht genau, wovon sie finanziell eigentlich leben, zumal Vicky ihren Job hat aufgeben müssen.

»Einen Riesenfall mit der Chance auf ein Riesenhonorar«, sagte Don mit leicht verstörtem Gesicht. »Das Problem ist nur, daß ich nicht weiß, ob ich dafür auch kompetent genug bin.«

»Was für einen Fall?«, fragte ich; ich hatte so eine Ahnung und hoffte, daß ich mich irrte.

»Olead Baker«, sagte er.

Ich hatte mich nicht geirrt.

»Er hat mich vor ungefähr einer Stunde angerufen«, fuhr Don fort. »Seine Freundin hätte mich empfohlen. Ich habe ihm gesagt, ich hätte praktisch keine Erfahrung in Strafsachen, und er meinte, da sei schon okay. Ich möchte wirklich gern wissen, wer seine Freundin ist.«

Ich deutete in Richtung von Beckys Zimmertür, und Vicky stöhnte: »O nein! Das ist ja entsetzlich, Mom!«

»Tja«, sagte Don grimmig, »wenn sie will, daß ihr Freund davonkommt, dann braucht er jemand Gewiefteren als mich, oder wenigstens jemanden mit mehr Erfahrung. Wir haben uns etwa eine Stunde lang unterhalten. Er hat mir gesagt, daß er nicht daran denkt, auf Unzurechnungsfähigkeit zu plädieren, und daß zu dem Beweismaterial gegen ihn auch Schmauchspuren an seinen Händen gehören.«

»Richtig«, sagte ich. »Hat er dir auch gesagt, wer den Haftbefehl gegen ihn vollstreckt hat?«

»Doch nicht etwa du?«, fragte er und wurde blaß. »Das darf doch nicht wahr sein! Verdammt, ich will diesen Fall nicht. Ich hab' ihn von Anfang an nicht gewollt, aber jetzt will ich ihn ganz bestimmt nicht mehr.«

»Ich habe ihm gesagt, er soll Racehorse Haynes engagieren«, sagte ich.

»Ich glaube, aus dem Schlamassel könnte ihn nicht mal Racehorse Haynes rauspauken«, erwiderte Don. »Schließlich kann man gegen eine Vierjährige schlecht Notwehr geltend machen. Wenn er nicht auf Unzurechnungsfähigkeit plädiert, warum bekennt er sich dann nicht gleich schuldig?«

»Und wenn er's nun nicht gewesen ist?«

»Ich bitte dich, Deb, gib mir eine Chance«, sagte Don. Dann fügte er hinzu. »Als ich im Gefängnis war, hat er sich aus seiner Habe seinen Hausschlüssel geben lasen. Er hat ihn mir gegeben; seine Freundin würde mich darum bitten, damit sie das Haus saubermachen kann. Ich wollte morgen auf dem Polizeirevier vorbeischauen und nachfragen, ob das Haus schon freigegeben werden kann. Du kannst mir das wohl nicht sagen?«

»Ein paar Sachen muß ich mir noch einmal ansehen«, sagte ich, »dann kann es freigegeben werden. Aber Becky hat dort allein nichts verloren. Sie kann sich nicht entfernt vorstellen, wie es dort aussieht.«

»Mich könntest du nicht zufällig mitnehmen?«, fragte Don hoffnungsvoll. »Wenn er schon darauf besteht, daß ich ihn verteidige, dann ist es vielleicht ganz nützlich, wenn ich mir mal den Tatort ansehe, ehe dort saubergemacht wird.«

»Ich denke, wir beide können heute abend hinfahren«, sagte ich. Vielleicht würde ich besser schlafen, wenn ich die sechste Patronenhülse fände.

»Von mir aus gern«, sagte Vicky, »wenn du nichts dagegen hast, daß ich mich einfach hier auf die Couch lege, bis ihr wieder zurück seid. Deine Couch ist unheimlich bequem, Mom.« Sie lehnte sich behaglich zurück.

Ich klopfte an Beckys Tür. »Don und ich fahren zu Oleads Haus rüber«, sagte ich.

Die Tür sprang auf. »Da muß ich auch hin. Ich habe Olead versprochen, daß ich dort saubermache.«

»Becky«, setzte ich mit einem Gefühl der Hilflosigkeit an.

»Ja, ich weiß, daß es dort fürchterlich aussieht«, sagte sie ernst. »Und er hat gesagt, ich sollte nicht versuchen, Möbel oder so was zu verrücken. Aber er hat sich über die Schweinerei dort aufgeregt, und ich hab' ihm gesagt, ich könnte wenigstens die Böden putzen. Er wollte es zuerst nicht, aber ich hab' gesagt, es macht mir wirklich nichts aus, da hat er gesagt, es ginge ihm wahrscheinlich besser, wenn's gemacht würde.«

»Dann komm halt mit«, sagte ich resigniert und griff mir meine Kamera. Ich habe ein Spurensicherungs-Set im Aktentaschenformat in meinem Kofferraum, aber als ich das letztemal meine Kamera dort aufbewahrt habe, hat mir das eine Reparaturrechnung von über zweihundert Dollar eingebracht.

Wir nahmen meinen Wagen. Einem weitverbreiteten Gerücht nach haben Anwälte, besonders Anwälte mit Namen wie Donald Ross Howell III, große Autos. Die Wirklichkeit sieht anders aus, vor allem, wenn man frisch von der Uni kommt. Was sie dann nur haben, sind große Rechnungen. Mir war ein wenig schleierhaft, wie Don und Vicky ihr zukünftiges Kind in einem Auto dieser Größe zu transportieren gedachten. Ebenfalls schleierhaft war mir, wie Vicky in das Auto hineinkam. Oder wieder heraus, wenn sie mal drin war.

Don sagte nichts, als er neben mir einstieg. Becky, die offenbar nur mit mir redete, wenn es sich nicht vermeiden ließ, stieg hinten ein. Nach einer Weile sagte Don ziemlich förmlich: »Ich sollte wohl besser nicht mit dir über den Fall sprechen, jedenfalls nicht, solange ich mit meinem Mandanten nicht ausführlicher darüber gesprochen habe.«

»Soll mir recht sein«, sagte ich.

Etwas später fragte er: »Du nimmst das alles doch nicht persönlich, oder?«

»Keine Sorge.« Ich überlegte mir, ihm zu sagen, daß ich es sehr persönlich nehmen würde, wenn er keinen Freispruch für Olead erwirken sollte, aber dann dachte ich: Was soll's, vielleicht ist das gar nicht drin, und wenn es nicht drin ist, wird er sich sowieso schrecklich fühlen. Es hat keinen Sinn, alles noch schlimmer zu machen.

Bei dem Haus angekommen, machte sich Don davon, um sich allein ein wenig umzusehen. Becky wurde blaß, als sie den Wohnzimmerboden sah, und vergaß, daß sie nicht mehr mit mir redete. »Mom, daß es so aussehen würde, hab' ich nicht geahnt.«

»Tja, so sieht's aber aus.«

»Aber ich hab' gedacht – was sind das eigentlich für Klumpen?«

»Das ist Blut, Becky. Das ist alles Blut.«

»Aber es ist schwarz. Es sieht aus wie – wie kleine Plastikstückchen.«

»Blut wird so, wenn es trocknet, jedenfalls wenn es sich um große Mengen handelt. Becky, du mußt das nicht machen, wenn es dich mitnimmt. Er versteht das sicher.«

»Nein, ich hab' ihm gesagt, ich mache es«, sagte sie stur und schaute unter der Spüle nach Putzmitteln. Ich bot an, ihr zu helfen, und sie mußte ein Weilchen überlegen, ehe sie zu dem Schluß kam, daß eigentlich nichts dagegensprach.

Sie fing an, das Blut vom Boden zu schrubben, und ich bemühte mich, so gut es ging, den Sessel sauberzukriegen. Schließlich sagte ich: »Das ist unmöglich; es ist tief in die Polsterung eingedrungen. Den Sessel wird man ausrangieren müssen.« Wie auch anders, dachte ich; wer um alles in der Welt würde je wieder darin sitzen wollen, ganz gleich, wie sauber ich ihn bekam?

Irgendwo im Haus klingelte es, Becky fuhr zusammen, und ihr Gesicht wurde weiß. »Es ist bloß das Telefon«, sagte ich und ging dran.

»Deb?« Es war natürlich Olead, wie nicht anders zu erwarten. »Ich habe bei Ihnen angerufen, und Ihre andere Tochter hat mir gesagt, ihr seid alle zu mir nach Hause gefahren. Was macht ihr da? Becky will doch nicht etwa wirklich putzen, oder? Ich wollte das nicht, aber sie ist einfach stur geblieben.«

»Doch, sie putzt«, sagte ich. »Olead, dieser braune Sessel ist einfach nicht sauberzukriegen.«

»Dann schmeißen Sie ihn weg. Stellen Sie ihn raus zum Sperrmüll – ach was, Sie und Becky können ihn ja gar nicht tragen. Kümmern Sie sich nicht weiter drum. Ich gebe den ganzen Kram sowieso der Fürsorge.«

»Don kann ihn tragen.«

»Wo ist Don überhaupt?«

»Irgendwo hier in der Nähe«, sagte ich. »Wen wollten Sie eigentlich sprechen, Becky, Don oder mich?«

»Im Augenblick eigentlich am ehesten Don.« Er zögerte; doch dann, als ich Don gerade rufen wollte, fragte er: »Hat sich Becky eigentlich gekämmt, ehe sie nach Hause gekommen ist?«

»Nein.«

»Verdammt, dabei hab' ich's ihr doch gesagt«, sagte er verärgert. »Sehen Sie, es ist nämlich so, daß ich schon genug Ärger habe, auch ohne –«

»Machen Sie sich deswegen keine Gedanken«, sagte ich. »Ich gebe Ihnen jetzt Don.«

Ich rief Don, und als er irgendwo im Haus den Hörer abnahm, überließ ich Becky ihrer Schrubberei und ging mit der Kamera in den Garten hinter dem Haus. Er ließ sich mit Flutlicht hell erleuchten, und es gab einen Swimmingpool, der an langen heißen Sommertagen sehr angenehm sein mußte. Auf der anderen Seite des Beckens standen Bäume, und in den Bäumen waren Löcher. Kleine Löcher. Etwa in Höhe meiner Schultern.

Nachdem ich Fotos gemacht hatte, stocherte ich mit meinem Taschenmesser darin herum.

Schrot.

Die Schußbahn war eindeutig; ich drehte mich um und sah zum Haus zurück, in die Richtung, aus der der Schuß gekommen war, und natürlich fiel mein Blick auf Oleads Zimmerfenster.

Ich ging auf das Fenster zu und sah mich dabei nach dem Fliegengitter um; ich fand es direkt unter dem Fenster. Nein, niemand hatte es aufgestemmt. Es war offenbar von innen herausgestoßen worden, und so übel wie das Wetter diese Woche gewesen war, waren etwaige Fingerabdrücke längst verschwunden.

Nur hatte es überhaupt nie welche gegeben, denn wer auch immer das Fliegengitter herausgeschlagen hatte (und es war mit fast hundertprozentiger Sicherheit Olead selbst gewesen), mußte mit der Hand oder dem Lauf oder Schaft einer Schrotflinte gegen das Drahtgeflecht und nicht gegen den Aluminiumrahmen gedrückt haben.

Aber die Löcher im Baum waren neu. Meine Theorie sah immer besser aus. Ein sechster Schuß. Nur auf wen, zum Teufel, hatte er geschossen?

Zunächst mußte ich die Hülse finden und mit Sicherheit feststellen, aus welcher Flinte sie stammte. Es mußte die Browning sein, denn an der Prellung war eindeutig zu erkennen, daß es die Browning gewesen war, mit der Olead geschossen hatte. Doch den Schuß, den wir bereits der Browning zugeordnet hatten, konnte er nicht abgefeuert haben, oder?

Genau das würde ich beweisen müssen. Ich mußte die sechste Hülse finden.

Ich ging in Oleads Zimmer und begann zu suchen.

Viel abzusuchen gab es nicht. Der Raum war so steril wie ein Krankenhauszimmer und genauso einladend.

Auf dem grauen Teppichboden wäre eine Schrotpatronenhülse, ganz gleich von welcher Farbe, sofort zu sehen gewesen. Ich holte mir eine Taschenlampe und leuchtete unter das Bett, unter die Kommode und unter den Schreibtisch. Eine Patronenhülse fand ich nicht.

Don kam herein und fragte mich, was ich da machte. Ich sagte: »Polizeiliche Ermittlungen, Herr Rechtsanwalt«, und er ging wieder. Kurz darauf hörte ich, wie er den Sessel nach draußen schleppte.

Das war gemein von mir gewesen. Der arme Don hat es nicht leicht mit seiner Schwiegermutter. Dabei war ich gar nicht sauer auf ihn; ich war bloß vergrätzt, weil irgendwo hier drin eine Schrotpatronenhülse sein mußte und ich sie nicht finden konnte.

Ich ging zurück ins Wohnzimmer, wo Becky immer noch am Schrubben war. Sie blickte auf. »Mom, müssen reiche Leute eigentlich so leben?«

»Wieso, was meinst du?«

»Na, so wie hier«, sagte sie und wischte sich mit dem Handrücken die Stirn. »Ein Wohnzimmer, in dem niemand gewohnt hat. Ein Familienzimmer für die Erwachsenen, aber wo haben die Kinder gespielt, Mom?«

»Irgendwo werden sie schon gespielt haben.«

»Hier drin ist jedenfalls kein Spielzeug.«

»Vielleicht ist es einfach weggeräumt worden. Schließlich hat man an dem Abend eine Party gegeben, vergiß das nicht.«

Becky schüttelte den Kopf. »Ganz gleich, wie gründlich man aufräumt«, sagte sie aus ihrer Erfahrung als Kindermädchen heraus, »man übersieht immer etwas. Irgendein kleines Spielzeug oder so gerät immer irgendwo drunter. Immer. Sie haben hier drin nicht gespielt. Ich wette, sie haben hier nur fernsehen dürfen, und spielen durften sie höchstens in ihrem Zimmer. Ich wette ... Ich wette, sie haben überhaupt nicht viel gespielt. Müssen reiche Leute eigentlich so leben?«

»Natürlich nicht. Reiche Leute sind einfach Leute mit Geld. Manche mögen ihre Kinder, und manche mögen sie nicht, genau wie andere auch. Die Leute hier waren nicht wirklich reich, aber selbst wenn sie es gewesen wären, wäre das nicht der Grund, warum sie ihre Kinder nicht gemocht haben, falls es überhaupt so war«, fügte ich hastig hinzu, als mir klar wurde, daß ich dabei war, aus unzureichenden Hinweisen übereilte Schlüsse zu ziehen.

Sie schüttelte den Kopf. »Bei uns zu Hause gefällt's mir besser. Wir schreien zwar viel, und es ist immer ein Mordsdurcheinander, aber – es ist so, wie du gesagt hast. Wir mögen einander. Es ist okay, auch wenn es laut hergeht.«

»Freut mich, daß du so denkst«, sagte ich, von ihren Betrachtungen ein wenig überrascht.

»Warum haben sie überhaupt Kinder gehabt, wenn sie sie nicht gemocht haben?«, fügte sie hinzu.

»Vielleicht hat ihnen die Vorstellung, Kinder zu haben, besser gefallen als die Wirklichkeit«, meinte ich.

»Vielleicht«, sagte sie. »Ich wette, es hat ihnen nicht gepaßt, als Olead nach Hause gekommen ist.«

»Wie kommst du denn darauf?«

»Na ja, weil er seinen eigenen Kopf hat«, sagte sie vage. »Er hat mir erzählt, er hätte nicht nach Hause gehen müssen, als er aus der Klinik entlassen wurde. Er hätte überall hingehen können, wo er wollte. Aber er hat beschlossen, nach Hause zu gehen, weil er versuchen wollte, wieder eine Beziehung zu seiner Mutter zu bekommen, und weil er seinen Bruder und seine Schwester kennenlernen wollte. Und dann ist er wegen der Kinder geblieben, weil er sich mit ihnen beschäftigen konnte, dafür sorgen, daß sie ein bißchen Spaß haben. Und deshalb ... Er hat es nicht direkt so formuliert. Aber seine Mutter hat ständig versucht, ihn genauso zu behandeln, wie sie ihn als Vierzehnjährigen behandelt hat, ihn herumkommandiert und so weiter; und er hat gesagt, jedesmal, wenn sie richtig unausstehlich wurde, hat er gedacht: ›Ich brauche mir das nicht gefallen zu lassen. Ich kann jederzeit gehen, wenn ich will. Aber ich kann die Kinder nicht mitnehmen.‹ Schließlich hat er gemacht, was sie ihm gesagt hat, oder nicht gemacht, was sie ihm verboten hat, und dabei immer dran gedacht, daß es seine freie Entscheidung ist, und auf die Weise ist er nicht sauer geworden. Aber er hat es sich immer eine Zeitlang überlegt, und das hat sie rasend gemacht.«

»Interessant«, sagte ich.

»Er hat gesagt, Jack habe ihn mal geschlagen, als er ungehalten war. Richtig fest geschlagen. Er wollte schon zurückschlagen, aber dann hat er sich's anders überlegt. Er ist in sein Zimmer gegangen, bis er sich beruhigt hatte. Dann ist er ins Wohnzimmer zurück und hat gesagt: ›Jack, ich habe mir das gefallen lassen, weil ich es so beschlossen habe, nicht weil ich mußte. Aber mach das nie wieder, sonst zieht einer von uns beiden hier aus, und ich schlage vor, du denkst daran, wem das Haus gehört.‹ Er hat nicht mal Jacks Antwort abgewartet; er ist einfach wieder in sein Zimmer zurück, und nach einer Weile ist er aufgestanden und hat den Müll rausgebracht – das war es nämlich, was Jack ihm ursprünglich aufgetragen hatte. Irgendwann wäre er natürlich fortgegangen. Ihm ist klar gewesen, daß er nicht warten konnte, bis Jeffrey in die Schule kommt, bis dahin wäre er nämlich einunddreißig. Aber eine Zeitlang hätte er es schon noch ausgehalten, jedenfalls so lange, bis er entschieden hätte, was er mit sich würde anfangen wollen.«

Sie stand auf. »Meinst du, der Boden ist in Ordnung so?«

»Ganz prima. Becky. In dem einen Schlafzimmer können wir im Grunde gar nichts tun. Das Teppichstück muß herausgeschnitten und ersetzt werden.«

»Ich weiß«, sagte sie. »Aber er wollte, daß ich mal nachsehe, ob ich Jeffreys Babytagebuch finde. Ich soll es für ihn aufbewahren.« Sie machte ein Gesicht, als wollte sie gleich weinen, tat es dann aber nicht. Ich fragte mich, ob Olead etwas über ihre häufige Heulerei gesagt hatte.

Als ich ihr das Zimmer zeigte, sagte sie bloß: »Ach du meine Güte.«

Don – er stand hinter uns – hatte offenbar beschlossen, mir zu verzeihen, daß ich ihn angeblafft hatte. »Das können wir nicht so lassen«, sagte er. »Wenn ich die Möbel verrücke, kriegen wir es so hin, daß es einigermaßen anständig aussieht.«

Das Zimmer war nicht annähernd in dem schlimmen Zustand, in dem ich es ursprünglich gesehen hatte. Es war gründlich durchsucht worden, und die Einrichtungsgegenstände waren von den Streifenbeamten, die mir geholfen hatten, zu ziemlich ordentlichen Stapeln geschichtet worden. Allerdings stand nichts dort, wo es hingehörte.

Don übernahm den größten Teil der Schwerarbeit, und so schafften wir, was offensichtlich aus dem Elternschlafzimmer stammte, dorthin zurück, und wuchteten gemeinsam auch das King-size-Bett, das dort gestanden hatte, wieder an seinen Platz. Wir schoben die Schubladen wieder ein und räumten Gegenstände hinein. Bei dem Kinderbett war allerdings nichts zu machen; es war nicht mehr zu reparieren.

Für mich war das ganze Unternehmen von A bis Z eine Übung in Sinnlosigkeit.

Und das Babytagebuch fanden wir auch nicht.

»Es muß irgendwo im Haus sein«, sagte Becky. »Er hat mir gesagt, er weiß nicht mehr, wo er's zuletzt hatte.« Sie ging noch einmal in das große Elternschlafzimmer und riß dort so resolut Schubladen auf, als hätte sie ein Recht dazu – und das hatte sie wohl

auch, denn Olead hatte ihr die Erlaubnis gegeben, und ihm gehörte das Haus schließlich.
Eine Tatsache, die ich mir immer wieder in Erinnerung rufen mußte.
Und an die sich Jack offenbar nur ungern erinnert hatte.
Und das war interessant.
»Wo ist Oleads Zimmer?«, fragte Becky.
Ich zeigte es ihr, und sie betrat es recht zögerlich. Im übrigen Haus hatte sie saubergemacht, nach Sachen gesucht, gearbeitet. Hier empfand sie eindeutig anders. Das war Oleads Zimmer; es war seine Privatsphäre, und sie kam sich vielleicht ein bißchen so vor, als würde sie herumschnüffeln.
»Ich soll ihm auch noch andere Bücher besorgen«, sagte sie. »Mom, kannst du sie ihm morgen bringen? Sie lassen mich nicht jeden Tag zu ihm.«
»Klar.«
Sie machte die Schranktür auf; es war eine Kiste mit Büchern darin, aber Jeffreys Babytagebuch war nicht dabei. Es handelte sich offenbar um sämtliche Lehrbücher, die Olead während seines College-Studiums benutzt hatte. Becky begann sie zu sichten, und ich verfolgte fasziniert, wie unterschiedlich seine Handschrift von Tag zu Tag gewesen war, vermutlich je nachdem, in welchem Zustand er sich gerade befunden hatte.
Ich konnte mir nicht vorstellen, wie er in der psychischen Verfassung, in der er gewesen sein mußte, das College geschafft hatte. Um trotz Geistesgestörtheit und ständigem Einfluß starker Beruhigungsmittel auch nur einigermaßen gute Noten zu bekommen, mußte er so etwas wie ein Genie sein.
»Ich glaube, das sind die, die er wollte«, sagte Becky und stellte die Kiste wieder in den Schrank.
Dann warf sie einen Blick auf den Schreibtisch, auf das Bücherbord darüber und in die Schubladen. In einer davon war das Babytagebuch.
Ich schlug es auf, überflog es. Jede Eintragung der vergangenen sechs Monate war in Oleads Handschrift, seiner mittlerweile durchweg gleichmäßigen, ordentlichen Handschrift.
»Wo ich schon mal hier bin, kann ich auch gleich das Bett frisch beziehen«, sagte Becky, und ich hörte die Wehmut in ihrer Stimme. Für sie war das eine Art Zauberformel, dachte ich plötzlich: Wenn ich sein Haus saubermache und sein Bett frisch beziehe, dann kommt er auch nach Hause.

Ich wünschte, der Zauber könnte wirken.

Sie fand frische Bettwäsche; offenbar bewahrte er sein Bettzeug in seinem Zimmer in einem Schrankfach auf. Als sie das alte Laken abzog, hörte ich etwas Hartes gegen die Wand schlagen. »Was war denn das?«, fragte sie im Umdrehen, dann hob sie es auf. »Mama, was ist das?«

»Eine Schrotpatrone«, sagte ich. »Eine leere. Das, wonach ich gesucht habe.« Wie ich vermutet hatte, handelte es sich um eine rote Remington-Papphülse, die gleiche wie die, die bei Brendas Leiche gelegen hatte. Die alte Browning, die wir in seinem Zimmer gefunden hatten ... Aus der mußte sie abgefeuert worden sein. Die Flinte, deren Herkunft nicht ermittelt werden konnte, weil sie, wie viele sehr alte Flinten, keine Seriennummer hatte; die Flinte, die der Mörder eigens mitgebracht hatte, um Olead zu belasten, wie ich mittlerweile vermutete; die Flinte, die der Mörder unter dem Vorwand mitgebracht hatte, jagen gehen zu wollen. Die beiden alten Patronen mußten noch drin gewesen sein, und der Mörder hatte sie nicht ausgeworfen, sondern einfach neue Patronen dazugeladen, die vermutlich aus Jacks Schachtel stammten.

»Wieso hast du danach gesucht?«, fragte Don.

»Weil ich gewußt habe, daß sie da sein muß«, sagte ich. »Versteht ihr denn nicht? Versteht ihr beiden das denn nicht?«

»Nein«, sagte Don, und Becky schüttelte den Kopf.

»Paßt auf«, sagte ich. »In der fraglichen Nacht sind hier fünf Schüsse gefallen, die Menschen getötet haben. Und Olead hatte Schmauchspuren an den Händen und eine Prellung vom Schaft einer Schrotflinte an der Schulter. Er hat in dieser Nacht eindeutig einen Schuß abgegeben, auch wenn er sich nicht daran erinnert. Wenn das aber kein Schuß war, der jemanden umgebracht hat, dann muß es ein Schuß gewesen sein, der ins Leere ging. Und wenn das zutraf, mußte folglich irgendwo eine Patronenhülse sein. Du hast sie gefunden.«

Don betrachtete die Hülse. Er pfiff anerkennend. »Teufel auch«, sagte er.

»Du meine Güte«, murmelte Becky schlaff.

Und ich sagte: »Wollen Sie ins Kreuzverhör eintreten, Herr Rechtsanwalt?«

Diesmal machte es ihm nichts aus, daß ich ihn ›Herr Rechtsanwalt‹ nannte. »Im Moment nicht, Officer, aber warten Sie nur ab. Warten Sie ab, bis ich Sie im Zeugenstand habe.«

Kapitel 9

Am nächsten Morgen saß ich gerade an meinem Schreibtisch und versuchte, über den Fall Blackburn nachzudenken, als die Sprechanlage summte. »Da ist eine Susan Brown, die dich sprechen will«, sagte der Diensthabende etwas vage.

»Schick' sie rein.« Allmählich sieht es so aus, als würde ich nie dazu kommen, über den Fall Blackburn nachzudenken, dachte ich resigniert.

Mein Büro ist nur ungefähr sechs Meter vom Schreibtisch des Diensthabenden entfernt, der sich in der Halle direkt vor den Fahrstühlen befindet. Als ich Sekunden später aufblickte, sah ich eine Frau vor mir, bei der es sich wohl um Susan Brown handeln mußte. Sie war etwa in meinem Alter und etwas pummeliger als ich, und ihr Haar – grauer als meins – war zu zwei Flechten geschlungen, die in Auflösung begriffen waren. Sie trug einen pinkfarbenen Angorapullover, dazu einen pinkfarbenen und graukarierten Fransenrock, der etwa in Kniehöhe von einer großen, goldenen Schmucksicherheitsnadel gerafft wurde; ihr dazu passendes, pink- und graugemustertes Fransentuch wurde von einer ganz gewöhnlichen Aluminiumsicherheitsnadel zusammengehalten. Dieser Aufzug wurde vervollständigt von einem hieroglyphischen Silberanhänger und braunen Cowboystiefeln. »Ich suche D. N. Ralston«, sagte sie mit etwas festerer Stimme, als ich aufgrund ihrer Erscheinung erwartet hatte.

»Ich bin Deb Ralston«, sagte ich. Vermutlich hatte sie den Haftbefehl gelesen. Ich unterschreibe immer mit meinen Initialen. Wie könnte ich erwarten, daß sich ein Ganove vor jemandem mit Namen Debra fürchtet?

Sie sah mich ziemlich verdutzt an. »Deb Ralston«, wiederholte sie. »Sie wollten mich vermutlich sprechen.«

»Nicht, daß ich wüßte«, sagte ich. »Susan Brown? Weshalb sollte ich Sie sprechen wollen?«

»Susan Braun«, verbesserte sie und buchstabierte.
»Ach so! Oleads Ärztin.«
»Genau.«
»Sie sehen mir aber gar nicht wie eine Psychiaterin aus«, sagte ich lahm.

»Sie sehen mir auch nicht wie ein Cop aus«, antwortete sie, und wir lachten beide. Sie mußte meine Worte schon so oft gehört haben wie ich die ihren.

Ich bot ihr einen Platz an, und sie setzte sich.

»Damit Sie gleich Bescheid wissen«, begann sie ohne jede Einleitung, »es ist vollkommen ausgeschlossen, daß Olead Baker dieses Verbrechen begangen hat.«

»Ganz Ihrer Meinung«, unterbrach ich.

Ich war mir nicht sicher, ob sie mich gehört hatte, denn sie fuhr voller Leidenschaft fort, als könnte sie die Mühlen der Justiz aufhalten, wenn sie nur mich überzeugte. »Olead war elf Jahre lang Patient der Braun-Klinik. Zwar bin ich mit vielen Methoden und Verhaltensinterpretationen meines Vaters ganz und gar nicht einverstanden, aber ich zweifle nicht an seiner Fähigkeit, Fakten zu dokumentieren. Unsere Krankenakte über den Jungen ist einen halben Meter dick. Er ist niemals gegen jemanden gewalttätig geworden, außer ungefähr viermal, als er unerwartet außer Kontrolle geriet und den Nächstbesten angegriffen hat. Aber das ist seit über sieben Jahren nicht mehr passiert. Außerdem ist er mittlerweile gesund. Er kann unmöglich –«

Sie unterbrach sich abrupt. »Bekommt er seine Vitamine?«

»Ja, ich achte darauf«, versicherte ich ihr.

Sie seufzte. »Gott sei Dank, wenigstens etwas. Ich glaube eigentlich nicht, daß es unter normalen Umständen zu einer wesentlichen oder überhaupt zu einer Verschlechterung käme, wenn man sie wegläßt, aber in Verbindung mit dem Streß, unter dem er im Moment sicher steht, könnte eine abrupte Absetzung nicht ganz unproblematisch sein.«

»Er glaubt offenbar, er bräuchte sie nur fünf Tage nicht zu nehmen, und schon wäre er wieder in der Verfassung wie vor elf Jahren«, sagte ich. »Ich wußte nicht –«

»Das ist natürlich möglich, aber äußerst unwahrscheinlich. Seinen letzten akuten Schub hatte er mit neunzehn, und ich bin überzeugt, er wäre schon vor Jahren völlig gesund geworden, wenn nicht –« Wieder unterbrach sie sich jäh und ging zum erstenmal auf das ein, was ich zu Anfang gesagt hatte. »Sie sind meiner Meinung? Warum ist er dann eingesperrt?«

»Weil die Staatsanwaltschaft nicht unserer Meinung ist.« Ich erzählte ihr von dem Belastungsmaterial.

»Wollen Sie damit sagen, er hat tatsächlich eine Flinte –« Mit verwundertem Blick hielt sie inne. »Da frage ich mich doch, warum! Und das arme kleine Mädchen – tja, kein Wunder, daß er das verdrängt hat, so vernarrt, wie er in sie war ... Und eine Überdosis *Mellaril*. Das ergibt ja nun gar keinen Sinn. *Mellaril* hat er nicht mehr genommen, seit – was weiß ich – seit er sechzehn ist. Es hat ihm offenbar nie viel geholfen. Ich bin sicher, er hat zu keiner Zeit welches mit nach Hause genommen.«

»Interessant«, sagte ich halb zu mir selbst. »Woher kam es dann wohl?«

Sie funkelte mich an. »Aber Sie haben den Haftbefehl vollstreckt«, sagte sie vorwurfsvoll. »Wenn Sie ihn für unschuldig halten, warum ...?«

»Man hat es mir befohlen. Wenn ich mich geweigert hätte, hätte man mir den Fall abgenommen. Und dann hätte ich keine Möglichkeit mehr gehabt, weiterzugraben«, erklärte ich. »Außerdem glaube ich nicht, daß jemand anderes sich bemüht hätte, ihn zu entlasten.«

»Ich möchte ihn sprechen«, sagte sie.

Ich rief im Gefängnis an.

Dort hieß es, Olead Baker könne seine Ärztin sprechen, wenn ich sie hinbringen wolle.

Zu Ehren der Ärztin gab man uns das Besprechungszimmer. Auf der Herfahrt hatte ich sie zwar vorgewarnt, aber sie schloß trotzdem kurz die Augen, als Olead hereingeführt wurde. Seine Blessuren waren zwar gut verheilt, aber es war immer noch deutlich erkennbar, daß er auf der Verliererseite eines ungleichen Kampfes gestanden hatte; außerdem roch sein trister, graublauer Gefängnisoverall nach der Isolierzelle, und seine nackten Füße waren der Januarkälte und dem Betonfußboden nicht gerade angemessen.

Sein Bart dagegen gedieh prächtig; er hatte sich mehr oder weniger entschlossen, kastanienbraun auszufallen.

»Susan!«, sagte Olead glücklich und begrüßte sie mit einer sehr viel überschwenglicheren Umarmung, als sie meiner Vermutung nach seiner Mutter zuteil geworden wäre. »Ich dachte, du wärst noch in Ägypten!«

»Nein, ich bin gestern abend zurückgekommen, und ich muß sagen, ich war nicht gerade begeistert von der Nachricht, die mich da empfangen hat.«

Sein Lächeln war verschwunden. Er setzte sich abrupt, griff nach den Vitaminen und dem Dr. Pepper Light, das ich ihm wie immer mitgebracht hatte, schluckte und dankte mir geistesabwesend: »Susan«, sagte er dann, »ich war's nicht.«

»Natürlich warst du's nicht«, entgegnete sie aufgebracht. »Wir müssen uns nur überlegen, wie wir es beweisen können.«

Er gab keinen Laut von sich, aber sein Gesichtsausdruck war ein einziger Seufzer. »Super«, sagte er düster, »damit sind es schon zwei, die mir glauben, du und Becky.«

Susan warf mir einen verblüfften Blick zu, und ich fragte: »Was haben Sie gesagt?«

»Ich habe gesagt –« Er starrte mich an. »Sie doch nicht etwa auch?«

»Natürlich glaube ich Ihnen!«, sagte ich etwas schärfer als beabsichtigt. »Wie kommen Sie bloß darauf, daß ich's nicht tue?«

»Sie wollen ständig, daß ich mich erinnere, wie ich die Flinte abgefeuert habe –« Er hielt inne, starrte mich erneut an. »Ich dachte, Sie meinen –. Sie sagen ständig, *wenn* ich es nicht war –«

Ich stand auf und ging um den Tisch herum zu ihm. Hinter ihm stehend, legte ich ihm die Hände auf die Schultern, wie ich es bei Hal getan hätte, wenn er in Schwierigkeiten wäre, und begann die verhärteten Muskeln zu kneten, die die Angst unter der Maske des Stoischen verrieten. »Olead«, sagte ich zu ihm, »ich möchte, daß Sie mir zuhören. Ich unterscheide jetzt mal zwischen dem, was ich weiß, was ich vermute und was ich rate. Um das ›wenn‹ brauchen Sie sich keine Gedanken zu machen, ich kenne nun mal nur diese eine Methode, mir Dinge klarzumachen. Es ist so: Wenn man Ihnen etwas vorwirft, dann haben Sie es entweder getan oder Sie haben es nicht getan, und im vorliegenden Fall hat es, wenn Sie es nicht waren, jemand anderes getan. Mehr habe ich nicht gesagt, und ich kann es auch nicht auf eine andere Art sagen. Und jetzt hören Sie mir zu, und achten Sie auf meine Worte, nicht auf das, was ich Ihrer Meinung nach vielleicht meinen könnte, okay?«

»Okay«, sagte er; er hörte sich müde an.

»Ich *weiß*«, sagte ich zu ihm so sanft es ging, »daß Sie in dieser Nacht eine Flinte abgefeuert haben.« Ich spürte die Muskeln zucken, als er Einwände erheben wollte, und sagte rasch: »Nein,

Sie hören jetzt zu. Die Prellung an Ihrer Schulter und die Schmauchspuren an Ihren Händen sind Beweise. Es sind *Fakten,* Olead, und die verschwinden nicht. Sie erinnern sich eindeutig nicht daran, aber Sie haben in dieser Nacht eine Flinte abgefeuert.«

»Aber –«

»*Zuhören*«, sagte ich mit fester Stimme und fuhr fort: »Aus der Tatsache nun, daß das Fliegengitter nicht an seinem Platz war, und aus der Tatsache, daß Becky in Ihrem Bett eine rote Papphülse gefunden hat –«

»*Becky* hat –«

»Ruhe. Ja, Becky hat sie gefunden. Und aus diesen Tatsachen und der Treffpunktlage der Schrotgarbe im Garten hinter dem Haus *folgere* ich, daß Sie das Fliegengitter, möglicherweise mit dem Flintenlauf, herausgestoßen und aus dem Fenster geschossen haben. Ich folgere das deshalb, weil ich weiß, daß Sie einen der beiden Schüsse abgefeuert haben, die aus der alten Browning abgegeben wurden, und ich weiß, daß der Mörder den anderen abgefeuert hat.«

Ich spürte, wie er sich entspannte, als ich das sagte.

»Ich *glaube* nun«, fuhr ich fort, »daß Sie dem Mörder die Browning – die wir in Ihrem Zimmer gefunden haben – irgendwie abgenommen haben. Ich glaube übrigens nicht, daß es die Flinte Ihres Vaters war; ich glaube, der Killer hat sie mitgebracht. Ich glaube, Sie haben ihm die Flinte abgenommen, er ist durch die Patio-Tür geflüchtet, und Sie haben auf ihn geschossen und das Ganze dann aus irgendeinem Grund sofort verdrängt.«

»Das kann sein, Olead«, sagte Susan. Sie hatte aufmerksam zugehört. »Selbst Leute, die nie psychische Probleme gehabt haben, verdrängen dergleichen gern, einfach infolge des seelischen Traumas.«

Olead schüttelte den Kopf. »Ich habe nie im Leben ein Gewehr abgefeuert«, sagte er mit fester Stimme. »Und niemand bringt mich dazu, daß ich etwas anderes sage.«

»Zeig mir mal deine Schulter«, sagte Susan ruhig.

Olead sah sie an und bekam den überaus sturen Zug um den Mund, den ich schon ein paarmal bei ihm beobachtet hatte. Dann riß er mit trotziger Miene am Kragen seines Overalls. Die Verschlüsse sprangen auf, und er zerrte sich den Stoff von der Schulter. »Dieser Typ vom Erkennungsdienst, wie heißt er doch gleich, war heute schon mal da und hat ein Foto davon gemacht«, sagte er aufgebracht. »Das macht er schon seit Tagen.«

»Und das heutige wird so ziemlich das eindruckvollste«, antwortete Susan mit einem Blick auf die Prellung. »In ein, zwei Tagen fängt es an zu verblassen. Olead, hast du dir das mal selber angesehen?«

»Das brauche ich nicht«, gab er zurück. »Ich spüre es ja. Aua!«

Susan, die die Prellung vorsichtig betastet hatte, sah ihn mit erschrockenem Gesicht an, und er grinste reumütig. »Na ja, es tut ein bißchen weh«, sagte er kleinlaut, dann grinste er erneut. »Okay, ich hab' Theater gespielt. Aber es tut wirklich ein bißchen weh.«

»Ich denke, es tut ganz schön weh«, antwortete Susan. »Olead, wenn du keine Flinte abgefeuert hast, woher kommt dann die Prellung an deiner Schulter? Sieh mal, man erkennt sogar den Schachbretteffekt vom Schaft. Wie nennt man das?«, fragte sie mich.

»Karomuster«, sagte ich, »und am Schaftende findet man das normalerweise nicht. Auch aus diesem Grund bin ich sicher, daß es die Browning war, die er abgefeuert hat; die hatte dort ein Karomuster, und es sah aus wie handgeschnitzt. Wenn ich's mir recht überlege, könnte ich wetten, daß das Labor, so unregelmäßig wie das handgeschnitzte Muster ist, allein aufgrund eines Fotos von der Prellung im heutigen Zustand zu einer eindeutigen Identifizierung kommt.«

»Das hat mir gerade noch gefehlt«, sagte Olead bitter.

Susan setzte sich wieder. »Tja«, meinte sie, »wenn du keine Flinte abgefeuert hast, wie kommen dann der Abdruck des Flintenschafts an deine Schulter und Schmauchspuren an deine Hände?« Sie sah ihn erwartungsvoll an.

Er wandte ihr den Rücken zu, streifte sich den Overall wieder über die Schulter und schloß ihn. »Keine Ahnung«, sagte er mürrisch. »Woher soll ich das wissen?«

»Du bist dir doch so sicher, daß Deb sich irrt«, sagte sie. »Deswegen dachte ich, du hättest vielleicht eine andere Erklärung.«

»Hab' ich aber nicht, und du hast auch gar nicht gedacht, daß ich eine habe.« Er fuhr zu ihr herum. »Oder?«

»Nein, im Grunde genommen nicht.«

»Was denkst du dann? Du bist mit Deb einer Meinung, stimmt's? Denkst du, ich habe eine Flinte abgefeuert und es dann vergessen? Hältst du mich für so verrückt?«

»Olead, du bist gesund. Ich weiß nicht, wie oft ich dir das schon gesagt habe. Und ich denke, daß das Abfeuern der Flinte mit anderen Erinnerungen verknüpft ist, die so schmerzlich sind, daß du sie nicht ertragen kannst, und deshalb hast du die Erinnerung daran zusammen mit diesen anderen Erinnerungen unterdrückt. Über deinen Geisteszustand sagt das gar nichts aus. Es ist einfach menschlich. Oft ist Verdrängung eine Methode, die geistige Gesundheit zu erhalten.«

Wieder drehte er sich um, zu dem Spiegelglas, mit dem das Zimmer ringsum ausgekleidet war, und ich fragte mich, ob er wußte, daß es nur von innen verspiegelt war. Von außen mußte die zornige Verwirrung in seinem Gesicht ebenso deutlich erkennbar sein wie seine geballte Faust, und es überraschte mich nicht, daß ein Schließer an die Tür klopfte und fragte, ob bei uns drinnen alles in Ordnung sei. Ich versicherte ihm, alles sei bestens.

Dann meinte ich: »Olead, es gibt eine Möglichkeit, Klarheit in die Sache zu bringen. Susan hat Ihnen ja schon gesagt, daß das häufig passiert, und die Polizei muß oft an die verschütteten Erinnerungen heran. Es gibt da eine Methode, die heißt forensische Hypnose –«

Weiter ließ er mich gar nicht kommen. »Nein«, unterbrach er mich. »Nichts da. Kommt überhaupt nicht in Frage. Kein Cop murkst an meiner Psyche herum.«

»Das hat nichts –«, setzte ich an.

»Ich habe nein gesagt!«, zischte er.

Ich stand auf. »Möchten Sie, daß ich Sie allein lasse, damit Sie mit Ihrer Ärztin sprechen können?«, fragte ich. Ohne eine Antwort abzuwarten, ging ich Richtung Tür.

»Deb?« Seine Stimme stoppte mich. »Sie müssen nicht gehen. Ich denke, ich habe keine Geheimnisse.« Er holte tief Atem. »Susan«, sagte er, »du hast mich schon mal hypnotisiert. Ich glaube, wenn du es machen würdest, hätte ich keine Angst.«

Nach einigem Hin und Her beschlossen wir schließlich, in Oleads Zelle zurückzugehen, wo er sich entspannen konnte, und nachdem Susan ihn hypnotisiert hatte, würde ich ihm Fragen stellen. Das Ganze kam mir ein bißchen so vor wie eine Episode aus einem Charlie-Chan-Film, denn es entsprach ganz und gar nicht der üblichen Prozedur bei forensischer Hypnose.

Wie ich hätte voraussagen können, war Susan von der Zelle zutiefst entsetzt. »Hören Sie«, sagte sie zu mir, »in meiner Klinik gibt es auch Gummizellen. Manchmal brauchen wir sie eben. Aber sie müssen nicht so riechen.«

Ich sagte ihr, daß die Zelle manchmal auch für Betrunkene benutzt wurde und daß die dazu neigten, sich zu übergeben – und

Schlimmeres. Sie erwiderte mit einiger Schärfe: »Und manchmal tun Geisteskranke das alles auch und wälzen sich dazu noch auf dem Boden in ihren eigenen Exkrementen. Aber wenn sie damit fertig sind, wird der Boden geputzt.«

Olead räusperte sich. »Vielleicht dürfte ich als Betroffener, der sämtliche fraglichen Zellen kennt, auch mal was dazu sagen«, meinte er. »Ich habe den Boden und die Wände hier drin selber geschrubbt, und zwar zweimal mit Kiefernnadelöl und einmal mit Chlorox. Der Geruch ist nicht rauszukriegen. Ich hab's versucht. Irgendwie ist er eingezogen. Die einzige Möglichkeit, ihn loszuwerden, wäre, die Polsterung zu verbrennen und nochmal von vorn anzufangen. Und wenn sie das machen würden, müßten sie mich solange in eine reguläre Zelle stecken, und darauf bin ich wirklich überhaupt nicht scharf. Ich stinke lieber, als daß ich mich noch mal verprügeln lasse. Können wir jetzt weitermachen?«

Susan hatte ihn wohl schon öfter hypnotisiert, denn er hatte offensichtlich keine Angst davor, von ihr hypnotisiert zu werden. Es dauerte nur ungefähr drei Minuten, dann saß er, an die Zellenwand gelehnt, mit ausgestreckten Beinen, geschlossenen Augen und entspanntem Gesicht still da. Mir war gar nicht klar gewesen, wie sehr sein Gesicht seine Anspannung widerspiegelte, bis ich es zum erstenmal völlig entspannt sah.

Susan rückte zur Seite, und ich nahm ihren Platz ein. Ich überlegte rasch; wonach mußte ich fragen? Wir hätten das Ganze planen sollen. Ich hätte mir Notizen machen müssen. Mal sehen. Die Party. Wer alles dort war; insbesondere, wer ihm den Punsch gegeben hatte. Und die Schüsse, ob er was davon gehört hatte. Und am allerwichtigsten, wann und wieso er selbst eine Flinte abgefeuert hatte.

»Olead«, sagte ich, »ich stelle Ihnen jetzt ein paar Fragen. Ist das okay?«

»Ja«, sagte er. Er hörte sich nicht schläfrig an, nur etwas dösig und entspannt, aber durchaus bei der Sache.

»Erinnern Sie sich an die Silvesterparty?«

»Ja.«

»Wer war alles dort?«

»Freunde von Mutter. Freunde von Jack. Ihre Namen weiß ich nicht. Jake war da. Edith nicht. Sie war im Bett.«

»Sie haben einen Becher Punsch getrunken. Wer hat Ihnen den gegeben?«

»Ein Mann.«

»Was für ein Mann?«

»Ein Mann. Er hatte einen Schnurrbart. Er hat mir gesagt, er habe meinen Daddy gekannt. Aber ich kenne ihn nicht.«

Susan beugte sich vor. »Olead, du bist jetzt auf der Party«, sagte sie. »Du mußt mir sagen, was du siehst. Sagt der Mann sonst noch etwas?«

»Daß er vielleicht mit Jack auf die Jagd geht.«

»Ist es ein netter Mann?«, fragte ich, ohne recht zu wissen, warum.

Aber die Frage rief eine Reaktion hervor. »Nein!«, sagte Olead heftig. »Er tut so, als mag er mich, dabei mag er mich gar nicht. Er hat Augen wie ein Schwein. Fiese kleine Augen. Ich will, daß er weggeht.«

»Geht er weg?«

»Nein. Er ist dageblieben. Ich bin schlafen gegangen, aber er ist dageblieben. Er ist nicht weggegangen.« Er war wieder in der Vergangenheit. Ich sah Susan an. Sie zuckte die Achseln. »Manchmal bleiben die Leute nicht in der Gegenwart«, sagte sie leise. »Achten Sie nicht weiter drauf.«

»Nachdem Sie schlafen gegangen sind, ist da irgend etwas passiert, was Sie gestört hat?«

»Was denn?«

»Zum Beispiel ein lautes Geräusch. Erinnern Sie sich daran, etwas gehört zu haben?«

»Lauter Lärm«, sagte er. »Vor meinem Zimmer. Aber es war okay.«

»Woher haben Sie gewußt, daß es okay war?«

»Er hat gesagt, es ist okay.«

»Wer hat gesagt, es ist okay?«

»Mann.«

»Was für ein Mann?«

Sein Kopf rollte hin und her; der Schweiß brach ihm aus. »Er hat gesagt, es ist okay«, wiederholte er. »Dann ist er in mein Zimmer gekommen. Er ist an meinen Schrank gegangen. Ich habe ihn gefragt, warum. Er hat gesagt, er muß ein paar Sachen wegräumen.«

»Was für Sachen?«

»Ein paar Sachen.«

»Wer war er?«

»Mann.«

»Was für ein Mann? Wie hat er ausgesehen?«

»Er hat gesagt, es ist okay.«

Wir bewegten uns im Kreis. Diese Erinnerung war blockiert. Irgend etwas in ihm wollte sie nicht herauslassen.

»Ist sonst noch etwas passiert?«

»Er hat sich auf mein Bett gesetzt. Nein! Ich will nicht!« Wieder drehte er den Kopf, erbrach sich auf seine Schulter und wachte auf.

Ein Schließer brachte Olead zur Dusche, und ich hörte das Gebrüll, das ihm auf den Gängen entgegenschlug. Er hatte recht; er wäre nicht sicher, wenn man ihn wieder bei den übrigen Gefängnisinsassen unterbrächte. Ein Kalfaktor kam mit Kiefernnadelöl herein und säuberte die Zelle. Susan sagte: »Verdammt, jetzt sind ihm seine Vitamine verlorengegangen. Wieso müssen Sie sie ihm überhaupt mitbringen? Wieso kann sie ihm das Gefängnis nicht einfach geben?«

»Häftlinge bekommen nur Medikamente, die in Rezeptfläschchen mit Etikett abgefüllt sind.«

»Dann kümmere ich mich darum«, sagte sie. »Ich bringe sie heute abend vorbei, dann können die gleich anfangen, sie ihm zu geben; was Sie ihm mitgebracht haben, ist sowieso nicht lange genug unten geblieben, um zu wirken.«

»Wieso hat er sich wohl übergeben?« fragte ich.

»Er hat die Erinnerung blockiert«, sagte Susan düster. »Wir werden noch eine ganze Weile im dunkeln tappen. Was es auch ist, er wird noch nicht einmal im oberen Bereich seines Unterbewußtseins damit fertig. Es muß verdammt übel sein, denn er ist zäh, zäher, als Ihnen wahrscheinlich klar ist, so wie Sie ihn im Augenblick erleben. Seit einem Jahr fehlt ihm nur noch eins, nämlich, daß er vollends erwachsen wird, und ich glaube, das hat er mittlerweile so ziemlich geschafft.«

»Susan, was hatte er eigentlich?«, fragte ich. »Ich meine, ich habe immer gedacht, Schizophrenie wäre praktisch unheilbar. War er denn nun schizophren oder nicht?«

»Schizophrenie ist ein Etikett«, antwortete Susan. »Ein Etikett, das in seinem Fall zutreffen mag oder auch nicht. Deb, was er hatte, hat sich – Etiketten mal beiseite gelassen – wie Schizophrenie geäußert, aber es wurde noch verkompliziert durch seine familiäre Situation, die sehr viel schlimmer war, als er sie in Erinnerung hat. Die meiste Zeit – nicht immer, aber meistens – hat er in der Klinik normal funktioniert. Man brauchte ihn nur nach Hause zu schicken, und er bekam einen Schub. Daraus hat mein Vater den Schluß gezogen, er sei vollkommen schizophren. Und das war er nicht. Das ist er nie gewesen.«

»Wollen Sie damit sagen, er war Opfer einer Fehldiagose? Warum war er dann –«

Wieder unterbrach sie mich. »Ganz so habe ich es auch nicht gemeint. Definitionen ändern sich. Schizophrenie war früher so eine Art Sammeldiagnose. Mein Vater hat vor über fünfzig Jahren Medizin studiert, und er hat sich im Grunde nicht über neue Entwicklungen auf dem laufenden gehalten. Und Olead ist zäh. Das war er nicht immer, aber mittlerweile ist er's. Seine Mutter hat ihn tyrannisiert. Sein Vater hat ihn tyrannisiert – auf die denkbar liebevollste Art. Aber es war eben doch Tyrannei. *Mein* Vater hat das fortgesetzt. Und Olead hat nicht gewußt, wie er sich dagegen wehren kann, also ist er geflüchtet. Er ist in sein Inneres geflüchtet. Und als er dann anfing zu lernen, wie man sich wehren kann, anstatt zu flüchten, hat mein Vater das nicht als Heilung, sondern als symptomatisch angesehen. Olead hat aufgehört, orale Sedativa zu nehmen – er hat sie statt dessen in die Toilette geworfen – und ist erwischt worden, als die Toilette verstopfte. Also hat er Spritzen bekommen. Es gab noch andere Vorkommnisse dieser Art. Die letzten sechs Jahre, die mein Vater noch lebte, hat Olead damit verbracht, sich gegen Bevormundung zu wehren; dabei ist er immer stärker geworden, und mein Vater – ich gebe es nur ungern zu, aber mein Vater war ein miserabler Arzt, und er hat nie die Fachprüfung zum Psychiater abgelegt –, mein Vater hat überhaupt nicht mitbekommen, was da passierte. Er hat immer nur in die Krankenblätter geschrieben, daß der Patient auf die Therapie nicht anspricht. Natürlich hat Olead nicht auf die Therapie angesprochen! Er brauchte ja keine – jedenfalls nicht diese! Ich kann Ihnen nicht mit Sicherheit sagen, daß er nie schizophren war, denn je mehr wir über Schizophrenie herausfinden, desto mehr erkennen wir, daß wir nichts wissen. Aber ich glaube nicht, daß er's je war.«

»Warum dann all die Vitamine? Und die Panik, daß er sie womöglich nicht bekommt?«

»Er hat auf die B-Vitamine angesprochen. Vergessen Sie nicht, er hat elf Jahre lang fast ununterbrochen unter Beruhigungsmitteln gestanden, und schon das hatte ihm sämtliche wasserlöslichen

Vitamine weitgehend entzogen. Und *falls* er leicht schizophren war, was ich als Möglichkeit nicht völlig ausschließen kann, dann *könnten* die Vitamine einiges ausmachen. Ich scheue mich jedenfalls davor, sie abzusetzen, zumal jetzt.«

»Aber wenn das alles stimmt«, fragte ich, »warum glaubt *er* dann –«

Susan übertrieb es allmählich mit ihren Unterbrechungen. »Wahrscheinlich, weil er noch nicht richtig aufgenommen hat, was ich ihm gesagt habe. Er hat Angst davor, mir zu glauben. Elf Jahre lang hat man ihm erzählt, er sei unheilbar geisteskrank. Jetzt versuche ich ihm beizubringen, daß er das nicht ist und niemals war. Wenn Sie Olead wären, wie leicht fiele es Ihnen wohl, das zu glauben?«

Ich hatte keine Zeit mehr zu antworten, weil Olead wieder in die Zelle kam; er war sauber, Haare und Bart waren feucht und gekräuselt. Er hatte einen frischen Gefängnisoverall an, der sich in nichts von dem alten unterschied. Er schaute zu Susan und mir herab, die wir nebeneinander auf dem Boden saßen, und wir blickten zu ihm auf. »Lassen Sie die Tür auf«, rief Susan dem Schließer zu. »Ich muß los.« Sie rappelte sich hoch.

»Wieso?«, fragte Olead.

»Ich muß dir noch ein paar Vitamine besorgen«, sagte sie ihm, und er bat sie, später wiederzukommen.

Dann setzte er sich neben mich. »Das hat nicht viel gebracht, oder?«, fragte er.

»Ich glaube, ich weiß jetzt, wer es war«, sagte ich. »Aber ich weiß nicht, wer er ist.«

»Das übersetzen Sie wohl besser.«

»Ich glaube, es war ein Mann auf der Party«, erklärte ich. »Sie haben gesagt, er hat Ihnen den Punsch gegeben. Und soweit ich das überblicke, ist der Punsch die einzige Möglichkeit gewesen, Ihnen ein Betäubungsmittel zu verabreichen.«

»Haben wir eigentlich irgendwas in der Hand, was mir nützt?«, fragte er. »Bitte sagen Sie mir die Wahrheit, Deb. Sie sind der einzige Mensch, der wirklich weiß, wie schlecht es steht. Don hat bis jetzt noch keine Ahnung, und ich nehme an, er bekommt keine Einsicht in die Ermittlungsakten.«

Er wollte keine tröstliche Lüge. »Es steht ungefähr so schlecht, wie es nur geht, Olead. Wenn ich einen Schuldspruch wollte, würde ich sagen, ich hätte wirklich alle Chancen.«

»Verstehe«, sagte er. Er stand auf, ging eine Zeitlang hin und her und setzte sich dann mir gegenüber hin. »Wie sich wohl eine tödliche Spritze anfühlt?«

»O Gott«, sagte ich, und es war keine Blasphemie. Wir schwiegen beide eine Weile.

»Sie sprechen immer von vier Schüssen im Wohnzimmer«, meinte Olead schließlich; an die Seitenwand gelehnt und die langen Beine von sich gestreckt, saß er allem Anschein nach bequem auf dem Zellenboden. »Müßten es nicht fünf gewesen sein?«

»Wieso fünf?«, fragte ich. »Fünf im Haus, außer dem zusätzlichen, ja, aber nur vier im Wohnzimmer.« An die ihm gegenüberliegende Wand gelehnt, nahm ich in etwa die gleiche Position ein wie er, aber ich konnte den Gestank in der Zelle nicht so leicht verdrängen und saß bei weitem nicht so bequem, wie es bei ihm den Anschein hatte.

»Na, die Katze«, sagte er, und ich schüttelte den Kopf. »Wieso nicht die Katze?«, fragte er. »Was ist mit der Katze passiert?«

Ich schüttelte erneut den Kopf. Das mit der Katze war so absolut widerwärtig, daß ich nicht darüber reden wollte, obwohl ich wußte, daß es vor Gericht zur Sprache kommen würde. Und das schreckliche war, daß es in mehrfacher Hinsicht auf Olead hindeutete. Die Psychologen haben nämlich herausgefunden, daß fast immer ein Familienmitglied der Täter ist, wenn bei der Ermordung einer ganzen Familie auch ein Haustier getötet wird, denn für einen Außenseiter ist das Haustier nur ein Tier, während es für ein Familienmitglied zu der Familie gehört, die es vernichten will.

»Ich weiß noch, wie Brenda die Katze mit nach Hause gebracht hat«, meinte er und unterbrach damit meinen Gedankengang. »Es war Juli; ich war gerade ungefähr einen Monat zu Hause. Brenda redete immerzu davon, daß sie eine Katze wollte, und Mutter würgte das jedesmal ab. Mir ist überhaupt nicht in den Sinn gekommen, daß sie dachte – na ja, Sie wissen wahrscheinlich, daß ich mich, als ich noch verrückt war, jedesmal ausgezogen habe, wenn mir eine Katze über den Weg gelaufen ist. Ich weiß auch nicht so genau, warum; ich weiß, daß ich Angst vor Katzen hatte, aber ich habe keine Ahnung, was das mit dem Ausziehen zu tun hatte. Tja, Mutter hat eigentlich nie so richtig geglaubt, daß ich gesund bin. Vermutlich hatte sie Angst davor, daß ich beim Anblick einer Katze wieder durchdrehen würde. Und irgendwann hatte Brenda offenbar keine Lust mehr zum Streiten. Ich war draußen im Patio, am Pool, noch ziemlich geschafft vom Schwimmen, war aus dem Wasser gekommen, hatte mich in einen Liegestuhl gelegt und sonnte mich, was ich nicht allzu lange tun darf, weil ich leicht einen Sonnenbrand kriege.«

Das erklärte die fehlende Bräune. Und ich glaubte nicht, daß ich mich je daran gewöhnen würde, ihn in aller Ruhe Sachen wie »als ich noch verrückt war« sagen zu hören. Aber er redete mit leichtem Lächeln weiter.

»Jedenfalls, Brenda ist in den Patio gekommen, in den Armen diese riesige, alte, weiße Perserkatze, so alt, daß sie schon leicht rostfarben aussah, und hat verkündet: ›Mary hat sie mir geschenkt. Sie ist dagegen allergisch geworden.‹ Und sie ist mit der Katze, die ungefähr so groß wirkte wie sie selbst, auf mich zumarschiert, und wissen Sie was? Ich habe sie angeguckt und Angst gekriegt. Ich glaube, wenn mir in diesem Moment jemand den Blutdruck gemessen hätte, wäre das Ergebnis besorgniserregend gewesen. Aber ich habe mich dazu gezwungen stillzusitzen. Es ging doch nicht, daß Brenda ihren großen Bruder vor einer Katze weglaufen sieht, Herrgott noch mal. Ich habe dagesessen, und mir ist der kalte Schweiß ausgebrochen, als ich sie mit dem Tier auf mich zukommen sah, und ich hab's mir angeguckt und gedacht: ›Wovor zum Teufel habe ich eigentlich Angst?‹ Das Vieh hatte vier ziemlich harmlos aussehende Pfoten, jede Menge rötlich-weißen Pelz, grüne Augen und ein dämliches plattes Gesicht, und wenn Brenda es streichelte, gab es dieses komische surrende Geräusch von sich, und ich habe mich gefragt: ›Wovor zum Teufel hast du eigentlich Angst, du Pfeife?‹ Ich habe die Katze am Ohr angefaßt, und sie hat ›Miau‹ gesagt. Das ist so ungefähr der dämlichste Laut, den ich je im Leben gehört habe – Miau. Ich glaube, die erste Katze, die mir Angst gemacht hat, muß eine Siamkatze gewesen sein, Sie wissen ja, wie die sich anhören – *rrrooouu,* wie ein startender Düsenjet, aber die da hat nur miau gesagt. Ganz leise und sanft. Und ich habe gelacht.«

Er lachte auch jetzt, während er sich erinnerte. »Ich habe gedacht, ach du Schande, das ist ja bloß ein komisches kleines Tier, mehr nicht. Und das einzige, wovor ich Angst hatte, war die Erinnerung daran, daß ich früher solche Angst hatte. Und Brenda hat mir die Katze auf den Schoß plumpsen lassen und ist davonmarschiert, und die Katze hat sich zweimal im Kreis gedreht und dann wohl beschlossen, daß es zuviel Energie kosten würde, wieder zu gehen, und daß sie sich deshalb lieber schlafen legt. Und das hat sie auch getan, auf meinen Knien, dieses leicht zappelige Pelzknäuel, und ich habe angefangen, sie zu streicheln, und sie hat wieder dieses komisch surrende Geräusch von sich gegeben. Okay – ich weiß, das heißt schnurren, aber Sie müssen zugeben, daß ›surren‹ eigentlich besser paßt. Es klang ein bißchen heiser. Ich wollte die Katze Rusty nennen, aber ich bin überstimmt worden.«

Ich gab zu, daß es ein surrendes Geräusch sei, obwohl ich nie zuvor darüber nachgedacht hätte.

»Und wissen Sie was?«, fuhr er fort. »Es hat sich gut angefühlt. Es hat sich verdammt gut angefühlt, sie anzufassen, dieses Fell auf den Beinen liegen zu haben, und in diesem Moment hatte ich eine dieser Einsichten, die einem bei der Arbeit mit einem Psychiater angeblich kommen, obwohl ich dabei nie eine hatte.« Er sah mich an. »Darf ich Ihnen davon erzählen?«

»Sie dürfen mir alles erzählen, was Sie wollen«, sagte ich.

Er grinste mich liebevoll an. »Ja, Sie meinen es auch wirklich so, was? Tja, ich weiß noch, als ich anfing, verrückt zu werden, vor dem erstenmal, daß ich ausgerastet bin, da wußte ich schon, daß etwas nicht stimmt, und zwar ganz und gar nicht stimmt. Ich habe versucht, es Mutter zu sagen. Ich habe ständig alles möglich gesehen, alles war gleichzeitig groß und klein, hat sich gleichzeitig schnell und langsam bewegt und war gleichzeitig ganz nah und weit weg – ja, ich weiß, das klingt wirr, heute kommt es mir auch ziemlich wirr vor, aber ich kann es nicht anders beschreiben. Und natürlich bin ich ständig gegen irgendwas gerannt, weil ich nicht wußte, wie groß oder wie nah es war, und ich hatte so viele Beinah-Unfälle, daß ich das Fahrradfahren ganz aufgeben mußte, weil ich Geschwindigkeit oder Entfernung überhaupt nicht mehr einschätzen konnte. Und ich habe mich andauernd übergeben, weil mir davon, daß sich um mich herum ständig alles bewegte, immer schlecht wurde, und das hat mir Angst gemacht. Als ich versucht habe, Mutter das zu erklären, hat sie ziemlich barsch gesagt, das sei unmöglich. Tja, natürlich war das unmöglich, und ich habe ganz genau gewußt, daß es unmöglich war – eben das hat mir ja solche Angst gemacht.«

Er schüttelte den Kopf. »Ich weiß, sie war keine Psychiaterin. Aber ihr hätte doch wohl klar sein müssen, daß etwas schiefliegt, wenn ein Vierzehn- oder Fünfzehnjähriger ständig weint.«

Ich stimmte ihm zu. Wenn Hal anfinge, ständig zu weinen, würde ich schleunigst mit ihm zum Arzt gehen.

»Aber sie hat mir immer nur gesagt, ich soll mich zusammenreißen. Ich wußte bloß nicht, wie. Wenn ich's gekonnt hätte, hätt' ich's getan. Jedenfalls ist es so weit gekommen, daß es irgendwann nur noch eins gab, wo ich mir halbwegs sicher war, daß es sich nicht ändert, nämlich meinen Körper. Aber wenn ich die Augen offen hatte, war ich mir auch da nicht mehr sicher. Also habe ich oft mit geschlossenen Augen in meinem Zimmer gesessen und mich an mir selbst festgehalten, damit sich nichts mehr bewegt, und sogar mit geschlossenen Augen habe ich halluziniert: Wesen, die mit Riesenschritten und wahnsinnig schnell auf mich zugekommen sind, und gleichzeitig hat sich überhaupt nichts gerührt. Verdammt, ich *weiß,* daß das wirr klingt!«, sagte er wild.

»Es klingt erschreckend«, antwortete ich.

»Das war es auch. Und wie. Und deshalb ... Man versucht es eben auszusperren, egal wie, verstehen Sie? Und –« Seine Augen waren nun geschlossen; er war leicht blaß. Diese Erinnerung war eindeutig immer noch qualvoll. »Und wie Sie sich wahrscheinlich schon denken können, hat mich Mutter eines Tages dabei erwischt, wie ich mir einen runtergeholt habe. Sie war entsetzt. Das hat sie mir in deutlichen Worten zu verstehen gegeben. Dad hat ihr, glaube ich, zu erklären versucht, daß das normal sei. Aber sie war davon überzeugt, daß aus mir ein Perverser wird. Lieber geisteskrank als pervers. Jedenfalls hat sich, glaube ich, irgendwie die Vorstellung in mir festgesetzt, daß alles, was einem guttut, schlecht sein muß. Als ich in die Klinik gekommen bin, habe ich ungefähr ein Jahr lang nur gebadet, wenn mich jemand dazu gezwungen hat, denn das tat gut, also mußte es verwerflich sein.«

Er schlug die Augen auf. »Ich sage nicht, daß das Mutters Schuld war. Ich war schon ziemlich durchgedreht, als das passiert ist; sonst hätte es mich wahrscheinlich auch nicht so aufgeregt. Aber vielleicht war das der Grund, warum ich Angst vor Katzen hatte. Die kommen einfach auf einen zu und streichen einem mit ihrem Fell um die Beine, und das tut gut. Also müssen sie wirklich schrecklich sein, verstehen Sie? Jedenfalls – da saß ich nun mit der Katze auf dem Schoß, und sie hat meine Badehose verdeckt, so daß man nicht erkennen konnte, ob ich eine anhatte, und Mutter ist in den Patio gekommen, und die Katze und ich, wir haben beide geschlafen. Mutter hat uns beide geweckt. Mit ihrem Schreien.«

Er lachte. »Da hat die Katze die Krallen ausgefahren und ist von mir runtergehüpft, und ich bin hochgeschreckt und habe gefragt:

133

›Was ist denn?‹, und sie hat gesagt: ›Ach, Jimmy, du hast mir Angst gemacht!‹ Und sie war – sie war so blaß, richtiggehend weiß, und da ist mir klar geworden, wovor sie Angst hatte. Und ich habe gesagt: ›Nicht doch, ich bin okay, aber Brendas neue Katze hast du ganz schön erschreckt.‹ Ich habe sie noch nicht mal dran erinnert, daß ich nicht gern Jimmy genannt werde, so geschafft war sie. Und dann bin ich zu der Katze gegangen, hab' sie auf den Arm genommen und ins Haus getragen.«

»War Ihre Mutter froh darüber?«

»Froh?«, sagte er. »Ich weiß nicht. Auf jeden Fall war sie froh darüber, daß ich sie nicht wieder in Verlegenheit gebracht hatte.« Er lächelte wieder, ganz leicht. »Beckys Haar ist weich. Becky –« Er beendete den Satz nicht. »Gestern abend war ich ein bißchen sauer auf sie«, sagte er, etwas lebhafter. »Sie hat mir nämlich gesagt, sie würde sich nicht die Haare kämmen, und ich hab gesagt: ›Was glaubst du wohl, was deine Eltern denken, wenn du so nach Hause kommst?‹, und sie hat gesagt: ›Das ist mir egal, sollen sie ruhig!‹ Also – nur für den Fall, daß Sie sich Gedanken gemacht haben. Wir haben nicht. Für mich kommt das nicht in Frage. Nicht hier. Ich wollte schon, und zwar sehr, und ich glaube, sie wollte auch, aber wir haben nicht.«

»Das habe ich auch gar nicht angenommen.«

»Sie wollen nicht, daß ich darüber rede, stimmt's? Na gut, dann sage ich nichts mehr dazu. Ich wollte nur, daß Sie Bescheid wissen. Was ist mit der Katze passiert, Deb? Irgendwer wird es mir früher oder später sagen müssen.«

Ich schauderte. »Jemand hat sie totgetrampelt«, sagte ich widerstrebend.

»Ach du liebe Güte! Und das war angeblich ich, weil ja jeder weiß, der alte Olead, der kann Katzen auf den Tod nicht ausstehen. Der Pförtner in der Klinik hat das immer gesagt«, erklärte er beiläufig. »Soll ich das barfuß gemacht haben?«

»Nein, da waren Schuhspuren«, sagte ich.

»Und es ist natürlich niemand auf die Idee gekommen, sich mal meine Schuhe auf Blut und Katzenhaare hin anzusehen.«

»Doch.«

»Und?«, fragte er schließlich.

»An Ihren Baseballschuhen«, sagte ich widerwillig.

»An meinen *Baseballschuhen*?«, wiederholte er ungläubig. Und dann begann er zu meinem Erstaunen, leise zu lachen. »An meinen

Baseballschuhen! Deb, Deb, Deb, der Scheißkerl hat einen Fehler gemacht, der Scheißkerl hat Mist gebaut.« Er hob mir einen Fuß entgegen und wackelte mit den Zehen. »Größe zehneinhalb«, sagte er. »So groß sind meine Füße jetzt. Aber diese Baseballschuhe – mal überlegen – die werden so ungefähr Größe acht sein, so groß waren meine Füße nämlich, als ich von zu Hause weggegangen bin. Die Baseballschuhe waren nur aus einem einzigen Grund in meinem Zimmer. Sie waren in meinen Schlafsack eingewickelt, den ich für Brenda vom Dachboden geholt habe, und ich hatte bloß noch nicht entschieden, ob ich sie in den Mülleimer stecken oder zur Altkleidersammlung geben sollte.« Plötzlich wurde sein Gesicht wieder ernst. »Aber vermutlich wird man sagen, ich hätte sie an den Händen gehabt. Wahrscheinlich hat sie der Täter sogar an den Händen gehabt. Und natürlich sind meine Fingerabdrücke drauf, weil ich sie angefaßt habe. Aber wissen Sie – ich wollte Katzen nie etwas tun. Ich wollte nur, daß sie von mir wegbleiben. Aber das müßte wohl der Psychiater bestätigen, der damals mit mir gearbeitet hat, und der ist tot. Der Scheißkerl ist tot. Wissen Sie, warum ich ihn Scheißkerl nenne?«

»Warum?«

»Weil ich nicht genug Schimpfwörter kenne«, sagte Olead bedauernd und lachte über meinen erstaunten Blick. »Nein, weil er das ganze Zeug über Megavitamine gelesen hat. Und er hat gesagt, eine solche Behandlung würde nicht wirken. Es hat ja auch kein Mensch je behauptet, daß sie jederzeit in allen Fällen von Schizophrenie greift. Es war eine Chance, mehr nicht, aber es lohnte sich, sie zu nutzen, wenn nichts anderes wirkte. Aber er wollte es mich partout nicht ausprobieren lassen. Dann hat Susan eine Zeitlang an einer anderen Klinik gearbeitet und *gesehen,* daß es wirkt, und sie ist zurückgekommen und hat mit ihm gestritten, und er hat immer nur gesagt: Nein, das ist nur eine Mode. Später, auf dem College, habe ich dann mehr darüber erfahren, und ich wäre in den nächsten Naturkostladen gegangen und hätte mir das Zeug selber besorgt. Nur habe ich nie Geld mitnehmen dürfen, damit ich nicht auf die Idee komme abzuhauen. Können Sie sich das vorstellen?« Er schüttelte den Kopf. »Ich konnte einen Scheck auf so ungefähr jeden beliebigen Betrag ausstellen, wenn ich an mein Scheckheft im Schreibtisch meines Arztes herankam, aber ich kam nicht an vier Dollar in bar heran, mit denen ich mir ein Fläschchen *Niacinamid* hätte kaufen können, um meinen Kopf wieder auf die Reihe zu kriegen, falls es das war, was ich brauchte. Da habe ich beschlossen, wenn er mir nicht gibt, was ich nehmen will, dann nehme ich auch nicht mehr, was er mir geben will. Eine Zeitlang hatte ich Schlafstörungen, aber dann habe ich mich soweit berappelt, und es ging mir großartig. Ich meine, es ging mir wirklich prima. Aber sehen Sie, es war Winter, und die Kapseln, die bestehen aus Gelatine und haben sich nicht aufgelöst, weil das Wasser zu kalt war, deshalb hat sich die Toilette verstopft, und so ist er dahintergekommen. Da hat er begonnen, mir Spritzen zu geben, doch ich habe es vorgezogen, wieder die Tabletten zu nehmen. Wozu sich Spritzen geben lassen? Sogar Susan sagt, daß er im Unrecht war. Ihrer Meinung nach hätte ich gute Chancen, wenn ich wegen Falschbehandlung klagen würde, aber wozu soll das gut sein? Es ist nicht ihre Schuld, und die Klinik gehört jetzt ihr. Er ist tot. Aber er war so verdammt stur, Deb, er hat geglaubt, er wüßte alles, dabei könnte ich wetten, daß er seit vierzig Jahren keine Fachzeitschrift mehr gelesen hatte. Jedenfalls läuft das Ganze darauf hinaus, daß bloß wegen der Sturheit eines alten Mannes elf Jahre meines Lebens unwiederbringlich verloren sind. Und das geht an die Nieren. Das geht verdammt an die Nieren.«

Er sah mich nicht an, während er weitersprach. »Einmal hab' ich was über ein Experiment gelesen und ihm davon erzählt. Es ging um Spinnen. Man hat aus dem Blut schizophrener Menschen eine ganz bestimmte Substanz extrahiert und sie Spinnen injiziert, und die Spinnen sind verrückt geworden; das heißt, sie haben angefangen, schizophrene Netze zu spinnen. Also habe ich ihn gefragt, ob er glaubt, daß die Spinnen die gleiche Mutter hatten wie ich und daher auch die gleiche Erbbelastung. Er hat stur darauf bestanden, daß ich nicht auf die Therapie ansprechen würde. Schließlich haben wir uns bloß noch angebrüllt. Wissen Sie, was mir das eingebracht hat? Eine Elektroschockbehandlung. Das war alles. Bloß eine Elektroschockbehandlung.«

Er sah mich an, und das Entsetzen stand mir wohl ins Gesicht geschrieben, denn er lachte erneut ganz leise. »Sie haben zu viele Spätfilme im Fernsehen gesehen«, sagte er. »Es tut nicht weh, und manchmal hilft es, einen aus einer akuten Phase herauszureißen, besonders wenn man so richtig depressiv ist oder Selbstmordgedanken hat. Es ist halt nur eine beschissene Methode, eine Auseinandersetzung zu beenden.« Er schauderte. »Wissen Sie, wovor ich Angst habe?«

»Nein, wovor?«

»Nicht vor dem Sterben«, sagte er. »Jedenfalls nicht sehr. Das kann auch nicht schlimmer sein als einiges, was ich schon erlebt habe. Nein, ich habe Angst davor, daß ich im letzten Moment nicht den Mumm habe, allein in diesen Raum zu gehen, daß mich irgendwer tragen muß oder so. Ich möchte einigermaßen würdevoll sterben.«

»Olead«, sagte ich zu ihm. »Mein Mann hat gestern abend gesagt, daß nach allem, was er von Ihnen gehört hat, eine ganze Armee von Ihrem Mumm zehren könnte.«

Er wirkte geschmeichelt. »Aber er könnte mir ausgehen«, sagte er. »Deb – ich weiß, das ist viel verlangt, aber ich habe das Gefühl, ich könnte es schaffen, wenn Sie dabei wären.«

»Olead, ich glaube nicht, daß Sie mich sehen könnten.«

»Das vielleicht nicht, aber wenn ich wüßte, daß Sie da sind – für Sie könnte ich mich zusammennehmen, wenn ich's schon nicht für mich könnte.« Er schüttelte den Kopf. »Vergessen Sie's. Ich hätte gar nicht erst davon anfangen sollen. Man kann von niemandem verlangen, einem beim Sterben zuzusehen.«

»Unsinn«, sagte ich bemüht energisch. »Die Leute verlangen das alle Tage. Leute, die mit ihrem Tod rechnen, wollen, daß ihre ganze Familie sich um sie versammelt. Soviel anders ist das auch nicht.«

»Doch, und das wissen Sie auch«, sagte er entschieden. »Sie würden es also machen, Deb?«

»Ich hoffe, daß es nie dazu kommt«, antwortete ich, »aber wenn, dann bin ich da, wenn Sie es wollen.«

Nach einer Weile sagte er nachdenklich: »Wenn ich das durchstehe, müßte ich eigentlich auch das Medizinstudium durchstehen, falls ich je die Chance dazu kriege. Was meinen Sie?«

Ich sagte ihm, daß er meiner Meinung nach einen hervorragenden Arzt abgäbe, und er meinte: »Wenn ich nicht verurteilt werde, wenn ich eine Chance kriege, wenn ich zum Medizinstudium zugelassen werde, dann werde ich, glaube ich, Psychiater. Kinderpsychiater vielleicht. Dann arbeite ich in der Braun-Klinik. Das würde mir großen Spaß machen, wenn ich je die Chance dazu kriege. Und wenn ein Frosch Flügel hätte – ach, verdammt, Deb, Sie müssen wieder zur Arbeit.«

Kapitel 10

Als ich wieder im Büro war, kam mir der Gedanke, daß sich bei all meinem Nachbohren und Herumfragen bislang keinerlei Motiv dafür abzeichnete, warum jemand Jack oder Marilyn Carson hätte umbringen sollen. Nicht zu übersehen war dagegen, daß Jack Carson ein Motiv gehabt hätte, Olead Baker umzubringen.

Als Ehemann einer Frau, deren verrückter Sohn vier Millionen Dollar besaß, stand er gut da, dieser Schädlingsbekämpfer. Er wohnte in einem Zweihunderttausend-Dollar-Haus, das der verrückte Sohn gekauft hatte, und ich war mir ziemlich sicher, daß er von den zwei Lincolns und dem Ford-Kleinlaster, die zum Haus gehörten, nur den Kleinlaster bezahlt hatte. Und nicht einmal das wußte ich genau. Ich fragte mich, wofür sonst alles noch Olead mal eben einen Scheck ausgestellt hatte, weil seine Mutter etwas haben wollte, seine Mutter, die ihn nach seinen eigenen Worten liebte, aber nicht mochte, seine Mutter, die froh darüber war, daß er sie nicht wieder in Verlegenheit brachte.

Es mußte ein ziemlicher Schock für Jack gewesen sein, daß Olead wieder gesund geworden war. Aber seitdem hatte sich Olead ja im Haus nützlich gemacht, sich um die Kinder gekümmert, sich tyrannisieren lassen. Was hatte Jack wohl empfunden, als Olead ihn daran erinnerte, wem eigentlich das Haus gehörte? Und wie lange war das her?

Ein sehr unerfreulicher Gedanke begann sich in mir zu regen. Angenommen, mein Szenario war völlig falsch? Angenommen, der Mann, an den sich Olead erinnerte, der Mann, der ihm den Punsch gegeben hatte, hatte mit Jack gemeinsame Sache gemacht? Angenommen, sie hatten sich zusammengetan, um die anderen zu beseitigen und die Sache Olead anzuhängen? Ihr Plan hätte es sein können, das Ganze so hinzustellen, als sei es passiert, nachdem Jack zu dem Jagdausflug aufgebrochen war. Vielleicht wollte dieser später aussagen, Jake habe es sich anders überlegt und beschlossen, nicht mitzugehen, sondern zu Hause bei seiner kranken Frau zu bleiben, und dann sei Olead eben ausgerastet. Ganz einfach, und Jack war damit auch seine Frau los, die er vielleicht langsam satt hatte. Edith war sowieso nicht zu ertragen, und Jake? Jake war ein ganz unbekannter Faktor; ich hatte keine Ahnung, was für ein Mensch er gewesen war. Er war Jacks Bruder, er wohnte in Arkansas, und er ging am Neujahrstag gern auf Kaninchenjagd; das war alles, was ich von Jake Carson wußte.

Wenn das der Plan gewesen war, machte es durchaus Sinn, Jeffrey am Leben zu lassen. Falls Olead wegen Mordes verurteilt und hingerichtet werden würde, war Jeffrey sein einziger lebender Verwandter. Würde er dagegen wegen Unzurechnungsfähigkeit freigesprochen ... Nun, er liebte Jeffrey und würde sicherstellen, daß Jeffrey versorgt war. Und in beiden Fällen würde Jack als Jeffreys Vater weiterhin sämtliche Annehmlichkeiten genießen, an die er sich gewöhnt hatte, und das ohne die ärgerliche Anwesenheit eines erwachsenen, nicht länger gefügigen Olead Baker.

Angenommen, das war der Plan, und er war gerade angelaufen, und die beiden Kumpane beglückwünschten sich zu ihrem Erfolg, als Olead plötzlich aufwachte? Aufwachte und die Schrotflinte sah, mit der sie Brenda umgebracht hatten, sich klarmachte, was passiert war, nach der Waffe griff, einen Schuß auf den im Wohnzimmer sitzenden Jack abgab und ihn tötete und dann auf Jacks Kumpan schoß, als dieser floh?

Ja, ich war mir sicher, mit welcher Flinte er geschossen hatte, und ich war mir sicher, daß zwei Schüsse daraus abgegeben worden waren – aber kein Ballistikexperte auf der ganzen Welt konnte mir sagen, welche Ladung aus welcher Flinte stammte. Allenfalls, welche Hülse zu welcher Flinte gehörte; und welche Hülse welchem Opfer zuzuordnen war, erschloß sich lediglich daraus, in welchem Zimmer man diese jeweils gefunden hatte. Aber selbst das konnte vom Täter arrangiert worden sein.

Ob hier die Erklärung lag, warum Olead sich gegen die Erinnerung sträubte, warum er sich erbrochen hatte, als ich eine Antwort verlangte?

Konnte es sein, daß Olead Baker seinen Stiefvater umgebracht hatte?

Wenn ja, dann war es wahrscheinlich kein Mord, sondern Notwehr, denn wer Zeuge eines solchen Blutbades wurde, der konnte mit Fug und Recht davon ausgehen, daß er selbst ein potentielles Opfer werden würde. Aber würde ein Geschworenengericht das auch so interpretieren?

Und wie konnte ich es überhaupt beweisen?

Auf jeden Fall mußte ich zweierlei herausfinden: Erstens mußte ich ein paar alte Freunde von Oleads Vater auftreiben, Leute, die Jim Baker und Jack Carson in der Zeit gekannt hatten, als die beiden miteinander befreundet waren und der eine dem anderen noch nicht die Frau ausgespannt hatte.

Zweitens mußte ich jemanden auftreiben, der auf der Party gewesen war – am besten mehrere Gäste, die einander vielleicht helfen konnten, sich zu erinnern, wer sonst noch dort gewesen war.

Mir fiel immerhin eine Methode ein, wie sich Punkt zwei angehen ließ. Ich rief den *Star-Telegramm* an sowie die Fernsehsender und Radiostationen. Captain Millner würde nicht sehr begeistert von dieser Aktion sein. Aber in Kürze würden sämtliche Medien im Großraum Fort Worth/Dallas jeden, der auf der Silvesterparty bei den Carsons in Ridglea gewesen war, auffordern, sich mit der Polizei von Fort Worth in Verbindung zu setzen.

Mir kam der Gedanke, daß ich vielleicht besser die Zentrale davon in Kenntnis setzen sollte.

Die Idee erwies sich als gut: Mehrere Radio- und Fernsehsender brachten den Aufruf in den Mittagsnachrichten, und bis zwei Uhr hatte ich neun Leute, die zu Gast auf der Party gewesen waren. Entweder handelte es sich durchweg um solide hilfsbereite Bürger, oder sie waren ganz aus dem Häuschen darüber, daß sie es mit einem richtigen, echten *Mord* zu tun hatten, aber sie konnten jedenfalls alle mit Namen aufwarten. Die Listen überschnitten sich teilweise; keine zwei Party-Besucher stellten exakt die gleiche Liste auf, aber als ich mit allen geredet hatte, konkretisierte sich meine Vorstellung davon, wer alles dort gewesen war.

Und ein Name interessierte mich ganz besonders.

Nach Aussage von drei Leuten war auch Slade Blackburn auf Jack und Marilyn Carsons Party gewesen.

Sieh mal einer an, dachte ich.

Das ist ja entzückend.

Denn ich hatte Schrotpatronen, rote Winchester-Pappatronen, in Slade Blackburns Haus gefunden, aber keine Flinte. Aber eine solche sowie zwei rote Winchester-Papphülsen hatte ich in Jack Carsons Haus, das eigentlich Olead Baker gehörte. Und ich hatte in Jack Carsons Camper 45er Munition, aber keine Pistole, und ich hatte auch keine Pistole in Slade Blackburns Haus, doch hatte ich eine Frau, die mit einer 45er erschossen worden war. Und ich hatte einen Mann, der in bezug auf alles, was er über diesen Tag gesagt hatte, schlicht gelogen hatte.

Die Pistole lag wahrscheinlich im Trinity River. Ich rechnete nicht damit, sie je zu finden.

Natürlich konnte ich niemanden festnehmen, weil er auf einer Party gewesen war. Aber ich hatte jetzt eine Verbindung zwischen den beiden Fällen und fühlte mich ziemlich erleichtert. Olead wird gar nicht vor Gericht kommen, dachte ich voller Zuversicht; was heißt hier Gericht, ich wette, ich habe ihn bis morgen draußen. Wenn die von der Staatsanwaltschaft nicht darauf bestanden hätten, den Haftbefehl durchzuziehen, obwohl meine Ermittlungen noch nicht abgeschlossen waren, dann würde ihnen die bevorstehende Blamage bei dessen Wiederaufhebung erspart bleiben. Aber sie hatten es nun mal getan, und deswegen war das ihr Problem.

Es ist alles so sonnenklar, dachte ich. Ich würde Olead anrufen, und er würde mir sagen, wo er sein Geld liegen hatte; dann würde ich die Bankprüfer und Computerexperten anrufen, die das FBI hinzugezogen hatte, um die verbrannten Geschäftsunterlagen, Magnetbänder und Disketten der Bank zu rekonstruieren; ich würde ihnen sagen, worauf sie zu achten hätten, und dann würden wir alle losziehen und Slade Blackburn verhaften.

Wie schön, wie schön, dachte ich und theoretisierte ohne Rücksicht auf die Fakten munter weiter.

Blackburn hatte wohl geglaubt, alles sei ganz einfach: zuerst Jack Carson loswerden, der ihn hätte verpfeifen können, Jack Carson, mit dem er die Beute hätte teilen müssen. Olead konnte er nicht umbringen, weil dann dessen Konto eingefroren würde; wenn er ihn dagegen auf indirekte Weise loswurde, wäre das nicht der Fall. Und dann kam der zweite Schritt in seinem Plan, seine alternde, nicht mehr sonderlich attraktive Frau umzubringen, die nicht in sein neues Leben paßte, und zugleich einen Raubüberfall vorzutäuschen, um die Vernichtung der Bankunterlagen zu verschleiern, die ihn ansonsten überführt hätten. Die ihn letztlich doch überführen werden, versicherte ich mir.

Ich rief Olead an und fragte ihn, wieviel Geld er bei der First Federated Bank of Ridglea habe. »Keins.«

»Was?«, sagte ich. »Aber Sie haben doch bestimmt –«
»Ich habe kein Geld bei der First Federated Bank of Ridglea«, wiederholte er.

»Aber, Olead –«

»Deb«, unterbrach er, »ich weiß, wo ich Konten habe und wo nicht, und ich versichere Ihnen, ich habe keinerlei wie auch immer geartetes Guthaben bei der First Federated Bank of Ridglea.« Er nannte die Banken, bei denen er Konten hatte.

»Sind Sie sicher?«, fragte ich idiotischerweise, und er bejahte.

»Verdammt!«, sagte ich.

»Wieso?«

»Weil ich dachte, ich hätte alles auseinanderklamüsert«, sagte ich niedergeschlagen. »Olead, erinnern Sie sich an einen Mann . . .« Ich beschrieb Slade Blackburn.

»Woher soll ich ihn denn kennen?«

»Von der Party«, sagte ich voller Hoffnung.

»Vielleicht war er da«, meinte Olead. »Deb, ich erinnere mich einfach nicht sehr gut an die Party. In der ersten halben Stunde bin ich hin- und hergelaufen, weil Jeffrey ein bißchen beleidigt war und ich versucht habe, ihn zu beruhigen, und natürlich hat sich Edith jedesmal, wenn ich ins Zimmer gekommen bin, unter der Decke verkrochen und mich angezischt, als hätte sie Angst, ich würde sie gleich vergewaltigen. Und als ich ihn dann endlich zum Einschlafen gebracht hatte, muß mir jemand den Becher Punsch gegeben haben, und kurz danach bin ich dann müde geworden. Was später kam, ist alles verschwommen. Ich weiß, daß ich mir das Dr. Pepper geholt habe, um wieder wach zu werden, aber dann hab' ich's aufgegeben und bin ins Bett gegangen. Zu dem Zeitpunkt war ich bereits so müde, daß ich Angst hatte, ich kippe um, ehe ich mich ausgezogen habe.«

Er hatte mir gerade verraten, woher der Mörder wußte, daß er Jeffrey nichts tun durfte. Daß Olead genauso viel an Brenda lag, hatte der Mörder nicht gewußt, weil Brenda zu diesem Zeitpunkt schon geschlafen hatte.

»Könnte es sich bei dem Mann, den ich gerade beschrieben habe, um die Person handeln, die Ihnen den Punsch gegeben hat?«

»Vielleicht«, sagte er. »Es tut mir leid, aber ich kann verbale Beschreibungen nicht sehr gut in geistige Vorstellungen umsetzen. Das ist einfach nicht meine Stärke. Zeigen Sie mir ein Foto, vielleicht weiß ich es dann.«

Und genau das traute ich mich nicht. Denn wenn ich recht hatte, würde ich Olead eines Tages auffordern, sich Slade Blackburn bei einer Gegenüberstellung anzusehen, und ich durfte nichts riskieren, was später als unzulässige Beeinflussung seiner Erinnerung ausgelegt werden könnte.

Also legte ich auf und begnügte mich damit, in der Bank anzurufen und die Bankprüfer zu bitten, sich alles – und sei es noch so unbedeutend –, was sie eventuell in Zusammenhang mit dem Namen James Baker oder James Olead Baker fanden, genauestens anzusehen. Sie fragten mich, ob ich irgendwelche Gründe für diese Bitte hätte, und ich mußte zugeben, daß ich im Augenblick nur einer Ahnung folgte.

Cops folgen häufig irgendwelchen Ahnungen, und ich hatte so eine Ahnung, daß den Bankprüfern Zahlen lieber gewesen wären.

In Elk's Lodge fand abends ein Essen mit Tanz statt, wie ich mir in Erinnerung rief, als mir auffiel, daß ich es wieder mal geschafft hatte, bis weit nach Dienstschluß zu arbeiten. Bestimmt erwartete Harry, daß ich an diesem Abend ausnahmsweise einmal als Ehefrau statt als Cop auftrat.

Vielleicht lenkt mich das ja ein bißchen ab, dachte ich hoffnungsvoll, und es geht mir morgen viel besser.

Vielleicht.

Bestimmt erwartet Harry, daß ich ein neues Kleid trage. Meine Güte, wie spät es schon ist, dachte ich, und fuhr zu Monnig's.

Von dort fuhr ich zu Dillard's.

Dort angekommen, befand ich, daß ich, wenn ich mich beeilte, noch genügend Zeit hatte, einen raschen Blick auf die Babysachen zu werfen, ehe ich mich nach etwas Passendem für den Abend auf die Suche machte. Nachdem ich einen süßen grünen Spielanzug gefunden hatte, dem ich einfach nicht widerstehen konnte, fiel mir ein, daß Hal eine neue Turnhose brauchte und daß die Waschmaschine Beckys Lieblingsnachthemd ruiniert hatte. Auf dem Weg zu den Damenkleidern kam ich durch die Herrenabteilung, wo ich auf ein weihnachtliches Sonderangebot für Manschettenknöpfe stieß. Gut, dachte ich, denn Harry brauchte unbedingt ein Paar neue, die zu seinem Tuxedo paßten. Seine alten machten wirklich nicht mehr viel her, seit er sie einmal auf der Kommode hatte liegen lassen und die Katze sie in die Klauen bekommen hatte.

Autohandschuhe waren auch im Sonderangebot. Prima! Ich verbrauche pro Winter zirka zwei Paar.

Mit Kartons beladen, warf ich erneut einen Blick auf meine Uhr. Na ja, vielleicht würde sich Harry nicht allzu sehr daran stoßen, wenn ich einfach eins meiner alten Kleider trug, sagte ich mir voller Hoffnung.

Zum Glück kam es so, oder aber er merkte gar nichts. Nach dem Adventsball hatte er wegen meines alten Kleids Zustände bekommen und mir gesagt, ich müsse mir ein neues besorgen; daß ich mich geweigert hatte, vor Weihnachten ins Kaufhaus zu gehen, war ein wesentlicher Grund dafür gewesen, daß wir nicht zum Neujahrsball gegangen waren.

Zum Valentinsball würde ich mir jedenfalls eins kaufen, nahm ich mir vor.

Anders als sonst wurde Harry genauso früh müde wie ich, so daß wir vor Mitternacht ins Bett kamen. Zum erstenmal seit einer Woche schlief ich gut, weil ich wirklich das Gefühl hatte, auf dem richtigen Weg zu sein, wenn es mir nur gelänge, eine eindeutige, nachweisbare Verbindung zwischen Slade Blackburn und Jack Carson zu finden.

Als ich um acht Uhr aufstand, saß Hal allein im Wohnzimmer und sah fern; er teilte mir mit, daß Becky bereits aus dem Haus sei, um Olead zu besuchen. Noch ziemlich benommen von einer leichten Überdosis Champagner am Vorabend, sagte ich so etwas wie aha und begab mich in die Küche, um darüber nachzudenken, ob es etwas gab, was ich zum Frühstück zubereiten könnte und was sich hinreichend interessant anhörte, um der Mühe wert zu sein.

Ich hatte gerade ein Blech Muffins in den Ofen geschoben, als Becky zurückkam. Sie weinte. »Was ist los mit dir?«, wollte ich wissen.

»Olead ist nicht da!«, erläuterte sie etwas dramatisch.

»Was redest du denn?«, fragte ich. Ich war noch nicht ganz wach. »Natürlich ist er da. Wo soll er denn sonst sein?« Mir ging durch den Kopf, daß er sich auf einiges gefaßt machen konnte, wenn er wieder einen seiner Ausflüge unternommen haben sollte.

Becky warf sich in einer Attitüde, die sie wohl aus einem Spätfilm hatte, weinend auf einen Stuhl. Aber ihr Kummer war zweifellos echt. »Ich weiß es nicht!«, heulte sie. »Sie wollten es mir nicht sagen! Es hat immer nur geheißen, er ist verlegt worden!«

Natürlich hatte er keinen Ausflug unternommen. Mir war längst klar geworden, daß seine sichtbare Benommenheit am ersten und teils noch am zweiten Tag nach der Tat sowohl auf den Schock als auch auf die Überdosis *Mellaril* zurückzuführen war. »Nun beruhige dich erst mal«, sagte ich zu Becky. »Ich erkundige mich.«

Ich rief im Gefängnis an und stellte ein paar Fragen zu Oleads Aufenthalt, wobei ich (wie ich fand, zu Recht) darauf hinwies, daß Olead mein Häftling war, auch wenn er ans County überstellt worden sei; angesichts der Tatsache, daß meine Ermittlungen noch keineswegs abgeschlossen seien, auch wenn es die Staatsanwaltschaft für angebracht gehalten habe, einen in meinen Augen voreiligen Haftbefehl zu beantragen, hätte ich doch wohl das Recht zu wissen, wo er sei. Widerstrebend trennte sich irgendwer von der Information, daß Olead irgendwann am gestrigen späten Abend auf Gerichtsbeschluß für zehn Tage zur Untersuchung und Beobachtung in die staatliche psychiatrische Klinik in Terrell eingewiesen worden sei.

Zehn Tage, dachte ich. Wie nett. Die gleiche Zeitspanne, die man bei tollwütigen Hunden zur Untersuchung und Beobachtung ansetzt.

Ich fragte, wieso, und erfuhr, daß die Staatsanwaltschaft Wind davon bekommen hatte, daß Oleads Psychiaterin im Gefängnis gewesen war. Da die Anklage aufgrund dessen verstärkt mit einer Berufung auf Unzurechnungsfähigkeit rechnen mußte, wurde die Entscheidung gefällt, mit Gutachten staatlicher Psychiater zu kontern.

Es war die übliche Vorgehensweise; ich hatte keinerlei Probleme damit. Es war durchaus angemessen. Es sei denn –

»Hat er seine Medikamente mitnehmen dürfen?«

»Ich bitte dich, Deb«, sagte der Vollzugsbeamte mit gequälter Stimme. »Terrell ist eine Klinik. Meinst du nicht, daß die dort alles haben, was er braucht?«

»Heißt das, nein, er hat nicht gedurft?«

»Tja, äh, so in etwa.«

»Danke«, sagte ich, legte auf und rief Don an. Dann rief ich Susan an, während Don mit einem Richter redete. Bei diesem erwirkte er eine gerichtliche Verfügung, nach der es Olead erlaubt werden mußte, weiterhin die ihm von seiner Hausärztin verschriebenen Medikamente zu nehmen. Er und Susan wollten nach Terrell fahren, wobei Susan neue Medikamentenfläschchen und Kopien ihrer sämtlichen Zeugnisse mitnehmen wollte, falls es irgendein Problem gäbe.

Becky sagte, sie wolle mit. Mir ging es genauso, aber es gab nicht den geringsten Grund, warum wir mitfahren sollten. Außerdem hatte ich Muffins im Ofen.

Ich erinnerte Becky daran, daß es Olead dort vermutlich besser ging. Höchstwahrscheinlich hatte er sehr viel mehr Bewegungsfreiheit, und er war außerdem vor den Leuten sicher, die das anhaltende Bedürfnis zeigten, ihn zu verprügeln. Überdies boten die Untersuchungen eine gewisse Abwechslung, so daß er sich nicht gar so sehr langweilen würde.

Und wenn wir Glück hatten, hatte ich den wirklichen Mörder hinter Gittern, wenn Olead nach Fort Worth zurückkam.

Becky sagte, das sei nicht fair, was ich bestätigte, aber wir könnten nun mal nicht mehr tun als das, was wir bereits täten. Dann ermahnte ich Hal, darauf zu achten, daß alle seine schmutzigen Socken in den Wäschekorb kamen, ich würde nämlich ohne Durchsuchungsbefehl keine fremden Zimmer betreten, und er meinte in ziemlich genervtem Ton: »Oh, Mom!«

»Das gilt auch für dich, Becky«, fügte ich hinzu. »Sonst könnt ihr eure Wäsche selber waschen.«

Harry kam gähnend aus dem Schlafzimmer getrottet und fragte, ob das Muffins seien, was er da rieche, und ich sagte ja. Gut, meinte er, er sei sich nämlich nicht sicher gewesen, ob es Muffins oder Pintobohnen seien, und er habe zum Frühstück eigentlich keine Lust auf Pintobohnen. Ich sagte ihm, die Bohnen seien für den Taco-Bohnensalat gedacht, worauf er so etwas wie ›aha‹ von sich gab und hinzufügte, er wolle sich heute eventuell ein Flugzeug ansehen, ob ich Lust hätte mitzukommen. Ich sagte ihm, ich würde es mir überlegen. Er sagte, er wolle erst am Spätnachmittag los, ich hätte also massenhaft Zeit, die Wäsche zu machen.

Das war genau das, was ich brauchte: massenhaft Zeit, um die Wäsche zu machen. Hatte ich etwa gelobt, zu lieben, zu ehren und Socken zu waschen?

Um ein Uhr nachmittags stellte ich fest, daß Becky in einem ungewöhnlich schweren Anfall von Ehrgeiz ihr Zimmer saubergemacht hatte, und dies ohne daß man sie hätte anbrüllen müssen. »Vielleicht wird sie erwachsen«, sagte ich zu Harry, und er sagte, es werde auch langsam Zeit. Er saß mitten im Wohnzimmer auf dem Boden, um sich herum den in seine Einzelteile zerlegten Staubsauger.

Was mir jetzt noch fehlte, war Besuch, und prompt schneiten Don und Susan herein. Heute hatte sich Susan nicht feingemacht. Sie trug eine türkisfarbene Freizeithose, ein türkisfarbenes Cowboyhemd mit Western-Stickerei und braune Cowboystiefel. Ich fand, sie sah darin ebensosehr nach Psychiaterin aus, wie ich in meiner braunen Freizeithose, dem Sweatshirt mit dem Aufdruck Bell Helicopter-Textron und den blauen Turnschuhen nach Cop aussah. Susan wich dem Staubsauger aus und setzte sich auf die Couch, und Don ließ sich auf der Kaminummauerung nieder und teilte uns mit, daß Olead okay sei.

»Was heißt das?«, fragte Becky argwöhnisch.

»Das heißt, daß er bei unserer Ankunft in der Sporthalle war, mit einem Basketball gedribbelt und das Korbwerfen trainiert hat, und zwar unter Beobachtung von zwei Psychiatern«, sagte Susan und fing an zu lachen. »Sie haben ihn heute morgen geweckt und gefragt, wozu er Lust hätte, und er hat gesagt, er hätte Lust, Basketball zu spielen. Also haben sie ihm beim Basketballspielen zugesehen. Wahrscheinlich, um festzustellen, ob er es auf zurechnungsfähige Weise tut oder nicht.«

»Und seine Medikamente?«

Don schüttelte den Kopf »Er meinte, es sei nett von uns, mit der gerichtlichen Verfügung anzutanzen, aber es wäre gar nicht nötig gewesen. Offenbar hatte er ihnen schon gesagt, was er nimmt, und sie hatten gemeint, das könne er ruhig weiternehmen.«

»Eines haben wir nämlich vergessen«, sagte Susan. »Die Anklage will, daß er zurechnungsfähig ist. Also werden sie es nicht riskieren, Unruhe in die Sache zu bringen. Aber wie ich schon sagte, es spielt meiner Meinung nach sowieso keine Rolle. Er ist gesund. Punktum. Sonst wäre er bei dem, was er zur Zeit durchmacht, schon längst wieder ausgerastet, ob mit oder ohne Medikamente. Kein Psychiater der Welt würde ihn im Moment für unzurechnungsfähig erklären.«

Becky beschloß plötzlich, in ihr Zimmer zu gehen. »Was hat sie denn?«, fragte Harry, der sich von dem Staubsauger losgerissen und in seinem Sessel niedergelassen hatte.

»Vermutlich ist ihr eingefallen, warum die Anklage will, daß er zurechnungsfähig ist«, antwortete Don und fügte hinzu: »Verdammt noch mal!« Ich wies darauf hin, daß es gewisse Lichtblicke gebe, und Don meinte düster, er wolle es hoffen.

Er und Susan gingen, nachdem wir noch Kaffee getrunken hatten, und Harry sagte nachdenklich: »Ich muß den Burschen wirklich mal kennenlernen.«

»Ich werde mein möglichstes tun, damit du die Chance dazu erhältst«, antwortete ich. »Aber das Blöde ist, daß ich im Augenblick zwei Fälle bearbeiten muß. Ich müßte eigentlich etwas wegen Blackburn unternehmen, und das habe ich bis jetzt weitgehend den Feds überlassen.«

Wenn ich mich so richtig in einen Fall verbeiße, fühlt sich Harry in der Regel ein wenig vernachlässigt, obwohl ihm mein Beruf meistens ebenso viel Spaß zu machen scheint wie mir – es kommt vor, daß er damit prahlt oder scherzt (oder beides), er sei der einzige Angestellte von Bell Helicopter, der unter Polizeischutz schläft. Aber daß er im Moment ein bißchen sauer war, konnte ich ihm nicht verdenken; die Situation hatte die ganze Familie in Aufruhr versetzt.

»Gibt's eigentlich sonst keinen in eurer Sonderkommission?«, fragte er jetzt ziemlich vergrätzt.

»Klar doch. Sechs Leute, vierzehn Fälle. Der ursprüngliche Gedanke hinter der Sonderkommission war, eine Person, ein Fall, keine Unterbrechung, aber so funktioniert das nie. Und im Augenblick habe ich eben Olead Baker und Slade Blackburn.«

»Slade Blackburn«, wiederholte Harry gedankenvoll; sein Ärger war so rasch verraucht, wie er entstanden war. »Das hat mich wirklich umgehauen, weißt du? Ich kenne ihn schon seit zwanzig Jahren –, daß er gern auf großem Fuß lebt, war mir schon immer klar, aber daß er so ein Ding drehen würde, hätte ich ihm nicht zugetraut.«

»Das hast du mir ja gar nicht gesagt«, meinte ich. »Woher kennst du ihn denn? Er ist doch nicht in der Lodge, oder?«

Harry grinste fröhlich. »Tja«, sagte er, »weißt du noch, wie ich in Grand Prairie stationiert war und sechs von uns sich zusammengetan und ein Flugzeug gekauft haben?«

»Ja.« Und ob ich das noch wußte. Es war nicht gerade ein Höhepunkt unserer Ehe gewesen. Ein Sechstel eines Flugzeuges war für uns damals ungefähr ebenso erschwinglich gewesen wie ein ganzes Flugzeug.

»Slade war einer von den sechs, er und Jim Baker«, erklärte er und grinste erinnerungsselig. »Wir haben in Fort Worth einen Hangar an einer winzig kleinen Piste gemietet, die so dicht bei Meacham lag, daß wir zum Starten und Landen jedesmal die Freigabe vom Meacham Tower brauchten. Wir haben uns alle geschworen, wir würden uns nach was Besserem umsehen, sobald wir nur das Geld dazu hätten. Aber wer von uns heute noch fliegt, benutzt immer noch den dortigen Hangar.«

Das wußte ich selbstverständlich. Ich hatte bloß nicht gewußt – oder wenn, dann war es mir entfallen –, daß Slade Blackburn auch daran beteiligt war.

»Slade Blackburn hat ein Flugzeug?«, fragte ich.

»Aber ja doch«, sagte Harry, leicht verdutzt.

»An derselben Piste wie du?«

»Ja.«

»Dann hat er dort doch bestimmt auch so etwas wie einen Spind, wo er Sachen unterbringen kann?«

»Ja«, sagte Harry. »Als wir damals das Flugzeug gekauft haben, haben wir alle sechs Spinde bekommen, und soweit wir noch fliegen, haben wir immer noch dieselben Spinde. Soweit wir noch fliegen.« Einen wehmütigen Ausdruck im Gesicht, schüttelte er den Kopf. »Eigentlich müßte ich sagen, soweit wir noch am Leben sind. Zwei aus unserer Gruppe sind mittlerweile tot.«

»Slade Blackburn hat also einen Spind auf einem Flugplatz.« Ich wollte mich vergewissern, daß ich es auch richtig verstanden hatte.

»Es ist eher eine Piste.«

»Und er hat ein Flugzeug. Was für eins? Wie weit kommt er damit?«

»Eine Beech, natürlich. Und er kommt damit so weit, wie er will, vorausgesetzt, er tankt immer rechtzeitig auf«, sagte Harry nervtötenderweise. Dann lachte er und meinte: »Tut mir leid, Schatz, ich kenne seine Reichweite wirklich nicht. Ich denke, er bräuchte von hier bis, sagen wir, zur Westküste vielleicht ein bis zwei Zwischenlandungen, aber das ist nur über den Daumen gepeilt. Über mein Flugzeug kannst du mich fragen, was du willst.« Mit Ausnahme der Mooney, die außerhalb seiner Preisklasse liegt, hält Harry die Beech für das einzige ernstzunehmende Flugzeug, aber er gibt zu, daß Besitzer von Cessnas und Pipers in bezug auf ihre Flugzeuge ganz ähnliche Empfindungen haben.

Im übrigen – und das weiß er ganz genau – ist die einzige Frage, die ich ihm je zu seinem Flugzeug stelle, die, ob es uns dort hinbringt, wo wir hinwollen. Ich fliege durchaus gerne mit, solange Harry nicht von mir verlangt, den Pilotenschein zu machen, obwohl ich, für einen eventuellen Notfall, widerstrebend gelernt habe, wie man das Ding landet. Was ich nicht nachvollziehen kann, ist Harrys verrückte Leidenschaft, sich in die Luft zu erheben, in Kreisen herumzufliegen und wieder zu landen. Ich betrachte Flugzeuge lediglich als Transportmittel. Harry betrachtet Flugmaschinen jeder Art als Spielzeug.

»Gehst du dir dort das Flugzeug ansehen?«, fragte ich. »Bei dieser Piste?«

»Ja«, sagte er. »Ich überlege mir, meins zu verkaufen und vielleicht dieses dafür zu nehmen. Vielleicht auch nicht. Ich weiß es noch nicht.«

Diese Ankündigung beunruhigte mich nicht sonderlich. Harry fliegt schon seit sechs Jahren dasselbe Flugzeug. Er sieht sich ungefähr einmal im Monat einen potentiellen Nachfolger an, entscheidet sich letztlich aber jedesmal dagegen. Die Aussicht, mir ein anderes Flugzeug anzusehen, reißt mich normalerweise nicht unbedingt vom Hocker, obwohl ich für gewöhnlich mitgehe und pflichtschuldig Bewunderung äußere, aber die Aussicht auf einen Blick auf Slade Blackburns Spind – das war etwas ganz anderes.

Ich sagte Harry, daß ich mitkommen würde, und er meinte: »Gut, schnapp' dir deine Jacke.«

»Willst du den Staubsauger nicht wieder zusammenbauen?«, fragte ich.

Er warf einen Blick darauf. »Das mache ich, wenn wir wieder da sind.«

Na, hoffentlich. Vor und während der Demontage hatte er sämtliche Flusen, Fusseln, Teppichfasern und allerlei sonstigen Schmutz daraus entnommen und sorgfältig auf dem Teppich verteilt. Hal hatte, nach entsprechender Aufforderung, die größeren Klumpen aufgehoben und zur Mülltonne gebracht, aber den Teppich bedeckte nach wie vor eine Schicht – buchstäblich eine *Schicht* – von feinem, leichtem, grauem Staub.

Unter einem Hangar stelle ich mir ein Gebäude vor. Ein Gebäude mit einer Tür, die man abschließen kann. Bei der betreffenden Piste waren angeblich dreißig Flugzeuge der verschiedensten Art untergestellt. Tatsächlich hatten dreiundzwanzig davon überhaupt keinen Hangar, sondern waren lediglich festgemacht, d. h. durch Ringe, die sich an verschiedenen Teilen ihrer Karrosserie befanden (ich bin nun mal kein Pilot und weiß nicht, wie die Sachen heißen), waren Seile gezogen und an Stahlringen festgezurrt, die in den Betonboden der Abstellfläche eingelassen waren. Die restlichen sieben waren ebenfalls festgemacht, dies allerdings in der vermeintlichen Sicherheit eines Schuppens mit Blechdach.

Nun ja, ganz so schlimm war es nicht. Der Hangar war auf drei Seiten geschlossen, und es gab sogar einen abschließbaren Bereich, der freilich nicht dem Schutz der Flugzeuge diente. Er beherbergte die Werkstatt, und Werkzeuge lassen sich etwas leichter stehlen als Flugzeuge.

Die Spinde befanden sich in der Werkstatt und waren beklebt mit Namensschildchen, Bildern, Postern, Pin-up-Fotos, Autoaufklebern und anderem Kram, der sich im Laufe der Jahre angesammelt hatte. Harry sagte mir, welcher Slade Blackburn gehörte. Ich konnte ihn nicht öffnen und hätte das auch nicht getan, wenn ich es gekonnt hätte, denn ich wollte streng nach Vorschrift vorgehen. Aber ich sah ihn mir sehr genau an und machte mir sogar Notizen, um ihn in dem Durchsuchungsbefehl, den ich in etwa zwei Stunden zu beantragen gedachte, eindeutig bestimmen zu können.

Dann ging ich nach draußen, um mir das Flugzeug zu betrachten, das Harry sich ansehen wollte. Ich fand es durchaus hübsch, obwohl ich nicht unbedingt einen Unterschied zu Harrys Maschine feststellen konnte, außer vielleicht, daß es ein bißchen neuer und ein bißchen größer wirkte. »Wieviel soll es denn kosten?«

»Na ja, eigentlich steht es noch nicht zum Verkauf«, meinte er, »aber ich rechne damit, und deswegen wollte ich es mir noch mal ansehen.«

»Warum meinst du denn, daß es verkauft werden könnte?«, fragte ich, ohne mir etwas dabei zu denken.

Er warf mir einen kurzen Blick zu, der ein klein wenig reumütig wirkte. »Weil es Jack Carsons Flugzeug ist, wenn du's genau wissen willst.«

»Was?«, sagte ich und drehte mich zu ihm um. »Das ist doch kein Schädlingsbekämpfungsflugzeug!«

»Ein Schädlingsbekämpfungsflugzeug?«, rief Harry mit empörter Stimme. »Na, und ob das kein Schädlingsbekämpfungsflugzeug ist! Das ist eine Sierra!«

Ich gab zu, es sei ganz hübsch, aber ich sähe nicht, was daran so anders sein solle als bei Harrys Flugzeug.

»Ach du Schande!«, sagte Harry. »Sieh mal, meins ist eine Sundowner.«

»Okay«, sagte ich.

»Das da hat mehr Sitze. Es hat ein einziehbares Fahrwerk. Es hat –«

»Schon gut«, unterbrach ich, »wieviel kostet es?«

»Wieviel es kostet?« Er warf einen Blick darauf. »Och, es wird für ungefähr dreißig-, fünfunddreißigtausend zu haben sein. Keine Angst«, fügte er hastig hinzu, »ich will's mir nicht wirklich kaufen; es macht halt nur Spaß zu träumen.«

»*Dreißig* –«, sagte ich leicht benommen. »Moment mal! Wann hat Jack Carson das Flugzeug gekauft?«

»Och, so vor vier, fünf Jahren, wieso?«

»Hat er es neu gekauft?«

»Ja.« Harry schaute ein wenig verdutzt drein, aber ich glaube, er begriff allmählich, daß ich mittlerweile eher als Cop denn als Ehefrau agierte.

»Wieviel hat es neu gekostet?«

»Ich weiß nicht genau. So um die sechzigtausend Dollar. Ich weiß noch – ich müßte mich eigentlich an das genaue Datum erinnern, weil er und Slade sich am selben Tag Sierras gekauft haben; wir anderen haben sie noch gefragt, ob sie eine Bank ausgeraubt hätten oder so was Ähnliches, und sie haben beide gelacht, und Slade hat gesagt: ›So was Ähnliches.‹ Dann haben sie uns erzählt, sie hätten beide in Vegas groß abgeräumt und auf dem Nachhauseweg beschlossen, sich mal was Richtiges zu gönnen.«

Die Rädchen in meinem Kopf drehten sich, und zwar schnell. Ich hatte eine Verbindung zwischen Jack Carson und Slade Blackburn gewollt; nun hatte ich eine, und die Verbindung war, wie nicht anders zu erwarten, Geld. »War das vor oder nach Jim Bakers Tod?«, fragte ich und wußte, wie die Antwort lauten würde.

»Danach, ungefähr sechs Monate danach«, sagte Harry langsam. »Deb, du glaubst doch nicht etwa –«

»O doch, das glaube ich«, sagte ich zornig. »Dieser Mistkerl!« Ich werde nicht oft wütend, aber wenn, dann richtig, und im Augenblick hatte ich die geballten Fäuste fest an die Seiten gedrückt. »Zeig' mir Slade Blackburns Flugzeug«, fügte ich hinzu.

Harry zeigte es mir. Es stand festgezurrt, aufgetankt, gewaschen und abflugbereit unter dem Hangardach. Es war das Gegenstück zu Jack Carsons Flugzeug, ein hübsches, beige- und orangefarben lackiertes Ding mit vier Fenstern an jeder Seite, einem breiten Pilotenfenster, blankpolierter Aluminiumnase und, wie Harry hervorhob, einziehbarem Fahrgestell.

Ich war mir absolut sicher, daß Olead Baker nichts von der Existenz dieser beiden Flugzeuge wußte. Und ich war mir ebenso sicher, daß er beide, ohne davon zu wissen, bezahlt hatte.

Kapitel 11

Dem Fort Worth Police Department gehören ungefähr achthundert vereidigte Beamte an. Wie kommt es, daß ich solches Glück habe? Wieso mußte ich, als ich die Zentrale anrief und Unterstützung bei der Vollstreckung eines Durchsuchungsbefehls anforderte, ausgerechnet Danny Shea bekommen?

Vor zwei Wochen hatte er nämlich noch Nachtschicht gehabt. Seither hatte kein Schichtwechsel stattgefunden. Als ich wieder zu der kleinen Privatpiste zwischen der Beach Street und dem alten Denton Highway hinausfuhr, um den Durchsuchungsbefehl zu vollstrecken, war es noch nicht vier Uhr. Warum also bekam ich Danny Shea?

Er war darüber keineswegs glücklicher als ich.

Er behauptete, sie hätten bloß meinetwegen seine Schicht geändert. Ich sagte, das verstünde ich nicht, und er schnaubte mich an.

»Na schön«, sagte ich und beschloß, das Schnauben zu ignorieren, »ich werde Sie nicht lange in Anspruch nehmen. Wahrscheinlich ist das Ganze schnell erledigt.« Ich zeigte ihm ein Foto von Slade Blackburn; wir hatten es aus seiner Personalakte bei der Bank, deren Belegschaft im Augenblick nicht allzu gut auf ihn zu sprechen war. »Also«, sagte ich, »ich möchte, daß Sie sich neben das Flugzeug da stellen und nach diesem Mann Ausschau halten. Und wenn Sie ihn sehen, dann halten Sie ihn fest.«

Um Mißverständnissen vorzubeugen: Das war nur eine Vorsichtsmaßnahme. Ich hatte keinen besonderen Grund zu der Annahme, daß Blackburn am Flugplatz auftauchen würde. Nein, er glaubte nicht, daß er davongekommen war, noch nicht. Er wußte, daß wir ihn verdächtigten; er wußte, daß die Bank ihn verdächtigte. Die Bank hatte ihn beurlaubt, und wir hatten sein Haus durchsucht; er mußte also einfach Angst haben.

Aber er war ein Spieler. Er war mit Jack Carson verbandelt, der ebenfalls ein Spieler gewesen war; und er war als Spieler so hinreichend bekannt, daß seine Geschichte, er habe ein Sechzigtausenddollar-Flugzeug kaufen können, weil er in Vegas groß abgeräumt hatte, von seinen Freunden geschluckt wurde; offenbar war keiner von ihnen, auch nicht Harry, auf den Gedanken gekommen, wie unwahrscheinlich es war, daß er und Jack Carson gleichzeitig Glück im Spiel gehabt hatten.

Entscheidend war, er war ein Spieler; und obwohl die Gewinnchancen in *diesem* Spiel nicht mehr so gut waren, wie er erwartet hatte, rechnete ich nicht damit, daß er seine Verluste schon abschreiben und zu fliehen versuchen würde.

Und zwar deshalb, weil wir ihn verfolgen würden, sobald er zu fliehen versuchte; hielt er dagegen durch, und es lief günstig für ihn, kassierte er am Ende vielleicht doch noch ab – welchen Gewinn auch immer.

Von einem Mann, der mit ihm in Las Vegas gewesen war, hatte ich eine interessante Einzelheit erfahren. »Slade ist auf Draht, solange er gewinnt«, hatte Mark Harper mir gesagt. »Aber er hat nie gelernt, seine Verluste abzuschreiben. Sobald er mal verliert, gerät er in Panik, und dann wird er völlig unberechenbar.«

Und Mark Harper mußte es eigentlich wissen. Er war Psychologieprofessor an der TCU und hatte die Ausflüge nach Las Vegas mitgemacht, um die Psychologie des Glücksspiels zu studieren. Er hatte großes Interesse daran, daß Olead freigesprochen wurde; er sagte mir, er würde mir viel lieber dabei helfen als bei der Aufklärung eines Bankraubs, der ihn eigentlich nicht sonderlich interessierte. Ich verriet ihm nicht, daß Slade Blackburns Spielgewohnheiten sehr wohl dazu beitragen konnten, daß Olead freigesprochen wurde.

Panik, dachte ich. Das war interessant ... Ob er schon gemerkt hatte, daß er sich auf der Verliererseite befand?

Das heißt, war er überhaupt auf der Verliererseite? Ich hoffte es.

Bis jetzt wußten die Bankprüfer noch nicht genau, wieviel Geld fehlte. Einiges davon war Bargeld, und das war leicht festzustellen; ein Teil aber war sicherlich von geschickt frisierten Konten gestohlen worden, von umsatzlosen Konten, Konten alter Leute, Konten von Verstorbenen oder einfach solchen Konten, auf die niemand so recht ein Auge hatte.

Es leuchtete ein, daß das Konto eines Geisteskranken nicht allzu genau geprüft wurde, jedenfalls nicht, solange der Betreffende nicht eines Morgens aufwachte und gesund war.

Verdammt noch mal, Olead mußte einfach ein Konto dort haben, anders ergab das Ganze überhaupt keinen Sinn. Es sei denn, ich irrte mich, es sei denn, die beiden Verbrechen hatten gar nichts miteinander zu tun, und Slade Blackburns Anwesenheit auf der Party war reiner Zufall.

Noch konnte ich das nicht ausschließen. Ich bin gegen Irrtümer genauso wenig gefeit wie jeder andere, und was immer die Leute auch glauben mögen, Zufälle kommen jeden Tag vor.

Es wäre hilfreich gewesen, wenn die Bankprüfer und die Computerexperten ein paar Namen hätten liefern können. Ursprünglich hatte das FBI zehn Tage zur Rekonstruktion der Akten veranschlagt, mittlerweile jedoch zugegeben, daß man übertrieben optimistisch gewesen war. Wer immer die Akten vernichtet hatte, hatte genau gewußt, was er wollte.

Ich sägte immer noch an dem Spindschloß herum. Seine Robustheit gab mir zu denken. Es hatte einen Stahlkern, so daß ich trotz der Metallsäge nur langsam vorankam. Keiner der anderen Spinde war derartig gesichert. Der von Harry zum Beispiel hatte ein Schloß, das mir so vorkam, als habe er es in einem Geschäft für Scherzartikel erstanden.

Ich sägte weiter. Meine Handgelenke wurden allmählich müde.

Plötzlich hörte ich jemanden schreien – verdammt, das war Danny Shea, der da schrie, dann hörte ich einen Schuß und gleich darauf noch einen. Ich ließ die Säge fallen, rannte aus dem Schuppen und zog in vollem Lauf meinen Revolver.

Danny stand draußen auf dem Abstellplatz und schoß in die Luft. Ich mußte lachen. »Shea«, rief ich und steckte meinen Revolver weg. »Das ist doch kein Flakgeschütz, was Sie da haben. Was ist denn los?«

»Der Scheißkerl ist abgehauen«, sagte er aufgeregt.

»Wie denn das?«

Diesmal konnte man Shea wirklich keinen Vorwurf machen, entschied ich nach seinem Bericht. Er hatte gehorsam, wenn auch nicht begeistert, neben Slade Blackburns Flugzeug gestanden oder war um die Maschine herumspaziert und hatte abwechselnd sie und ein paar andere betrachtet. Er hatte vage mitbekommen, wie jemand den Kopf zur Werkstattür hereinsteckte, aber nicht weiter darauf geachtet. Der Mann war dann zum Abstellplatz hinausgegangen, und auch das hatte er noch, ohne sich Gedanken zu machen, registriert. Er hatte mit halbem Auge zugesehen, wie der Mann die Trossen eines Flugzeugs löste, und erst als dieser einstieg, ging ihm plötzlich auf, um wen es sich handelte. Er war auf das Flugzeug zugerannt, aber das rollte zu diesem Zeitpunkt schon, und als er seinen Revolver zog, hob das Flugzeug, ohne in die Startbahn einzuschwenken, mit einemmal von der Rollbahn ab und kollidierte dabei um ein Haar mit einer anderen Maschine, als es die Landebahn in vorschriftswidrigem Winkel kreuzte.

Ich hängte mich ans Funkgerät. Aber Slade Blackburn war entkommen, und wir hatten keine Möglichkeit, ihn zu verfolgen.

Es war mir überhaupt nicht in den Sinn gekommen, daß er mit einer anderen Maschine davonfliegen könnte. Bei Flugzeugen bleiben Zündschlüssel auch nicht öfter stecken als bei Autos, und er hatte mit Sicherheit keine Zeit gehabt, es kurzzuschließen. Falls man ein Flugzeug überhaupt kurzschließen kann. Vermutlich kann man.

Es war nicht allzu schwer, den Mann aufzutreiben, dem die Piste gehörte; er war bei der Knallerei aus seinem Büro gestürzt und fluchte nun gotteslästerlich auf Danny Shea ein, der gotteslästerlich zurückfluchte. Aber der Mann unterbrach sich immerhin lange genug, um mir mitzuteilen, daß der Zündschlüssel selbstverständlich nicht gesteckt habe.

Das verschwundene Flugzeug, so verriet er mir, war, wie mir längst hätte klar sein müssen, das von Jack Carson.

Es war durchaus wahrscheinlich, daß Blackburn einen eigenen Schlüssel zu Jack Carsons Flugzeug hatte.

Ich ging zu dem Spind zurück, der Besitzer folgte mir und sagte: »Was machen Sie denn da, Lady? Sie wissen doch hoffentlich, daß das Privateigentum ist.«

Ich zückte meinen Ausweis, den ich bereits seinem Mitarbeiter vor die Nase gehalten hatte, sowie den entsprechenden Durchsuchungsbefehl. »Warum sagen Sie das denn nicht gleich?«, meinte er. »Ich mache Ihnen das Schloß auf.«

Ich versicherte ihm, daß ich das wirklich zu schätzen wüßte, dann trat ich zurück und sah zu, wie er mit einem kleinen Schneidewerkzeug im Handumdrehen das Schloß durchknipste.

Ich öffnete den Spind.

Eine Zeitlang blieb alles stumm, dann hängte ich mich an mein Funkgerät und sagte: »Schickt mir jemand von der Spurensicherung hier raus.«

Mit ehrfurchtsvollem Blick fragte Shea: »Können wir's nicht zählen, während wir auf die Spurensicherung warten?«

»Nein, Shea.«

»Wieso nicht?« Ich erklärte, daß die Spurensicherung das Geld fotografieren mußte, *bevor* wir es herausholten.

Dann ging ich wieder ans Funkgerät und bat die Zentrale, mir besser auch einen FBI-Agenten zu schicken.

Es war nicht so viel, wie es aussah. Wie sich herausstellte, handelte es sich um lediglich 75 000 Dollar in kleinen Scheinen. Ich fragte mich, was er mit dem Rest gemacht hatte; laut den Unterlagen fehlte noch eine ganze Menge Bares. Allerdings war es möglich, dachte ich, daß er schon lange systematisch Geld veruntreute. Er lebte, wie ich nicht nur von Harry erfahren hatte, auf großem Fuß. Und dafür braucht man Geld.

Mir ging die Frage durch den Kopf, warum die Bank offenbar völlig ahnungslos war, was Blackburns Ruf als Spieler anging, aber er war allem Anschein nach ein Mensch, der es verstand, die verschiedenen Bereiche seines Lebens streng voneinander abzuschotten. So waren sich beispielsweise alle, mit denen ich geredet hatte, einig gewesen, daß seine Frau nicht mit auf der Party gewesen war. Sie gehörte zu einem anderen Bereich seines Lebens.

Damit hatte ich den Fall des FBI gelöst, nicht aber meine Morde aufgeklärt. In dem Spind befand sich weder eine Pistole noch Munition. Ich konnte mir theoretisch noch so sicher sein, daß Slade Blackburn seine Frau umgebracht hatte; wenn ich es nicht einem Geschworenengericht beweisen konnte, hatte ich den Fall nicht gelöst.

Und ich hatte zudem noch nicht einmal mir selbst eindeutig bewiesen, daß Blackburn die Morde begangen hatte, die man Olead Baker vorwarf.

Wie auch immer, es war längst Dienstschluß.

Ich ging nach Hause.

Sonntag nachmittag gegen vier Uhr rief mich jemand von der Zentrale an und brachte mich auf den neuesten Stand. Wie es schien, hatte ein Geschäftsmann, der mit seinem Flugzeug auf dem Addison Airport gelandet war, zu seiner Empörung festgestellt, daß sein Stellplatz bereits besetzt war. Er hatte die Flugplatzleitung verständigt, und man hatte die Zulassung überprüft und festgestellt, daß es sich bei dem Flugzeug auf seinem Stellplatz um die Beechcraft Sierra aus Fort Worth handelte, die seit Samstag als gestohlen gemeldet war.

Der Tower hatte keine Eintragungen über ihre Landung, und kein Mensch wußte, wann sie dorthin gekommen war.

Laut Zentrale wollte der Tower von Addison Airport wissen, was sie damit machen sollten.

Nach kurzem Nachdenken kam ich zu dem Schluß, daß jemand von unserer Spurensicherung hinfahren und das Flugzeug auf Fingerabdrücke untersuchen sollte, damit wir nicht nur auf Sheas Aussage angewiesen waren, was die Frage anging, wer damit weggeflogen war. Das Fort Worth Police Department ist ziemlich tüchtig, und ich hatte nicht das Gefühl, daß Shea noch sehr lange bei uns sein würde. Außerdem rief ich Captain Millner an, um ihn zu fragen, ob er es für ratsam hielt, die Maschine zurückholen zu lassen.

»Schlecht wär's nicht«, meinte er, »wenn wir zufällig einen Piloten hätten. Bestimmt gibt es bei uns ein paar, aber so aus dem hohlen Bauch fällt mir –«

Ich sagte ihm, ich können einen Piloten mit zirka zwanzigtausend Flugstunden besorgen, der ganz wild darauf sei, einmal hinter dem Steuerknüppel dieses Flugzeugs zu sitzen, und er meinte, prima, solle der es zurückfliegen.

So bekamen wir das Flugzeug nach Fort Worth zurück, und was damit gewonnen war, blieb mir bei genauerem Nachdenken völlig schleierhaft. Wir konnten die darin gesicherten Fingerabdrücke nicht mit den Fingerabdrücken von Slade Blackburn vergleichen, weil wir keine bei den Akten hatten, und wo Blackburn hingegangen sein mochte, ließ sich nicht einmal erraten. Er konnte irgendwo im Großraum Dallas/Fort Worth geblieben oder praktisch überallhin auf Erden gegangen sein, je nach dem Inhalt seiner Brieftasche.

Ich war mir nicht sicher, wie dick diese Brieftasche war. Ich fragte mich, ob er etwas von dem fehlenden Geld bei sich hatte. Meiner Vermutung nach nicht; meiner Vermutung nach hatte er seinen Notgroschen holen wollen und mich dabei an seinem Schloß herumsägen sehen. Wenn ich recht hatte, würde er irgendwann wieder auftauchen müssen, und sei es nur, um an sein Schließfach heranzukommen. Falls er das schaffte, ehe wir es fanden und einen Gerichtsbeschluß erwirkten, um es öffnen zu können.

Denn eines wußten wir mittlerweile sicher: Es war nicht bei seiner Bank.

Das andere, was wir sicher wußten, war, daß er eines besaß, denn wir hatten den Schlüssel dazu gefunden, als wir sein Haus ein zweitesmal durchsuchten. Keiner wußte so recht, wie der Schlüssel beim erstenmal übersehen worden sein konnte, denn er lag unter einem Stapel Papier in einer Schreibtischschublade in seinem Arbeitszimmer, war also nicht direkt versteckt.

Möglich war natürlich auch, daß er bei der ersten Durchsuchung noch nicht dagewesen war.

Aber das war das Problem des FBI, und ich hatte keine Zweifel daran, daß sie das Schließfach irgendwann ausfindig machen würden. In solchen Sachen sind sie besonders gut.

Ich war mittlerweile an dem Punkt angelangt, an dem ich kleineren Hinweisen nachging. Ich sprach mit jedem Bekannten von Jack Carson oder Slade Blackburn, den ich auftreiben konnte; ich wühlte sogar in der Vergangenheit herum, um Leute ausfindig zu machen, die Jim Baker gekannt hatten. Ich sprach mit jedem aus Harrys altem Fliegerclub, jedenfalls mit jedem, der noch am Leben und auffindbar war, was außer Harry leider nur für zwei galt.

Das Problem war, daß ich nicht wußte, wonach ich eigentlich suchte. Ich wußte nur, daß ich irgend etwas finden mußte, das Carson und Blackburn auf mehr als nur oberflächlich freundschaftliche Weise miteinander verband.

Und das fand ich einfach nicht.

Das Bild, das sich von Jim Baker herausschälte, was immer man fünf Jahre nach seinem Tod darauf geben konnte, war das eines liebenswerten, aber gewieften Kumpeltyps. Vor zwanzig Jahren, als er sich mit Harry, Jack, Slade Blackburn und noch zwei Männern zusammentat, um ein altes Flugzeug zu kaufen, hatte er nicht mehr Geld gehabt als die anderen. Natürlich nicht, denn wenn er reich gewesen wäre, hätte er sich allein ein Flugzeug gekauft. Er hatte eine Frau, die Sekretärin war, und einen sechsjährigen Sohn, der unter Alpträumen litt.

Aber er war Geologe gewesen und schlau, er hatte Glück gehabt, und zehn Jahre später war er reich gewesen – jedenfalls einigermaßen.

Und dann hatte er angefangen, sich an der Börse zu tummeln, und er war wieder schlau gewesen und hatte wieder Glück gehabt.

Die Walnußmöbel waren kein altes Geld, wie ich vermutet hatte; sie waren Marilyns Versuch, alten Reichtum vorzuspiegeln.

Aber Jim hatte weiterhin ziemlich einfach gelebt; trotz des Geldes hatte er seiner Frau die Reisen nach Vegas, den flotten Lebensstil verweigert, den sie wollte. Er behielt seine kumpelhafte Lebenseinstellung bei; er ging arbeiten, und wenn er nach Hause kam, wollte er Essen auf dem Tisch und nach dem Essen ein Bier, so wie er es immer gehalten hatte.

Und während Marilyn sich darüber aufregte, wie peinlich Oleads Geistesgestörtheit war, machte Jim sich um den Jungen Sorgen. Er arbeitete nach Kräften mit den Psychiatern zusammen; und als klar wurde, daß Olead, der damals noch Jimmy gerufen wurde, zu Hause auch kurzzeitig nicht mehr zurechtkam, bemühte sich Jim, Orte zu finden, an denen er zurechtkam. Und er schämte sich nicht, sich in der Öffentlichkeit mit einem Jungen – mittlerweile mit einem jungen Mann – zu zeigen, der erkennbar verrückt war.

Für Marilyn war das der Tropfen, der das Faß zum Überlaufen brachte. Vor sieben Jahren, nicht vor acht, wie Olead sich vage erinnert hatte, hatte sie die Scheidung eingereicht. Und in Texas gilt die Gütergemeinschaft. Sie heiratete Jack, der keineswegs abgeneigt war, mit den über zwei Millionen Dollar, die Marilyn bekam, Partyspiele zu veranstalten.

Jim, der, so konnte man zwischen den Zeilen lesen, Marilyn wahrscheinlich sowieso mehr als nur ein bißchen satt hatte, zuckte die Achseln, sagte »Was soll's« und scheffelte weiter Geld, während Jack und Marilyn sich eifrig daranmachten auszuprobieren, wie schnell sie zwei Millionen Dollar verprassen konnten. Als Jim Baker vor fünf Jahren mit seinem Flugzeug an einen Berghang krachte, lebten Jack und Marilyn bereits wieder von Jacks Einkünften als Schädlingsbekämpfer.

Etwa sechs Monate nach Jims Tod hatte Jack wieder angefangen, Geld auszugeben: Er hatte zwar nicht auf großem Fuß (der Ausdruck tauchte immer wieder auf), aber doch in bequemen Verhältnissen gelebt. Zum Teil kannte ich die Quelle; ich wußte, wer das Haus gekauft hatte, in das Jack und Marilyn einzogen, als sie ihre Wohnung in der Beach Street aufgaben; aber kein Mensch konnte sich das Flugzeug erklären, es sei denn, Jacks Geschichte vom großen Gewinn in Vegas entsprach der Wahrheit.

Und niemand wußte so recht zu sagen, wovon er eigentlich gelebt hatte, denn er hatte immer weniger Aufträge zur Schädlingsbekämpfung angenommen.

In einem aber waren sich alle einig, und das wohl nicht nur, weil er tot war. Alle sagten, Jack sei aufbrausend gewesen; er sei schnell explodiert und habe kräftig ausgeteilt und war deswegen in so manche Schlägerei geraten, aber er habe niemals mit Bedacht geplant, jemandem etwas anzutun.

Außerdem stimmten alle darin überein, daß ihm viel daran gelegen hatte, gut mit Leuten auszukommen. Er wollte gemocht werden. Er war ein Abstauber, aber keiner von der plumpen Sorte.

Das Bild, das sich mir aufdrängte, war das eines Trickbetrügers. Einer seiner Kollegen formulierte es mir gegenüber folgendermaßen: »Jack hat geklaut, aber er hat einen nicht beraubt. Er hätte einem nie das Spindschloß geknackt, aber wenn man seinen Spind offengelassen hat, dann Vorsicht, Baby.«

Für mich ergab sich aus alledem, daß er zwar keineswegs abgeneigt gewesen wäre, Geld auszugeben, das dem Sohn seiner Frau gehörte, der vermutlich ohnehin nichts davon merken würde, daß er sich aber sehr wahrscheinlich nicht auf einen Mord eingelassen hätte.

Und Slade Blackburn?

Tja, offenbar kannte kein Mensch Slade Blackburn.

Oder besser gesagt, alle kannten Slade Blackburn, aber wenn man versuchte, die Einzelheiten zusammenzufügen, stellte man fest, daß sie nicht zueinander paßten. Seine Pilotenkollegen waren sich einig, daß er gern auf großem Fuß lebte. Seine Bekannten vom Ridglea Country Club sagten, er sei ein echter Gentleman, so aufmerksam zu den Damen. Und die Leute von der Bank sagten, er sei immer pünktlich gewesen; man habe die Uhr nach ihm stellen können.

Seine Nachbarn sagten größtenteils, daß sie ihn nicht kannten. Der einzige Mensch, den man je auf seinem Grundstück gesehen hatte, war sein mexikanischer Gärtner.

Gärtner... Das war auch so etwas, was ich überprüfen müßte. Gab es noch anderes Personal?

Ich fand Paco Rodriguez beim Rasenmähen vor einem Haus im selben Block wie das von Blackburn. Er sagte mir, die Señora habe ihn eingestellt, zweimal in der Woche zu kommen, um den Rasen zu mähen und das Blumenbeet zu jäten. Mit Señor Blackburn habe er nie geredet, sondern ihn nur ein- oder zweimal gesehen.

Das Dienstmädchen, so erfuhr ich, hieß Lupe Sanchez, aber er wußte nicht, wo sie wohnte.

Wieviele Leute mit Namen Sanchez gibt es wohl in Fort Worth? Im Telefonbuch stehen 236, und ich war mir sicher, daß es mindestens dreimal so viele gab, die nicht darin standen. Ich mußte sie suchen, beschloß aber, in meiner Freizeit von zu Hause aus mein Glück zu versuchen.

Slade Blackburn zu finden war dringender, und damit mußte ich mich während meiner Arbeitszeit beschäftigen.

Niemand wußte, wohin er gegangen war. Mittlerweile war Haftbefehl erlassen, und er war zur Fahndung ausgeschrieben worden. Er war im TCIC und im NCIC, dem Texas und dem National Crime Information Center, gespeichert; falls er also irgendwo im Land aus irgendeinem Grund aufgegriffen wurde, würde man wissen, daß er auf der Fahndungsliste stand. Aber ohne Fingerabdrücke und ohne ein Foto, das aktueller war als das fünf Jahre alte Bild, das man nach einer Jubiläumsfeier der Bank – damals waren alle Angestellten fotografiert worden – zu seiner Personalakte gegeben hatte, war im Grunde nicht viel zu machen.

Weiß, männlich. Alter vierundvierzig Jahre. Angegrautes, schütteres schwarzes Haar. Schnurrbart. Heller Teint. Blaue Augen. Größe einsfünfundsiebzig, Gewicht vierundsechzig Kilo. Raucht Camel. Mäßiger Trinker.

Wie stellt man es an, jemanden zu finden, auf den diese Beschreibung paßt?

Wie viele davon laufen auf der Straße herum?

Zwei Wochen, und ich hatte pro Tag acht Stunden oder länger gearbeitet, und das fünf Tage die Woche oder länger, und mehr war nicht dabei herausgekommen ... Das heißt, ein bißchen mehr schon.

Ich machte schließlich Lupe Sanchez ausfindig.

Zuerst dachte ich, sie würde mich auch nicht weiterbringen. Wir saßen in ihrer kleinen Wohnung in einer Seitenstraße der North Main, und sie sagte mir mit leiser, fast akzentfreier Stimme, daß sie Mr. Blackburn nicht kannte. Sie arbeitete nur an zwei Tagen die Woche, und Mr. Blackburn kam nie nach Hause, wenn sie bei der Arbeit war. Dann aber fügte sie traurig hinzu: »Ein Jammer, daß sie ausgerechnet jetzt umgebracht wurde. Sie hat ihren Mann nicht gemocht und wollte fortgehen.«

»Fortgehen?«, fragte ich.

»Ja. Mrs. Blackburn wollte sich scheiden lassen. Das hat sie mir erzählt. Sie überlegte noch, welchen Anwalt sie nehmen sollte. Und wir würden viel Geld von ihm bekommen und das Haus und alles.«

In Texas gilt die Gütergemeinschaft, und es gibt keine gesetzliche Unterhaltspflicht. Rechtlich gesehen war das, was sie hätte bekommen können, streng begrenzt. Deshalb fragte ich Lupe natürlich, was sie meinte.

»Och, ich weiß nicht. Aber sie hat's gewußt. Sie hat mir gesagt, wenn er ihr nicht alles gäbe, was sie wollte, würde sie verraten, was sie wußte. Und dann hat sie gelacht und gelacht. Mrs. Blackburn«, fügte Lupe hinzu, »hatte ein sehr unangenehmes Lachen.«

Sie würde verraten, was sie wußte. Ach nee, dachte ich, und was genau wußte sie? Wußte sie vielleicht, wo das Geld zum Kauf des Flugzeugs in Wirklichkeit herkam?

Vielleicht hatte Slade sie nicht einfach nur loswerden wollen, wie ich vermutet hatte. Vielleicht war dieser Mord ein weiterer verzweifelter Versuch, frühere Verbrechen zu vertuschen.

Darüber dachte ich auf meinem Heimweg nach.

Olead hatte Becky jeden Abend von Terrell aus angerufen und die Anrufe mit seiner Telefon-Kreditkarte bezahlt – der einzigen Kreditkarte, die er besaß. Er hatte Don eine Vollmacht für seine Konten erteilt, so daß Don seine Rechnungen bezahlen konnte. Nicht, daß er selbst viele bekam. Es handelte sich um Rechnungen seiner Mutter und seines Stiefvaters. Sie kamen reichlich, und Don bezahlte sie auf Oleads Drängen hin.

Die einzigen Rechnungen, die Olead selbst bekam, betrafen die Beerdigungen, um die er sich telefonisch von seiner Gefängniszelle aus gekümmert hatte.

Er forderte Don außerdem auf, sich selbst zu bezahlen, und Don fragte, wieviel. »Ich weiß nicht, was kosten Anwälte denn?«

Don nannte ihm den Honorarrahmen, und Olead wählte einen Betrag am oberen Ende der Skala. Don meinte, das sei lächerlich; ein Anwalt frisch von der Universität bekomme nicht so viel.

»Wieso nicht?«, fragte Olead.

Don versuchte, es ihm zu erklären.

Olead sagte: »Hören Sie, Geld ist für mich irgendwie was Abstraktes, okay? Ich meine, ich weiß, daß ich Geld auf der Bank habe, aber ich habe nie groß die Möglichkeit gehabt, selber was davon auszugeben, und ich weiß nicht, wie's damit in Zukunft aussieht. Also will ich's lieber jetzt ausgeben. Schreiben Sie den Scheck auf den Betrag aus, den ich Ihnen genannt habe.«

Don willigte ein, meinte aber noch einmal, das sei lächerlich.

Als er mir davon erzählte, beichtete er, jetzt könne er die Krankenhausrechnung bezahlen, wenn Vicky beschloß niederzukommen. Er hatte sich deswegen Sorgen gemacht.

Das war samstags gewesen. Am Sonntagnachmittag brachten sie Olead von Terrell nach Hause; sie hatten ihn etwas länger dabehalten, als ihre Untersuchungen eigentlich dauerten, damit sie mehr Zeit zur Auswertung hatten.

Wie erwartet, kam er mit der einstimmigen Beurteilung nach Hause, daß er normal genug war, um sich vor Gericht zu verantworten, und normal genug, um die ihm zur Last gelegten Taten begangen zu haben.

Am Montag nachmittag um zwei Uhr rief mich Don an, um mir mit einer Stimme, die mir gar nicht gefiel, mitzuteilen, er sei soeben davon unterrichtet worden, daß man gegen Olead Anklage erhoben hatte.

Ich sagte, das sei unmöglich.

»Es ist vielleicht unmöglich, aber die haben es trotzdem gemacht.«

»Aber das kann nicht sein«, sagte ich hilflos. »Das wüßte ich.«

Ich telefonierte ein bißchen herum.

Den Haftbefehl hatte ich vollstreckt. Man hätte mich auf jeden Fall verständigen müssen, bevor man den Fall vor die Anklagejury brachte; genaugenommen hätte ich den Fall selbst vor die Anklagejury bringen müssen.

Nur hatte der Staatsanwalt leider eine schlimme Grippe, die ihn voraussichtlich noch zwei bis drei Wochen ans Bett fesseln würde. Sein erster Stellvertreter hatte sich bei ihm angesteckt. Kurz und gut, ein blutjunger, ehrgeiziger Staatsanwalt hatte unter eklatanter Mißachtung der üblichen Verfahrensweise seiner Behörde beschlossen, den Fall durchzupeitschen. Weil er wußte, daß ich mit der Verteidigung zusammenarbeitete, hatte er entschieden, ihn ohne mich vor der Anklagejury durchzuziehen.

Ich versuchte, den Staatsanwalt zu erreichen.

Seine Frau sagte, er sei zu krank, um ans Telefon zu kommen.

Nun sind der Staatsanwalt und ich zwar nicht immer in allem einer Meinung, aber ich wußte, er hielt genauso wenig wie ich davon, einen Fall vor Gericht zu bringen, ehe die Ermittlungen abgeschlossen sind. Ich rief seinen Stellvertreter an. Er hustete ausgiebig übers Telefon und sagte, er sehe nicht, was er da tun könne. Er hätte das ganz sicher nicht so gemacht, aber es sei ja auch nicht sein Fall.

Ich rief Captain Millner an.

Er sagte, der Fall liege jetzt in den Händen der Staatsanwaltschaft. Aber er fügte hinzu: »Dieser junge Großkotz hat mich *angewiesen,* dafür zu sorgen, daß Sie nicht mehr mit der Verteidigung zusammenarbeiten. Ich habe ihm gesagt, ich hätte noch nie einen Detective vorzeitig von einer Ermittlung abgezogen, und ich hätte auch nicht vor, jetzt damit anzufangen. Ich unterstütze Sie, so gut ich kann, Deb. Ich bin noch nicht soweit, daß ich sage, er war's nicht, aber eins steht jedenfalls fest: Die Staatsanwaltschaft war bei weitem zu voreilig.«

Ich rief Don zurück und sagte ihm, er solle sich etwas einfallen lassen, um einen Aufschub zu erwirken. Daß man gegen Olead Anklage erhoben hatte, bedeutete keineswegs, daß er umgehend vor Gericht gestellt werden würde. Tatsächlich vergingen in Tarrant County zwischen Anklageerhebung und Prozeß in aller Regel Jahre; die Gerichte waren überlastet, und es herrschte dringender Bedarf an ein bis zwei zusätzlichen Gerichtsbezirken.

»Auf der Uni hat mich kein Mensch vorgewarnt, daß auch mal solche Tage kommen«, antwortete Don. »Das heißt, eigentlich schon, aber ich hab's nicht recht geglaubt.«

Ich rief den Staatsanwalt an, der den Fall bearbeitete, einen jungen Burschen namens Jerome Lester, und versuchte, vernünftig mit ihm zu reden. »Hören Sie, Jerome«, sagte ich so freundlich, wie ich konnte, »ich wollte keinen Haftbefehl beantragen, und Sie haben anders entschieden. Ich wollte die Sache nicht vor die Anklagejury bringen, und Sie haben wieder anders entschieden. Jetzt passen Sie mal auf: Ich sage Ihnen, dieser Fall ist noch nicht prozeßreif, und wenn Sie ihn vor Gericht bringen, werden Sie sich blamieren.«

»Jetzt passen Sie mal auf«, sagte er. »Sie haben diesen Fall vom ersten Tag an sabotiert. Sie machen das gesamte gerichtliche Verfahren lächerlich. Sie sitzen mit dem Kerl in seiner Zelle, lachen über seine dämlichen Witze und tätscheln ihm den Rücken, wenn er zu heulen anfängt. Ihre Tochter zieht mit ihm herum, und Ihr Schwiegersohn verteidigt ihn. Vielleicht ist Ihre Art von Gerechtigkeit ja käuflich; meine ist es jedenfalls nicht. Haben Sie sonst noch irgendwas auf dem Herzen?«

»Nur eins: Er ist nicht schuldig«, antwortete ich. »Ich beantrage noch keinen Haftbefehl, weil ich noch nicht genügend Beweise habe, um einen Schuldspruch zu erreichen, aber ich bin mir zu fünfundneunzig Prozent sicher, daß ich weiß, wer es war, und ich sage Ihnen, es war nicht Olead Baker. Und was die Gerechtigkeit angeht – nein, meine ist auch nicht käuflich; ich finde nur, daß ein reicher Mann genauso unschuldig sein kann wie ein armer. Ich bin dagegen, einen Mann reinzureiten, bloß weil er Geld hat. Das macht ihn noch nicht zum Verbrecher. Es macht ihn bloß zu einem reichen Mann.«

»Und zu wieviel armen Leuten haben Sie sich in die Zelle gesetzt und mit ihnen geredet? Für wieviele arme Leute haben Sie sich so ins Zeug gelegt?«, fragte Lester gehässig.

»Für mehr, als Sie denken, Jerome«, antwortete ich, und ich erinnerte mich an einige Male. Zum Beispiel an eine Nacht, die ich neben einer fahrbaren Trage auf einem Krankenhausflur verbrachte, weil sämtliche Zimmer der Notaufnahme restlos belegt waren; ich spielte Nachtwache bei einer Betrunkenen, die eine Infusion bekam, denn in der Notaufnahme lagen zu viele Patienten, als daß jemand vom Personal Zeit gehabt hätte, auf sie aufzupassen, und der Arzt weigerte sich, eine Infusion anzulegen, sofern sich nicht jemand bereitfand, bei ihr zu bleiben.

Nachdem sie zwei Liter Infusionsflüssigkeit intus hatte, setzte sie sich auf und verkündete, sie müsse aufs Klo. Ich ging mit ihr aufs Klo, und dann beschloß der Arzt, einen Blutalkoholtest zu machen.

Sie hatte 4,8 Promille.

Hätte ich sie einfach in die Ausnüchterungszelle gesteckt und danach vergessen, was man mir dringend nahelegte, als sie unmittelbar vor Ende meiner Schicht aufgegriffen wurde, wäre sie in der Nacht an Alkoholvergiftung gestorben.

Wer war sie?

Bloß eine Säuferin. Ich weiß ihren Namen nicht mehr.

Aber was spielt es schon für eine Rolle, wer sie war? Oder wieviel Geld sie hatte? Sie wäre trotzdem tot gewesen.

Und das war nur ein Mensch von vielen, ein Beispiel von vielen in fünfzehn Jahren.

»Ich habe keine Zeit, mit Ihnen zu reden«, sagte Jerome Lester, und ich hörte den Hörer am anderen Ende auf die Gabel knallen, so daß mir nur noch die Frage blieb, wer wohl sein Informant im Gefängnis war.

In Texas gibt es seit kurzem ein Gesetz, nach dem Gerichtsverfahren so schnell wie möglich durchzuführen sind. Vergeblich machte Don am nächsten Tag vor Gericht geltend, daß das nur bedeuten könne, so schnell wie irgend *vertretbar.*

Sein Antrag auf Aufschub wurde abgelehnt.

Das Verfahren wurde für Montag anberaumt.

Und keiner von uns war soweit.

Damit blieb mir noch eine Woche, um Slade Blackburn zu finden, der überall auf der Welt sein konnte, und Don blieb noch eine Woche, um eine Verteidigungsstrategie für einen Fall vorzubereiten, der allem Anschein nach bereits entschieden war.

Kapitel 12

Es war Sonntagnachmittag. Becky hatte die Besuchszeiten bei Olead verbracht, aber ich wollte ihn noch einmal sprechen, bevor ich ihm im Gerichtssaal gegenübertrat. Ich fuhr zum Gefängnis, und ein Schließer führte mich ohne weitere Erklärung zum Besprechungszimmer. Zwei Männer waren darin: Am Tischende saß Don, einen Stapel Papier vor sich, und neben ihm Olead, die Hände über einem Buch verschränkt.

Don sah mich ziemlich ungehalten an. »Deb«, sagte er, »bei allem schuldigen Respekt, aber die Cops kann ich im Moment nicht brauchen.« Ich glaube, er war sich noch immer nicht ganz sicher, ob ich nicht doch von dem Termin vor der Anklagejury gewußt hatte.

»Okay«, sagte ich friedlich und wandte mich zum Gehen.

Olead stand auf. »Wenn sie geht, gehe ich auch«, verkündete er. »Ich meine, ich weiß, daß ich nicht weit komme, aber –« Er zuckte beredt die Achseln, und Don antwortete etwas sehr Rüdes. »Sie wissen genau, daß sie nicht als Cop hier ist«, fügte Olead hinzu. »Sie ist als Freundin hier, und von denen kann ich weiß Gott alle brauchen, die ich kriegen kann.«

»Das ist der bescheuertste Fall, den ich je erlebt habe«, erregte sich Don und ignorierte dabei völlig, daß er bislang nur sehr wenige Fälle erlebt hatte. »Verdammt noch mal, wenn Sie Ihre Verteidigung selber führen wollen, wofür brauchen Sie mich dann eigentlich?«

»Wollen Sie hinschmeißen?«

»Nein, aber –«

»Hören Sie«, sagte Olead geduldig, »ich will meine Verteidigung nicht selber führen. Das ist Ihr Job, und den würde ich genauso wenig machen, wie ich versuchen würde, mir – mir selber die Haare zu schneiden oder mir selber die Zähne zu plombieren. Ich sage nur, daß wir nach meinen Regeln spielen müssen.«

»Olead, würden Sie mir bitte mal zuhören?«, flehte Don. »Einfach nur zuhören?«

»Ich höre zu.«

»Wenn Sie morgen in den Gerichtssaal gehen, dann werden Sie, so wie der Fall im Augenblick aussieht, schuldig gesprochen. Ich sage Ihnen, Sie können so, wie Sie sich verteidigen wollen, unmöglich gewinnen. Und ich habe keine Lust, mich in Huntsville hinsetzen und zusehen zu müssen, wie Ihnen jemand Katheter in die Arme steckt, um Gift reinzupumpen.«

»Dann werde ich es auch nicht von Ihnen verlangen.« Er sah mich kurz an.

»Herrgott noch mal, Olead, lassen Sie es nicht soweit kommen! Das müssen Sie nicht! Ich *weiß,* daß Sie davonkommen, wenn Sie auf Unzurechnungsfähigkeit plädieren, ganz gleich, was die in Terrell sagen.«

»Laut Susan nicht«, antwortete Olead stur. »Außerdem bin ich nicht unzurechnungsfähig.«

»Das ist doch jetzt völlig egal, Mann, wir reden von Ihrem *Leben!*«

Olead drehte sich zum Fenster, dann wandte er sich wieder abrupt Don zu. »Ganz recht!«, rief er. »Wir reden von meinem Leben. Von *meinem* Leben, Don, und das will ich nicht hinter Gittern verbringen. Lieber sterbe ich.«

»Sie müssen das Ganze in gewisser Weise sachlich sehen«, wandte Don ein, »Prioritäten setzen.«

»Ich setze Prioritäten«, antwortete Olead. »Das Problem ist nur, daß Sie sie nicht respektieren.«

»Wollen Sie mich feuern?«, fragte Don. Ich war mir nicht sicher, ob mit Hoffnung in der Stimme oder nicht.

»Nein, ich will Sie nicht feuern. Hören Sie, Don. Ich war elf Jahre lang mehr oder weniger eingesperrt. Ich bin gesund. Ich habe einen gesunden Körper und – jedenfalls im Moment – einen gesunden Geist. Aber wenn ich wegen Unzurechnungsfähigkeit freigesprochen werde, dann werde ich meinen gesunden Geist aller Wahrscheinlichkeit nach nicht lange behalten. Ich könnte noch fünfzig, sechzig Jahre leben, und jede Sekunde dieser Jahre womöglich in ... Sie haben meine Zelle ja gesehen. Sie haben sie gerochen. Würden Sie gern sechzig Jahre darin verbringen?«

»Ganz so wird das nicht sein«, wandte Don ein.

»Nein, nicht immer. Vielleicht hätte ich sogar ein bißchen Freiheit – um auf den vergitterten Fluren des Gefängnisflügels in irgendeiner staatlichen psychiatrischen Klinik herumzuspazieren, ohne je Freude, Glück oder Liebe zu erleben, eine graue Existenz unter grauen Menschen zu führen, ohne Hoffnung, ohne Zukunft und sogar – mein Gott – ohne Vergangenheit. Nein, Don, so will ich nicht leben. Das ist das eine. Aber ich glaube, Sie haben auch noch etwas anderes übersehen.«

»Und das wäre?«, fragte Don resigniert.

»Einfach folgendes: Sie verlangen von mir, daß ich sage, ich bin nicht schuldig aufgrund von Unzurechnungsfähigkeit. Ist Ihnen denn nicht klar, was ich damit sagen würde? Ich würde vor Gott und den Menschen aufstehen – buchstäblich vor Gott und den Menschen, denn ich würde schwören –«

»Sie werden nicht vereidigt«, unterbrach Don.

»*Würden Sie mich bitte ausreden lassen*! Ich würde sagen, jawohl, ich habe meine Mutter, meine Schwester und noch drei Menschen umgebracht, aber das zählt nicht, weil ich nicht wußte, daß ich das nicht darf, weil ich nicht wußte, daß es Unrecht ist. Mein Gott, Don! Würden Sie aufstehen und sagen, sie hätten Ihre Mutter und Ihre Schwester umgebracht?«

Don starrte ihn an und blieb stumm. »Na, was ist?«, hakte Olead nach.

Mit schleppender Stimme antwortete Don: »Nein, das würde ich wahrscheinlich nicht.«

»So, das würden Sie wahrscheinlich nicht. Warum verlangen Sie es dann von mir?« Er schlug mit der Faust auf den Tisch. »Don«, schrie er, »sehen Sie mich an. Nie sehen Sie mich an, wenn Sie mit mir reden. Glauben Sie, daß ich unschuldig bin? Glauben Sie das, Don?«

Don hob den Kopf. Olead war rot angelaufen, seine Augen blitzten. Sein Bart war mittlerweile drei Zentimeter lang, und sein Gesicht zeigte immer noch Spuren der Mißhandlung. Don wandte den Blick nicht von ihm ab. Olead schluckte. »Sie glauben es nicht, stimmt's, Don?«, fragte er, nun ganz ruhig.

Don ließ den Kopf wieder sinken. »Ich weiß es nicht, Olead«, sagte er. »Bei Gott, ich weiß es einfach nicht.«

Olead zog einen Stuhl heran und setzte sich. »Na bitte, so langsam kommen wir der Wahrheit näher«, sagte er. »Wenn meine Verteidigung so schlecht ist, daß nicht einmal mein Anwalt davon überzeugt ist, dann setzen Sie mir wohl besser ein Testament auf. Alles an Jeffrey. Nein. Äh – die Hälfte an Jeffrey, die Hälfte an die TCU, zur Errichtung eines Dauerstipendiums für Medizinstudenten, die Psychiater werden wollen und sich für orthomolekulare Behandlungsmethoden interessieren. Ich glaube nicht, daß es gut für Becky wäre, wenn ich ihr etwas hinterließe«, sagte er zu mir.

Ich war froh, daß ich nicht zu Wort kam, denn ich bastelte immer noch an einer Antwort, als Don sagte: »Olead, verdammt noch mal –«

»Setzen Sie das Testament in jedem Fall auf. Das muß sein. Ich hätte es schon längst machen sollen, nur war ich bis vor sechs oder acht Monaten nicht bei klarem Verstand.«

Ich hörte ein würgendes Geräusch, wandte den Blick von Olead und sah zu meiner Verblüffung, wie Don mit rotgeränderten Augen die rechte Hand gegen den Mund preßte.

Olead war wohl noch verblüffter als ich. »He, tut mir leid«, sagte er. »Ich wollte nicht –«

»Seien Sie bloß still, ja?«, sagte Don und schluckte. »Hören Sie, ich will Ihnen ja glauben. Ich denke, ich glaube Ihnen. Es ist nur – verdammt, ich weiß einfach, wie die Beweislage aussieht. Ich verstehe Sie. Mir ist klar, was Sie von Terrell halten, oder wo immer sie sonst hinkämen, wenn Sie wegen Unzurechnungsfähigkeit freigesprochen würden. Aber begreifen Sie denn nicht, daß wir dann mehr Zeit zum Weitersuchen hätten, mehr Zeit, um Beweise zu finden –«

»Beweise, die vielleicht nie gefunden werden«, entgegnete Olead. »Ich verstehe Sie auch, Don. Mir gefällt die Aussicht auf die Todeszelle genauso wenig. Aber im Moment ist das einzig Sichere in meinem Leben, daß ich eines Tages sterben werde. Genau wie Sie. Wie wir alle. Gott, ich weiß nicht, was für ein Gift sie mir in Huntsville in die Adern pumpen; mit sowas beschäftige ich mich nicht; sowas will ich gar nicht wissen. Angeblich tut es nicht weh; angeblich ist es so, als ob man einschläft und dabei weiß, daß man nicht mehr aufwacht. Aber auch wenn es weh täte, auch wenn es teuflisch weh täte; wenn ich die Alternativen bedenke, muß ich mich für die Hinrichtung entscheiden, Don.«

»Wegen eines Verbrechens, das Sie nicht begangen haben?«

»Wegen eines Verbrechens, das ich nicht begangen habe.«

»Sie sind entweder so edel, daß es mir gleich hochkommt, oder Sie sind der größte Feigling von Texas – ich kann mich nicht entscheiden.«

»Weder noch«, antwortete Olead. »Ich bin ein Mann. Ich will eine Frau, Kinder, einen Garten und eine Katze. Ich will Medizin studieren, Psychiater werden und mein möglichstes tun, damit Kinder nicht in der Hölle leben müssen, in der ich vegetiert habe. Wenn ich das nicht alles haben kann, gebe ich mich auch mit einem Teil zufrieden. Aber wenn ich gar nichts davon haben kann ...«

»Und was ist mit den Geschworenen, falls hinterher Beweise auftauchen, die Sie entlasten? Was ist mit dem Henker?«

Olead zuckte die Achseln. »Das ist deren Problem. Das betrifft mich dann nicht mehr.«

Don wandte sich an mich. »Deb, kannst du ihn nicht dazu bringen, daß er Vernunft annimmt?«

»Für mich hört er sich ganz vernünftig an.«

»Deb, du weißt, daß man ihn schuldig sprechen wird!«

»Nein, das weiß ich nicht«, antwortete ich.

Olead kicherte freudlos und sagte: »Nur zu, flunkern Sie ruhig ein bißchen.« Er legte mir die Hände auf die Schultern. »Ach, ihr Mütter! Ich bin trotzdem froh, daß ich Sie kennengelernt habe.«

Ich konnte nicht antworten, nicht in diesem Augenblick. Ich tätschelte ihm bloß die Hand, und er richtete sich auf und sagte: »Also gut, Don, was kriegen wir als Schlachtplan auf die Beine?«

»Nach Ihren Regeln verdammt wenig«, sagte Don. »Wenn ich Ihnen einen Rasierer mitbringe, rasieren Sie sich dann morgen früh?«

Olead dachte darüber nach. »Nein«, sagte er, »ich bin mit Bart genauso unschuldig wie ohne.«

»Ziehen Sie sich einen Anzug an, wenn ich Ihnen einen mitbringe?«

»Aber klar. Und ich hätte auch nichts gegen ein Deodorant. Und eine anständige Seife. Das Zeug hier kommt mir eher wie Waschmittel vor.«

»Wenn Sie sich rasieren, können Sie ein After-shave kriegen«, sagte Don listig, und Olead lachte.

»Mama«, sagte er, »können Sie mir ein Herrenparfüm mitbringen? Ich glaube, mein Anwalt weigert sich.«

»Welche Sorte wollen Sie?«, fragte Don resigniert.

»English Leather«, sagte Olead und wandte sich zu mir. »Deb«, sagte er, »können Sie Becky fernhalten?«
»Nein. Sie muß anwesend sein. Aber sie wird nicht im Gerichtssaal sitzen können, weil sie im Zeugenzimmer sein wird.«
»Wieso wird sie . . .« Er hielt inne. »Ach so, ja, die Patronenhülse in meinem Bett. Deb, wie hat Becky eigentlich eine Patronenhülse in meinem Bett finden können? Was hat sie da gemacht? Lassen Sie mich raten. Sie hat geweint.«
»Eigentlich hat sie das Bett frisch bezogen.«
»Wieso denn das? Hat sie mich etwa zu Hause erwartet?«
»Darauf gehofft, denke ich.«
»Dann sagen Sie ihr, daß ich nie mehr in diesem Haus schlafen werde.«
»Sagen Sie's ihr selber.«
»Das geht nicht«, sagte er kläglich. »Ich meine – selbst wenn ich durch irgendein Wunder lebend aus diesem Schlamassel herauskomme, schlafe ich nie mehr in diesem Haus, aber – aber ich meine auch . . .« Er hielt inne. »Und sie weiß es. Wir können nicht darüber reden«, erklärte er. »Sie weint dann immer gleich. Und ich auch. Es tut mir leid, Deb. Es tut mir wirklich leid. Ich wollte nicht, daß das passiert.«
»Es gibt nichts, was Ihnen leid tun müßte«, sagte ich.
»Becky weh zu tun ist nichts, was mir leid tun müßte?«
»Becky zu lieben ist nichts, was Ihnen leid tun müßte«, sagte ich mit fester Stimme.
»Das weiß ich auch«, sagte er. »Wenn es bloß so wäre, daß ich sie liebe, wäre alles okay; das könnte ihr nicht weh tun. Aber . . .« Jetzt blickte auch er mich durch Tränen an. »Na schön, ich werde also schuldig gesprochen. Wenn nicht das größte Wunder aller Zeiten passiert, werde ich schuldig gesprochen. Und – und – die Presse wird sie gnadenlos jagen, je näher der Hinrichtungstermin rückt. Deb, Sie wissen doch, was sie empfindet, oder? Ich bin bloß froh, daß sie keine Zeit gehabt hat, sich *richtig* zu verlieben.« Während ich mich noch fragte, wem er damit eigentlich etwas vorzumachen glaubte, wandte er sich energisch an Don und sagte: »Das einzige, was ich tun kann, ist, die Sache schnell hinter mich zu bringen. Keine Rechtsmittel, Don, haben Sie verstanden? Absolut keine.«
»Olead, wenn ich Sie nicht verteidigen darf, was soll ich dann?«
»Dafür sorgen, daß möglichst viel an Beweismitteln ausgeschlossen wird. Deb, kein Mensch hat mich je darüber aufge-

klärt, wie dieser Schmauchspurennachweis funktioniert, also konnte ich auch keine qualifizierte Zustimmung dazu geben, oder? Wenn wir es schaffen, daß das nicht als Beweismittel zugelassen wird –«

»Ja, das und die Prellung an Ihrer Schulter, dann wären wir fein raus«, stimmte Don zu. »Aber das geht leider nicht. Zu dem Zeitpunkt waren Sie schon in Gewahrsam, und die Polizei hatte das Recht, Untersuchungen durchzuführen und Fotos zu machen.«

Olead zuckte die Achseln. »War nur so ein Gedanke. Gehen Sie nach Hause und schlafen Sie ein bißchen, Deb.«

Ich ging nach Hause.

Und natürlich schlief ich kein bißchen.

An den Prozeß habe ich nur eine schwache Erinnerung. Er war wie die meisten Prozesse, außer daß ich vor und nach meiner Aussage nicht sehr viel Zeit im Zeugenzimmer verbrachte. Ich hatte den Haftbefehl mit unterschrieben und mußte deshalb am Tisch der Anklage sitzen.

Ich versuchte, mich davor zu drücken. Eigentlich hätte es möglich sein müssen, denn Jerome legte auf meine Anwesenheit ebenso wenig Wert wie ich selbst. Ich wußte, daß ich bis zu meiner Aussage im Zeugenzimmer bleiben mußte, hoffte aber, irgendwie hinzukriegen, daß das Gericht mich hinterher gehen ließ, damit ich mich wieder auf die Suche nach Slade Blackburn machen konnte.

Ein Spieler, dachte ich erneut. Er wird irgendwo spielen.

Wenn ich Glück hatte – wenn er mich nicht an seinem Spindschloß hatte sägen sehen und nur deshalb geflüchtet war, weil er eine Polizeiuniform sah und kurzzeitig in Panik geriet –, dann würde er im Großraum Fort Worth/Dallas spielen. Und dann mußten wir ihn eigentlich finden können.

Natürlich ist das Glücksspiel in Texas illegal. Aber wer glaubt, daß es das deshalb nicht gäbe, ist so naiv, daß man ihn nicht allein auf die Straße lassen darf.

Wenn er glaubte, daß es auch nur die geringste Chance gab, wenigstens an einen Teil des Geldes heranzukommen, für das er getötet hatte, dann war er noch in der Gegend. Ich wäre es an seiner Stelle nicht gewesen, aber ich bin auch kein Spieler.

Nur noch ein bißchen Zeit, das war alles, was ich brauchte. Aber ich bekam sie nicht. Richter Key wies mich an, am Tisch der Anklage Platz zu nehmen.

Es ging mir sehr gegen den Strich, da sitzen zu müssen.

Fast so sehr, wie Jerome Lester meine Anwesenheit gegen den Strich ging. Der Richter war verzeihlicherweise überrascht, als Jerome seine Absicht ankündigte, mich als feindlichen Zeugen zu behandeln. Er fragte mich sogar, was ich davon hielt. Das verschaffte mir das Vergnügen, dem Richter sagen zu können, daß es mich wirklich freue, daß Mr. Lester wenigstens in einem Punkt recht habe, da mir ansonsten nichts einfalle, worin ich ihm zustimmen könne.

Diese Bemerkung brachte mir eine fünfminütige Standpauke von Richter Key über angemessenes Benehmen im Gerichtssaal ein.

Jerome rief die Zeugen nicht in chronologischer Reihenfolge auf. Bis Becky drankam, vergingen vier Tage. Ich weiß noch, daß sie während ihrer Aussage ununterbrochen weinte, und als sie fertig war, sagte der Richter, sie sei entlassen und könne nach Hause gehen. Unmittelbar danach gab es eine fünfminütige Pause. Olead, der zur Verwahrzelle zurückgeführt wurde, um auf die Toilette gehen zu können, blieb auf dem Flur stehen und sagte: »Becky, bitte geh heim.«

»Nicht erlaubt, mit Zeugen zu reden«, intonierte der Justizwachtmeister, als habe er das schon tausendmal gesagt.

»Doch, mit mir darf er reden!«, schrie Becky.

Olead zuckte die Achseln und sagte: »Ich glaube nicht. Der ist größer als ich, und außerdem hat er eine Waffe.« Der Justizwachtmeister schob ihn weiter Richtung Verwahrzelle, und Olead rief mit deutlicher Stimme über die Schulter: »Ich liebe dich, Becky! Und jetzt geh bitte heim.«

»Ich liebe dich auch, Olead«, schluchzte Becky. Aber die Stahltüren waren schon zugefallen.

Er hörte sie nicht.

Sie ging nach Hause, blieb aber nicht dort; statt dessen ging sie zu Vicky und kehrte dann mit ihr in den Gerichtssaal zurück, und trotz meiner inständigen Bitten, zu Hause zu bleiben, waren die beiden auch wieder da, als der Prozeß in seinen fünften Tag ging.

Als wir am Freitag Mittagspause machten – ich war immer noch nicht aufgerufen worden –, raste ich zum nächsten Telefon. Mittlerweile hatte ich auch die Metro Intelligence Squad eingespannt und sie beschwatzt, jede bekannte Spielhölle im Stadtgebiet zu überprüfen und auch nach weiteren zu suchen. Ich rief in jeder Pause bei ihnen an. Bestimmt hatten sie mich schon gründlich satt, aber ich wollte nicht aufgeben.

Noch nicht.
Niemals.
Und das mußte ich auch nicht, denn ein Lieutenant aus Dallas mit Namen Carl Weston teilte mir mit, sie hätten Slade Blackburn um zehn Uhr abends bei einer Razzia in den sehr interessanten Hinterzimmern eines exklusiven Nachtlokals im Norden von Dallas aufgegriffen. Es hatte sehr lange gedauert, ihn zu identifizieren, weil Blackburn sich nicht hatte ausweisen können. Er hatte nicht panisch reagiert, und er hatte den Namen Hollowell angegeben. Weston kam das Gesicht jedoch bekannt vor, und als ›Mr. Hollowell‹ sich geweigert hatte, seine Adresse zu nennen, hatte Weston den Präsidenten der Bank angerufen und ihn gebeten, einen Blick auf den Verdächtigen zu werfen.

Ich fragte, wann wir ihn nach Fort Worth zurückschaffen könnten, und Weston meinte, sobald ich ihn holen wollte. Ich könne hier nicht weg, erklärte ich, und würde jemand anderen schicken müssen.

Dann rief ich den Captain an.

Blackburn würde am Spätnachmittag wieder in Fort Worth sein ... Viel nützen konnte das allerdings nicht, denn kein Mensch würde mich den Prozeß unterbrechen lassen, damit der Angeklagte sich einen neuen Verdächtigen ansehen konnte.

Ich ging Don suchen, um ihn zu überreden, eine Vertagung zu beantragen, aber ich konnte ihn nicht finden. Da ich keine Ahnung hatte, wo er mittags essen würde, klapperte ich sämtliche vom Gericht aus zu Fuß erreichbaren Restaurants ab. Um zwei Uhr raste ich zum Gericht zurück und kam gerade noch rechtzeitig, um mir einen Anpfiff von Richter Key wegen Verspätung zu ersparen.

Rückblickend frage ich mich, ob ich während des ganzen Prozesses nicht zumindest unter einem leichten Schock stand. Ich weiß noch, wie ich Olead ansah und mir wünschte, ich könnte wegschauen, während ich die Prellung an seiner Schulter beschrieb, und wie ich bestätigte, daß ich dem Kollegen vom Erkennungsdienst zugesehen hatte, als er Oleads Hände auf Schmauchspuren untersuchte. Ich erinnere mich noch an den ruhigen, ernsten Ausdruck in Oleads Gesicht, als ich das schilderte.

Wie es sich für einen gestandenen Verteidiger gehörte, fragte mich Don nach den beiden roten Papphülsen, und ich sagte aus, daß wir mit Ausnahme der beiden Hülsen keine weiteren roten Papppatronen im Haus gefunden hatten. Er fragte mich, ob ich aufgrund dieses Sachverhalts zu irgendwelchen Schlüssen gelangt sei, und natürlich sprang der Staatsanwalt sofort auf und erhob Einspruch. Sie stritten sich ein Weilchen herum, und der Richter entschied, daß die Verteidigung die Frage nicht stellen dürfe.

Nach weiterer Diskussion wurde schließlich beschlossen, daß er mich fragen durfte, woher die roten Papphülsen kamen. Ich sagte, sie müßten von außerhalb des Hauses gekommen sein, wahrscheinlich schon im Magazin des Gewehrs. Der Staatsanwalt erhob Einspruch. Der Richter gab dem Einspruch statt und ermahnte mich, das Theoretisieren zu lassen.

Die Verteidigung fragte mich, ob Olead meines Wissens Schrotpatronen gekauft hatte, und ich sagte, davon sei mir nichts bekannt. Bei einer nochmaligen Vernehmung nach dem Kreuzverhör fragte mich die Anklage, ob ich mich bemüht hätte herauszufinden, ob der Angeklagte Schrotpatronen hätte kaufen können, und das mußte ich natürlich verneinen. Die Verteidigung ließ mich erklären, daß seit zwanzig Jahren keine Patronen mit Papphülsen mehr hergestellt wurden. Die Anklage erhob Einspruch. Der Richter beschloß, die Antwort stehenzulassen.

Die Verteidigung ließ mich berichten, wie Olead seine tote Schwester betrauert und wie er am nächsten Tag wegen des Murmelsäckchens geweint hatte.

Aber an der Prellung an seiner Schulter und den Schmauchspuren an seinen Händen führte kein Weg vorbei; und daß ich beweisen konnte, daß noch ein sechster Schuß gefallen war, bewies nicht, daß er die anderen fünf nicht abgefeuert hatte, zumal der Ballistikexperte aussagte, daß die andere Flinte nach dem vierten Schuß Ladehemmung gehabt hatte – eine Tatsache, die mir kein Mensch je mitgeteilt hatte.

Ich hatte nur noch eine Hoffnung, und zwar eine wahnwitzige. Wenn der Prozeß für ergebnislos erklärt wurde ...

Was konnten wir tun, um das zu erreichen?

Ich konnte gar nichts tun; auf mich war der Richter schon sauer genug. Nein, was immer es war, es mußte von Don oder Olead kommen, und ich mußte mir rasch etwas einfallen lassen.

Zur Verteidigung meiner Idee kann ich nur vorbringen, daß ich vielleicht ein klein wenig unter Schock stand. Es gab eigentlich keinen Grund zu der Annahme, daß sie funktionieren würde. Aber etwas anderes fiel mir nicht ein.

In der nächsten Pause machte ich mich auf die Suche nach einem Deputy, der mir noch einen Gefallen schuldete. Als ich Clint Barrington gefunden und ihm erklärt hatte, was ich wollte, sagte er: »Deb, du spinnst.«

»Hör mal, Clint, ich –«

»Debra, du hast wirklich einen Sprung in der Schüssel.«

Niemand, absolut niemand, darf mich Debra nennen. Ich erinnerte ihn daran, und er lachte. »Deb, ist es wirklich so wichtig?«

Ich nickte ernst.

»Wenn ich wegen dieses Blödsinns Schwierigkeiten kriege ...«

Ich sagte ihm, ich würde alles auf meine Kappe nehmen.

»Ich verspreche nichts«, sagte er. »Aber ich versuch's. Okay? Mehr kann ich nicht tun. Ich versuch's.«

Um Viertel nach sieben zogen sich die Geschworenen zur Beratung zurück. Eigentlich war es dafür schon reichlich spät; sie hätten für die Nacht, wenn nicht gar fürs Wochenende, unterbrechen müssen, aber der Richter wollte die nächste Woche frei haben. Er war wild entschlossen, Freitag abend fertig zu werden, und wenn er das Verfahren bis Mitternacht fortsetzen mußte.

Mittlerweile machte ich mir Sorgen um Vicky; man merkte ihr die Anstrengung an, aber sie bestand darauf, so lange zu bleiben wie ihre Schwester, und Becky wollte nicht gehen. Um sechs hatte sich Harry zu ihnen gesellt, aber als die Geschworenen sich zurückzogen, verließ er den Saal, um nach Hal zu sehen. Er würde sich darum kümmern, daß Hal zu Abend esse und versorgt sei, und dann wiederkommen.

Wir anderen warteten weiter.

Nach etwa dreißigminütiger Beratung kamen die Geschworenen mit einem Schuldspruch zurück. Becky begann zu weinen; ich blickte mich nach ihr um und sah, wie Vicky sie in die Arme nahm, aber ich konnte nicht zu ihnen, weil ich immer noch am Tisch der Anklage saß. Und so blieb ich mit einem Gefühl der Betäubung sitzen und hörte Don flüstern: »Ich habe Ihnen doch gesagt, wir hätten auf Unzurechnungsfähigkeit plädieren sollen. Verdammt noch mal, Olead –«

»Und ich habe Ihnen gesagt, warum ich das nicht wollte«, antwortete Olead. »Kann ich den Geschworenen etwas sagen?«

»Wozu soll denn das gut sein?«

»Na ja, Sie haben gesagt, die müßten über das Strafmaß entscheiden, und ich will sie bitten –«

»Das ist absolut unnötig«, meinte Don düster.

»Kann ich ihnen dann wenigstens sagen, daß ich ihnen nicht böse bin und daß ich ihnen nichts nachtrage?«

»Das können Sie nach dem Urteil tun.«

Olead zuckte die Achseln.

Der Richter erklärte den Geschworenen den nun folgenden Teil des Verfahrens, und wieder berieten sie sich nicht länger als eine halbe Stunde. Sie kamen mit dem erwarteten Urteil zurück: Tod durch Injektion.

Und da überließ ich mich einen Moment lang der Verzweiflung. Ich hatte getan, was ich konnte, und es hatte nichts genützt. Barrington hatte mich hängenlassen – wahrscheinlich war es sowieso eine Schnapsidee –, und Olead würde Don nicht erlauben, in die Berufung zu gehen. Vielleicht dachte ich in diesem kurzen Moment sogar: Verdammt, und wenn er's nun doch war? Ich hatte immer noch keine Erklärung für die Schmauchspuren an seinen Händen, die Prellung an seiner Schulter, aber dann sah ich zu Olead hinüber und wußte wieder, daß er es nicht getan haben konnte.

Ja, vielleicht hatte er Jack umgebracht – die Möglichkeit bestand durchaus –, wenn, dann hatte er einen guten Grund dafür gehabt. Und vielleicht hatte er auch noch auf jemand anderen geschossen, jemand, bei dem es sich, da war ich mir mittlerweile sicher, um Slade Blackburn gehandelt haben dürfte, und wenn, dann hatte er auch dafür einen guten Grund gehabt. Aber Brenda hatte er nicht umgebracht. Und er hatte auch seine Mutter nicht getötet.

Olead würde für einen Mord sterben, den er – da war ich mir sicher – nicht begangen hatte, und ich hatte keine Möglichkeit, das zu verhindern.

Ich sollte nicht auf die Geschworenen wütend sein. Sicher, lange beraten hatten sie sich nicht; der Fall lag sonnenklar, es war spät, und wir hatten seit dem Lunch keine zehn Minuten Pause mehr gehabt; was sollten sie lange beraten? Aber ich weiß noch, wie ich voller Bitterkeit dachte, ja, genau so ist es, Olead muß sterben, damit die Geschworenen zum Abendessen zu Hause sind.

Ich kann mich nicht erinnern, aufgestanden und um Jerome Lester herumgegangen zu sein, um zu Olead zu gelangen. Ich muß es wohl getan haben, denn ich hatte ihn in den Armen und weinte, und er sagte: »Nicht, Deb, nicht doch, wenigstens sterbe ich bei klarem Verstand.« Aber er klammerte sich verzweifelt an mich. Er wollte nicht sterben.

Er wollte nicht sterben, aber er ließ Don auch nicht in die Berufung gehen, denn noch weniger als sterben wollte er ohne Hoffnung weiterleben.

Der Richter klopfte mit seinem Hammer auf den Tisch und rief zur Ordnung, ein Justizwachtmeister kam auf mich zu, um mich an meinen Platz zurückzuschaffen; und Clint Barrington brachte mit einer Miene, als hielte er das Verfahren für beendet, einen Häftling zur gerichtlichen Vernehmung herein. »Warum hat das denn so lang gedauert?«, hätte ich am liebsten geschrien. Aber ich sagte nichts. Ich sah nur hin, und mir fiel vage auf, daß Slade Blackburn abgenommen hatte.

Auch Olead sah hin; wie ein aufmerksamer Vorstehhund drehte er den Kopf und blickte zwischen Barrington und Blackburn hin und her, und er rückte ganz leicht von mir ab. Plötzlich spürte ich ihn erstarren und hörte seinen Atem nicht mehr. Dann fuhr seine Hand unter meine Jacke, und er sagte: »Tut mir leid, Deb, ich brauche das mal eben.«

Er hatte meinen Revolver, und mit einemmal schrie alles durcheinander. Ein Justizwachtmeister, Clint Barrington und ein weiterer Deputy Sheriff machten Anstalten, sich auf ihn zu stürzen, und dann erstarrte plötzlich alles, denn er hatte Slade Blackburn gepackt, und die Mündung meines Revolvers lag unter dessen Kinn. Olead drehte sich um und zerrte Blackburn rückwärts mit sich bis zum Richterpodium, so daß niemand von hinten an ihn herankam. »Jetzt weiß ich es wieder!«, schrie er. »Ich habe noch nie im Leben geschossen, aber auf die Entfernung könnte nicht mal ich danebenschießen. Sie waren es! Jetzt weiß ich es wieder.«

Ich hatte gewollt, daß er Blackburn erkannte. Mehr hatte ich nicht gewollt. Daß er ihn erkannte und es Don sagte. Nicht, daß er sich einen Revolver schnappte, nicht ... Was habe ich nur getan, dachte ich verzweifelt. Er ist wieder durchgedreht. Susan hat sich getäuscht, als sie sagte, das würde nicht wieder passieren ...

Aber er wirkte nicht wahnsinnig. Er wirkte unglaublich zornig, er wirkte wie ein Mensch, der soeben entdeckt hat, wozu Zorn gut sein kann, aber er wirkte eben nicht wahnsinnig.

»Wie hast du mich betäubt, du Schwein?«, fragte er. »Das ist mal das erste. Das Zeug war in dem Punsch, stimmt's?«

Und es konnte einfach nicht sein – kein Mensch würde wirklich so antworten –, aber Slade Blackburn antwortete. »Ja, verdammt, es war in dem Punsch! Ich hatte das Zeug schon seit Jahren;

dein Alter hat es mal draußen am Flugplatz vergessen, als er dich mitgebracht hat; du warst so gaga, du hast nicht mal gewußt, was ein Flugzeug ist. Es lief wie geschmiert; du hast sogar noch gesagt, der Punsch schmeckt nicht, und deine Mutter hat gesagt, du sollst ihn trotzdem trinken. Verdammter Schwächling, sechsundzwanzig Jahre alt und nicht den Mumm, auch mal nein zu Mami zu sagen ...«

Olead schluckte. »Und ich weiß noch – draußen auf dem Flur war ein lauter Krach, und ich bin aufgestanden und zur Zimmertür gegangen, und da warst du und hast gesagt: ›Alles in Ordnung, ich gehe mit Jack jagen, und wir machen uns gerade fertig‹, und ich war so müde, daß ich wieder ins Bett gegangen bin. Was war das für ein Krach, hast du da Brenda erschossen?«

»Ja, verdammt!«, schrie Blackburn. »Laß mich los, du erwürgst mich ja!«

»Weiß Gott, ich hätte große Lust dazu!«, schrie Olead. »Aber ich lasse dich los, sobald wir das hier geklärt haben. Später bist du in mein Zimmer gekommen, hast die Handschuhe in meine Jackentasche gesteckt und die Baseballschuhe wieder auf den Boden gestellt, und dann hast du dich über mich gebeugt, das Fenster aufgemacht und das Fliegengitter herausgestoßen, und dann hast du mich im Bett aufgesetzt, hast mir die Flinte an die Schulter gehalten, hast den Lauf aus dem Fenster gerichtet, meinen Finger in den Abzugbügel gesteckt, deine Hand über meine gelegt und geschossen, damit ich eine Prellung an der Schulter kriege und Schmauchspuren an den Händen habe, und dann bist du verschwunden, und du hast dich darauf verlassen, daß ich immer noch genug von dem Medikament im Körper habe, um gleich wieder einzuschlafen und mich an nichts zu erinnern. Und so war es dann ja auch, bis jetzt – du verdammtes Schwein, warum hast du das getan, warum?«

»Das spielt jetzt auch keine Rolle mehr! Nur zu, bring mich um, es ist sowieso zu spät ...«

»Da hast du verdammt recht, es ist zu spät, aber du wirst es mir trotzdem sagen, und zwar gleich.«

Ich konnte nicht sehen, was Olead mit der linken Hand machte, aber Blackburn wand sich, schrie auf und keuchte: »Ich sag's ja schon, laß los! Also gut, du hattest Geld auf meiner Bank ...«

»Auf deiner Bank? Welche Bank ist das?« Er hätte es eigentlich noch wissen müssen. Ich hatte es ihm gesagt. Oder vielmehr, ich hatte ihn gefragt.

»Die First Federated in Ridglea – du hattest fast eine Dreiviertelmillion dort –«

»Nein, hatte ich nicht.«

»Doch, du hattest! Und du hast es noch nicht mal gewußt. Dein Daddy hat es eingezahlt, ehe die Scheidung durchkam, und zwar auf deinen Namen, nicht auf seinen, damit noch was übrig blieb, egal, was die verrückte Alte ihn kostete. Er wollte sichergehen, daß du für den Rest deines Lebens versorgt bist. Und er hat dir nie davon erzählt. Das ist mir klargeworden, als ich mit anderen Bankiers geredet habe; in den ersten sechs Monaten, nachdem dein Vater gestorben war, gab es auf jedem anderen Deiner Konten Bewegungen, bloß auf dem nicht –«

»Also hast du es dir unter den Nagel gerissen.«

»Normalerweise hättest du gar nichts merken können! Du hättest auch nichts gemerkt, wenn es mit dir so weitergegangen wäre wie bisher. Aber als Jack mich zu der Party eingeladen hat, hat er mir über dich Bescheid gesagt. Er bekam allmählich das Flattern; wir hatten halbe-halbe gemacht, und er hatte die Bankauszüge versteckt, die der Computer ausgespuckt und an dich geschickt hatte; aber er wurde nervös, er hat sich überlegt, dir alles zu beichten, hat gesagt, du würdest ihn decken, deiner Mutter zuliebe. Aber ich wußte verdammt gut, daß das nicht für mich galt –«

»Jack hat an dem Abend gesagt, daß er Geldsorgen hatte«, sagte Olead langsam. »Hätte ich bloß Bescheid gewußt – egal. Also los, raus damit, wieviel habt ihr euch insgesamt unter den Nagel gerissen?«

»Ich weiß nicht.«

»Ich habe dich was gefragt, und ich will eine Antwort«, sagte Olead grimmig, und wieder kreischte Blackburn auf. »Ich will's nicht auf den Penny genau wissen, nur so ungefähr. Wieviel habt ihr geklaut?«

»Vielleicht – vielleicht fünfhunderttausend.«

»Damit bleiben mir noch über vier Millionen. Du hast fünfhunderttausend Dollar geklaut, die ich weder gebraucht noch gewollt habe. Na schön, du kannst sie behalten, du Schwein, du kannst jeden Penny kriegen, den ich habe, wenn du mir meine Schwester wiedergeben kannst. Aber das kannst du nicht, oder? Hat's dir gefallen? Hat's dir Spaß gemacht, einer schlafenden Vierjährigen eine Ladung Schrot in den Rücken zu jagen? Hat's dir Spaß gemacht, den – den einzigen Menschen umzubringen, der mich je geliebt hat?«

Abrupt ließ er Blackburn los und versetzte ihm einen kräftigen Tritt; Blackburn prallte gegen den Tisch der Anklage und kroch hastig darunter. Barrington machte Anstalten, ihn darunter hervorzuzerren, hielt aber inne, als er sah, daß Olead immer noch den Revolver in der Hand hielt. Olead drehte sich um und gab mir den Revolver zurück; ich verstaute ihn im Halfter, dann schlug ich Olead, so fest ich konnte, ins Gesicht. Ich hatte mittlerweile zu weinen aufgehört. »Du verdammter Idiot, wie kommst du dazu zu behaupten, daß Brenda der einzige Mensch war, der dich je geliebt hat?«

Er hielt sich mit benommenem Blick das Gesicht und sagte: »Was?«

»Was ist mit deinem Daddy? Was ist mit deinem Bruder? Was ist mit Susan? Was ist mit Becky? Und was ist mit mir? Glaubst du etwa, ich kann ein Kind nur lieben, wenn ich es auch geboren habe? Ich habe dir gesagt, ich war Mutter, bevor ich Cop geworden bin, aber ich habe nie ein Kind geboren. Alle meine Kinder sind adoptiert. Bis Neujahr hatte ich dich noch nie gesehen, aber das heißt nicht, daß ich dich nicht liebe.«

Er starrte mich schweigend an, während ich weiterwütete: »Verdammt noch mal, das war absolut unnötig! Du hättest nur mir oder Don Bescheid sagen müssen, alles weitere hätten dann wir übernommen; mit dem Beweis, daß es jemand anders war, hätte das Urteil nie und nimmer Bestand gehabt, und die Bankunterlagen sind laut FBI in ein paar Tagen rekonstruiert. Du hättest dich mit deinem Perry-Mason-Auftritt hier im Gerichtssaal umbringen können. Jetzt setz dich wieder hin, und versuch' ja nicht noch einmal, dir meinen Revolver zu schnappen!«

Er setzte sich an den Tisch der Verteidigung und vergrub das Gesicht in den Armen; der Richter klopfte mit seinem Hammer drauflos und rief zur Ordnung, eine Forderung, die mir in diesem Moment schwachsinnig vorkam. Aber ich ging zum Zuschauerraum und setzte mich, weil ich es nicht mehr ertragen konnte, weiter am Tisch der Anklage zu sitzen; Barrington zerrte Slade Blackburn schließlich unter dem Tisch hervor und aus dem Gerichtssaal, und endlich wurde wieder alles ruhig, mit Ausnahme der Journalisten. Ein kalter Blick des Richters brachte auch diese Ecke zum Schweigen.

Panik, dachte ich. Genau das, was der Psychologieprofessor gemeint hatte, hatte ich gerade miterlebt: Blackburns Panik bei dem Gedanken zu verlieren. Wegen dieser Panik waren sechs Menschen gestorben, und um ein Haar auch Olead, um ein Haar. Blackburn hatte gewollt, daß Olead starb.

Becky zupfte an meinem Ärmel und sagte etwas, was ich nicht richtig mitbekam. »Einen Moment noch, Becky«, sagte ich.

»Aber Mom ...«

»Einen *Moment* noch«, wiederholte ich.

Der Richter sagte irgend etwas – ich weiß nicht mehr, was –, und Don und Jerome traten vor die Richterbank. Jerome sah aus, als könne er sich nicht entscheiden, ob er in Ohnmacht fallen oder sich übergeben sollte. Sie standen eine ganze Weile dort und redeten mit dem Richter. Ich hörte Jerome zwei- oder dreimal »Ja, aber –« sagen, weiter kam er jedoch nie. Er schüttelte ein paarmal den Kopf und nickte einmal. Don redete zu leise, als daß ich ihn verstehen konnte, bis auf einmal, als er »Jawohl, Sir« sagte. Offenbar bestritt der Richter den größten Teil des Gesprächs. Ich verstand nicht viel von dem, was er sagte, aber Jerome schien sich sehr darüber aufzuregen.

Auf der Geschworenenbank weinte jemand.

Richter Key, der extrem ärgerlich wirkte, verkündete: »Meine Damen und Herren Geschworenen, angesichts der jüngsten Entwicklungen hebe ich Ihr Urteil auf. Ich erkläre diesen Prozeß hiermit für ergebnislos.« Er sah Jerome an. »Mr. Lester, möchten Sie etwas sagen?«

»Jawohl, Sir. Ich – äh – die Anklage möchte – äh – sämtliche Anklagepunkte fallenlassen, Sir.« Er hörte sich an, als hätte er schlecht gelernt und Angst, seinen Text zu vergessen.

Auf der Geschworenenbank fing noch jemand zu weinen an.

Der Richter sah Olead an und sagte streng: »Sie haben äußerste Mißachtung des Gerichts an den Tag gelegt. Aber die Staatsanwaltschaft sieht davon ab, Sie wegen Ihres schändlichen Betragens zu belangen, und angesichts der mildernden Umstände möchte ich nichts weiter zu der Angelegenheit sagen. Das Gericht weist sämtliche Anklagepunkte ab. Sie können gehen.«

Don stand auf und sagte über das nun folgende Inferno hinweg: »Euer Ehren, der Bruder meines Mandanten ist vorübergehend in einem Pflegeheim untergebracht worden. Gibt es einen Grund, warum er nicht der Obhut meines Mandanten anvertraut werden kann?«

»Mr. Howell, Sie werden einen förmlichen Sorgerechtsantrag stellen müssen«, sagte Richter Key. »Ich habe jedoch keine Einwände dagegen, daß das Kind – äh – seinen Bruder besuchen darf, bis ein Sorgerechtsverfahren anberaumt werden kann.«

Becky schlüpfte an den Justizwachtmeistern vorbei zu Olead. Einen Arm um sie gelegt, blickte er sich ungeduldig um, und Sekunden später lag Jeffrey in seinem anderen Arm. Die Pflegemutter sagte, während sie sich die Tränen aus den Augen wischte, in vertraulichem Ton zu mir: »Das arme Wurm hat sich so nach Oyee verzehrt, daß ich es einfach nicht über mich gebracht habe, ihn von hier fernzuhalten. Also hab' ich ihn hergebracht, um das Urteil abzuwarten. Ich habe einfach gewußt, daß es so ausgehen würde. Jemand, den ein Baby so sehr liebt, könnte nie einem anderen Baby etwas antun.«

»Mom«, sagte Vicky mit ziemlich hektischer Stimme, und ich drehte mich ihr zu. Sie stand direkt neben mir, war sehr blaß und sah an mir vorbei. »Don«, sagte sie, »ich glaube, ich muß sofort ins Krankenhaus.«

Don sah den Richter an. Er sah auf seine Uhr. »Äh – hat das nicht noch einen Moment Zeit?«

»*Nein!*«, sagte Vicky, beide Hände auf den Bauch gelegt. »Es hat schon seit einer Stunde keine Zeit mehr. Ich muß sofort hin!«

»Ach du Schande!«, sagte Don und meinte dann: »'tschuldige, Vicky, ich hab' nicht dich gemeint. Aber irgendwer muß Olead ins Gefängnis zurückbringen –«

»Wozu denn das?«, fragte Olead.

»Damit Sie ordnungsgemäß entlassen werden können.«

»Ich übernehme das, wenn Sie mir soweit trauen«, sagte Jerome Lester. »Oder er kommt am Montag wieder, wenn Ihnen das lieber ist –«

»Das ist uns lieber«, sagte Don, und er und Vicky brachen schleunigst auf.

Ich mußte dem Captain das Ergebnis mitteilen, ehe ich zu meiner Familie konnte, ermahnte ich mich streng. Ich ging mit Olead, Becky und Jerome auf den Flur hinaus.

Die Rechtspflege nahm ihren normalen, ordentlichen Gang. Barrington – er machte ein Gesicht, dem anzusehen war, daß er mir später noch eine ganze Menge zu sagen haben würde – führte Slade Blackburn gerade in den Gerichtssaal zurück, damit er zur Anklage vernommen werden konnte.

Olead blieb stehen, um sie vorbeizulassen, und einen Moment lang sahen sie sich an: Olead mit Jeffrey auf dem linken Arm, und den rechten um Becky gelegt, Slade Blackburn allein und in Handschellen. Er sah Olead an wie ein Bettler, der in ein Schaufenster blickt.

Für einen kurzen Moment trafen sich ihre Blicke, dann ging Olead an ihm vorbei den Korridor hinunter. Ich bot Becky meine Autoschlüssel an, aber sie hatte ihre eigenen dabei. Ich machte vor einem Telefon Halt und rief zuerst den Captain an, dann zu Hause, und schließlich fuhr ich ins Krankenhaus.

Um elf Uhr schloß Harry die Haustür auf, und ich machte das Wohnzimmerlicht an. Der Fernseher lief, aber nicht laut, und hinter der geschlossenen Tür von Hals Zimmer konnte ich gedämpfte Rockmusik hören.

Mein Wohnzimmer hatte sich augenscheinlich einen Laufstall zugelegt. Ein Baby in einem roten Spielanzug schlummerte darin. Auf der Couch schlief Becky, und in Harrys Sessel hatte Olead es sich bequem gemacht, meine Katze auf dem Schoß. Becky setzte sich auf, als das Licht anging. Olead blieb entspannt sitzen, aber er öffnete die Augen, lächelte und begann, die Katze zu streicheln.

Die schnurrte.

Die Tür zu Hals Zimmer flog auf, und die Rockmusik schwoll abrupt an, als Hal in die dunkle Halle herausgeschossen kam; so im Schatten wirkte er ein wenig koreanischer als sonst. Er ist nämlich irgend etwas zwischen einem Viertel- und einem Halbkoreaner; der Rest ist vermutlich amerikanischer GI. Er fragte sehr laut: »Hat Vicky Zwillinge gekriegt?«

»Nein«, sagte Harry müde, »einen sehr großen Jungen. Acht Pfund dreihundertsiebenundneunzig Gramm. Sie haben ihn Barry genannt.«

»Hört sich aber klein an«, sagte Hal.

»Es ist riesig, Blödmann«, sagte Becky empört.

Olead starrte Harry schon eine ganze Weile an. »Ich kenne Sie«, sagte er langsam. »Jetzt weiß ich's wieder. Dad hat mich mal zum Fliegen mitgenommen, und Sie waren auch da und haben gesagt, eines Tages würden Sie mir beibringen, einen Hubschrauber zu fliegen. Sie heißen – Sie heißen Harry. Jetzt fällt's mir wieder ein. Ich habe nicht gewußt, daß Sie Beckys Dad sind.«

»Ganz recht«, sagte Harry. »Das ist jetzt – wie lange? – zehn, zwölf Jahre her. Wollen Sie's immer noch lernen?«

»Ich glaube, ich mache zuerst den Führerschein«, sagte Olead. »Und ich hoffe, Sie haben nichts dagegen, daß Jeffrey und ich heute nacht hierbleiben. Morgen suche ich mir eine Wohnung. Ich wollte nur heute nacht nicht mehr damit anfangen.«

Ich versicherte ihm, daß wir nichts dagegen hatten, Harry sagte das gleiche, und Olead lächelte. »Ich hab's gewußt«, sagte er, »aber ich hab' trotzdem fragen wollen.«

Die Katze stand auf, streckte sich, blickte direkt in die Lampe und gähnte. Dann legte sie sich in ungefähr der gleichen Stellung wieder hin, und Olead kraulte ihr die Ohren. »Katzen wissen, wann es Zeit zum Schlafengehen ist, nicht wahr, Kumpel?«, sagte er und kraulte ihr weiter die Ohren.

Die Katze schnurrte.

Gut möglich, daß ich das auch tat.

Nachwort

Detektive mit einem glaubwürdigen Privatleben auszustatten, scheint schwer zu sein: Da gibt es die stereotypen Frühstücksszenen zu Beginn und die fast ebenso regelmäßigen Konzertbesuche am Ende der Holmes-Fälle, da steht eine Madame Maigret im Hintergrund, um ihren Mann rechtzeitig an seinen Wintermantel zu erinnern und ihm regelmäßig ihre gutbürgerliche Küche aufzutragen. Da sitzt ein einsamer Phil Marlowe in seinem tristen Apartment und spielt Schach mit sich selbst. Holmes' regelmäßige Kokain-Trips, wenn die mysteriösen Fälle und die großen Verbrechen ausbleiben, sprechen für sich: Detektive sind auf geheimnisvolle Verbrechen hin geschaffen und von ihren Schöpfern just mit den Eigenschaften ausgestattet worden, die sie für ebendiese Fälle brauchen. Ob beamtet wie Maigret oder Freiberufler wie Sherlock Holmes, ob genialer Sonderling wie Carrs Dr. Fell oder hartgesottener Schnüffler wie Marlowe, ob Privatdetektiv wie Ross Macdonalds Lew Archer oder Privatdetektivin wie Sue Graftons Kinsey Millhone – sie alle leben in ihren Fällen, und ohne mörderische Rätsel scheinen sie nur zu vegetieren und dahinzudämmern, wenn auch Holmes' Kokaindämmer die extreme Ausnahme bleiben.

Es war deshalb eine Innovation innerhalb des Genres, als im Dezember 1984 Lee Martins Polizeidetektivin Deb Ralston die Szene betrat. Das Rezept der Autorin ist dabei denkbar einfach: Man nehme ein weibliches Mitglied der Mordkommission und gebe ihm einen Ehemann, zwei Töchter und einen Sohn, und schon ist ein glaubwürdiges Privatleben zwingend. Als Frau hat sie einfach das, was man in der alten DDR bei berufstätigen Frauen ›die zweite Schicht‹ nannte. Wie sehr ein Fall sie auch fordert und alle ihre Kräfte beansprucht – niemand stellt für sie ein Essen warm oder erinnert sie an ihren Wintermantel. Im Gegenteil: So emanzipiert sie als Polizistin ist, so wenig ist es ihre Familie. Von ihr werden regelmäßig wie auch immer improvisierte Mahlzeiten erwartet, für die Wäsche muß gesorgt werden, der halbwüchsige Sohn muß ständig im Wortsinne zur Ordnung gerufen werden, soll das Haus nicht im Chaos versinken, und daß sie neben Morden auch die bevorstehende Geburt des ersten Enkelkindes intensiv beschäftigt, ist für eine Mutter eine bare Selbstverständlichkeit.

Natürlich ist auch Deb Ralston von ihrer Schöpferin Lee Martin auf bestimmte Verbrechen hin konzipiert worden, die fortan ihre Spezialität sein werden. Zur Polizei ist sie eher durch Zufall gekommen: Als ihr Mann nach dem Ausscheiden aus der Armee umgeschult wurde, war ein zusätzliches Einkommen dringend erforderlich, und die Polizei suchte gerade weibliche Mitarbeiter. Das war vor 15 Jahren, und sie ist inzwischen mit Leib und Seele Polizistin, aber, wie sie selbst es formuliert, war sie zuerst Mutter, dann Polizistin. Mit ihren 157 cm und ihrer schlanken Gestalt sieht die Enddreißigerin überhaupt nicht aus wie eine Polizistin, wie ihr jeder versichert, sondern eher wie jedermanns Lieblingstante.

Der Fall, zu dem sie in den frühen Morgenstunden eines trüben Neujahrstages gerufen wird, ist gerade für sie als Mutter besonders grausig: In der Silvesternacht sind in einem Nobelstadtteil von Fort Worth im Anschluß an eine Party zwei Ehepaare aus nächster Nähe mit Schrotschüssen ermordet worden; sogar die Katze wurde grausam getötet, zwei Kinder werden noch vermißt. Wie sich zeigen wird, ist auch die vierjährige Tochter getötet worden, nur das Baby der Familie findet sich unversehrt unter einem Berg von Möbeln, der in einem Zimmer aufgetürmt wurde. Und am Tatort befindet sich auch der sechsundzwanzigjährige Sohn aus der ersten Ehe der ermordeten Mutter. Olead behauptet, von den Ereignissen der Nacht nichts mitbekommen und fest geschlafen zu haben. Die Beweise gegen ihn sind erdrückend. Wie Schmauchspuren an den Händen und eine Prellung an der Schulter zeigen, hat er mit Sicherheit in der Nacht ein ganz bestimmtes Gewehr abgeschossen, das sich am Tatort befindet. Eines Motivs bedarf es in seinem Falle nicht, denn er hat eine Psychopathen-Karriere hinter sich, bei der er unter anderem auch einmal sein Elternhaus verwüstet und dabei sogar einen Schaukelstuhl durch eine Rigipswand gedrückt hat. Erst vor kurzem wurde er aus einer privaten Klinik entlassen, und alle sind überzeugt, daß er trotz seines hartnäckigen Leugnens der

Täter ist. Vermutlich hat er in einem Blackout gehandelt und kann sich wirklich nicht an seine Taten erinnern. Der Polizeichef läßt nur deshalb so sorgfältig ermitteln, weil er es Olead selbst beweisen möchte. Zu einem Prozeß, für den man Beweise brauchte, wird es wegen der offenkundigen Unzurechnungsfähigkeit des Täters gar nicht erst kommen. Selbst die hartgesottenen Insassen des Gefängnisses, in das Olead gebracht wird, sind so empört über seine Tat, daß er zusammengeschlagen wird und in einer Gummizelle isoliert werden muß.

Einzig die mütterliche Deb Ralston zweifelt an seiner Schuld, denn das zu Beginn ihrer Erzählung erwähnte Murmelsäckchen wird ihr zum Clue, zum Faden, der sie in ein Labyrinth hineinführt. Olead sucht es verzweifelt, denn seine ermordete vierjährige Halbschwester hat es ihm geschenkt, als er aus der Klinik entlassen wurde – das erste Geschenk aus reiner Liebe in einem liebeleeren Leben, wie er meint. Und sie soll er ermordet haben? Wenn aber Olead den überwältigenden Indizien zum Trotz nicht der Täter ist, dann liegt ein ganz normaler Mord vor. Denn die Mehrzahl aller Morde wird bekanntlich nicht von Psychopathen begangen, sondern von Menschen wie du und ich, die sorgfältig planen und ein glasklares Motiv für ihre Taten haben. Wer kann ein Interesse haben, fünf Morde zu begehen und Olead als sechstes Opfer indirekt auszuschalten, indem er ihm das Massaker mit teuflischer Perfektion in die Schuhe schiebt, so daß er entweder durch einen Justizirrtum ermordet oder lebenslang in einer Anstalt verschwinden wird?

So kommt es zu der merkwürdigen Situation, daß Deb Ralston Ermittlungen zur Entlastung des durch die Umstände bereits Überführten anstellt, während die Staatsanwaltschaft schon Anklage gegen ihn erhoben hat. Einziger Anhaltspunkt ist die überraschende Tatsache, daß Olead durch das Erbe seines inzwischen verstorbenen Vaters mehrfacher Millionär ist. Hier könnte ein gesundes und normales Motiv verborgen sein – aber wie? Olead kann ihr bei dem Wettlauf gegen die durch die schnelle Prozeßterminierung unaufhaltsam verstreichende Zeit nicht helfen: Er hat wirklich keinerlei Erinnerung an die Mordnacht; sogar eine Hypnose durch eine Ärztin seines Vertrauens kann die Blockade nicht durchdringen. Keinesfalls will er den naheliegenden Ausweg beschreiten, auf Unzurechnungsfähigkeit zu plädieren: Olead kämpft überzeugend um seine Würde und will lieber wegen einer Tat, die er nicht begangen hat, sterben, als eine solche Tat zugeben und dann lebenslang unter entwürdigenden Umständen in einer staatlichen Klinik dahinvegetieren. Als wenig hilfreich erweist sich dabei sein Anwalt, den er aus privaten Gründen gewählt hat: Er ist noch jung und in den Finessen eines spektakulären Mordprozesses völlig unerfahren – und Deb Ralstons Schwiegersohn, der Vater des mit Ungeduld erwarteten Babys.

Das merkwürdige Bündnis aus ermittelnder Detektivin, Verteidiger und Angeklagtem verliert den Wettlauf, und Olead wird zum Tode verurteilt. Doch dann gelingt es dem Angeklagten doch noch, durch eine an Perry Mason erinnernde Aktion – wie es in dem für den Detektivroman typischen intertextuellen Spiel im Roman selbst heißt – aufgrund der Vorarbeiten ›seiner‹ Detektivin den wahren Schuldigen wenn schon nicht auf, so doch wenigstens unter die Anklagebank zu bringen.

Lee Martin ist ein Pseudonym, das Anne Wingate (geboren 1943) für ihre neue Serie mit der Polizeidetektivin Deb Ralston wählte, nachdem sie vorher schon Detektivromane unter dem Pseudonym Martha G. Webb veröffentlicht hatte. Die im Original bei der renommierten St Martin's Press als Hardcover erscheinenden Romane fanden von Anfang an breites Lob bei den Kritikern und großen Erfolg beim Publikum. Nicht nur das glaubwürdige Privatleben der Heldin wurde gelobt, sondern die Synthese aus drei sonst eher getrennt auftretenden Komponenten: Die Verbrechen bei Lee Martin sind hart und grausig und damit ›realistischer‹ als im traditionellen Rätselkrimi, gelöst werden sie durch präzis geschilderte Polizeiarbeit, und dennoch bleibt die Rätsel-Lösungsstruktur des traditionellen Detektivromans gewahrt. Dies mag daran liegen, daß Lee Martin alias Anne Wingate in ihrer Person zwei weit auseinanderliegende Bereiche vereint: Sie hat selbst lange Jahre bei der Kriminalpolizei gearbeitet und war unter anderem die erste weibliche Fingerabdruckexpertin im Staate Georgia. Und sie hat Englische Literatur studiert und unterrichtet selbst ein Fach, das in Deutschland so gut wie nicht gelehrt wird: ›Creative writing‹, die Lehre vom guten Verfassen fiktionaler Texte. Damit gehört sie zugleich zum für den klassischen Detektivroman bezeichnenden Typ des *poeta doctus,* des gelehrten Schriftstellers, der die Werke seiner Vorgänger kenntnisreich und kritisch studiert hat.

Die geglückte Verbindung von Härte und Realismus mit dem Schema des klassischen Rätselkrimis – das ist die Formel, auf die man die Lee-Martin-Romane bringen kann. Belebt wird diese an sich schon originelle Mischung durch eine Heldin und Erzählerin mit viel Wärme, Witz und Sinn für Humor, die zuerst Mutter und dann Polizistin ist – und beides exzellent.

Volker Neuhaus